그 여름의 끝 ——

—— 우리는

그 여름의 끝 ──── 우리는

두 교사 이야기

권재원
교육
장편소설

서유재

차례

써니와 와니

4시 25분.

10초, 20초, 30초, 40초…….

8월 17일, 2학기 첫날의 일과 시간이 끝나 간다.

가방은 이미 어깨에 걸려 있고, 업무용 컴퓨터 바탕화면에는 '윈도우를 종료합니다'라는 하얀 글씨들이 달려가고 있다. 이미 입추를 지나 처서가 코앞이지만 기온은 말복 무렵과 별반 차이가 없다. 기상 관측 이래 최고 기온이라는 기록을 날마다 갱신하고 있는 2018년의 여름이 그렇게 쉬이 물러날 리 없다.

교무실 창밖으로 공을 쫓아 운동장을 뛰어다니는 학생들이 보인다. 가만히 있어도 피가 끓는다는 중학생이다. 저렇게 뛰어다니다 아예 녹아내리지는 않을까. 써니가 걱정을 하건 말건 운동장을 뛰어다니는 학생들이 만들어 내는 누런 먼지 아지랑이 사이로 '축 창의인성교육 우수 학교 교육감상 수상 J중학교'라는 현수막이 보인다.

J중학교. 대한민국에서 이름만 대면 누구나 아는, 소득 수준도, 물가도 높기로 유명한, 바로 그 지역에 있는 학교다. 하지만 J동의 산다는 집 아이들은 이름이 비슷한 다른 학교에 간다.

J중학교에서 국어를 가르치는 써니는 올해 2학년 담임을 맡았다. 부임하던 날이 생각난다. 그때 교장이 한 말도.

"앞을 보십시오. 아파트입니다. 뒤를 보십시오. 역시 아파트입니다. 하지만 저 아이들은 이 학교에 오지 않습니다. 이 학교에 오는 아이들은 땅 밑에서 옵니다."

농담이랍시고 한 말이었다. 써니는 똥이라도 씹은 표정으로 교장과의 첫 만남을 치러야 했다. 써니야말로 바로 아파트촌 사이에 있는 빌라의 반지하에서 자랐고, 그 반지하에서 어렵게 공부해 여기까지 왔기 때문이다. 땅 밑에서 오는 아이. 그래, 바로 나야. 내가 땅 밑에서 올라온 아이야. 그래서 어쨌다는 거야? 다행히 그 교장과 부딪칠 일은 별로 없었다. 얼마 지나지 않아 학교를 떠났기 때문이다. 생각만 해도 아찔하다. 그런 사람을 '교장'이라고 받들어야 하는 상황이 이어졌다면 과연 교직에 계속 남을 수 있었을까? 안 남으면 뭐. 지하에서 올라온 아이 주제에. 하지만 그랬다간 선생 노릇에 얼마나 큰 자괴감을 느껴야 했을까?

지금 교장은 워낙 말도 없고, 행동마저 없는 사람이라 좋은 사람인지 나쁜 사람인지 도무지 알 수 없다. 그냥 공기 같다고 해야 할까?

마침내 벽시계가 4시 반을 가리킨다.

자, 써니야. 이제 퇴근 시간이야. 수고했어. 그런데 써니라고? 이젠 나까지 나를 써니라고 부르네. 나마저 이러면 내 이름은 누가 불러 주지?

김선희. 지루한 이름이다. 김지영만큼이나 흔하고 지루하다. 틀림없이 학생들도 지루할 거다. 하긴 학생들 중 '김선희 선생님'이라고 부르는 녀석은 하나도 없다. 다 써니 샘이다. 하지만 선생님들까지 그렇게 부르는 건 별로다. 그리고 교감. 으윽. 그 생각을 하기가 무섭게 써니의 온몸에 소름이 돋으며 더위마저 잠시 물러난다. 50대 후반 아재가 자꾸 써니 샘, 써니 샘 이러면 어쩌자는 거야? 징그러워. 제발 참아 줬으면 좋겠어. 다들 모를 거야. 중학교 때부터니까, 벌써 16년! 그때부터 친구들도 써니야, 선생님들도 써니야, 엄마도 써니야. 아빠는 뭐라고 불렀더라? 선희? 써니? 모르겠다. 아빠가 내 이름을 제대로 부르기는 했나? 아빠는 별 잡스러운 형용사, 부사들을 있는 대로 끌어와서 마지막을 '년'으로 장식했지. 그래도 년년 소리 듣는 건 차라리 나았어. 술. 그놈의 술. 정말 세상의 별별 놈을 다 갖다 붙여도 시원찮을 술. 술 마신 아빠는 개였다. 그러고 보니 아빠 못 본 지 꽤 되었네. 아니, 난 아빠 없어.

써니가 교무실 문을 스르륵 열며 밖으로 나서자 다른 선생들의 눈동자가 일제히 써니를 향해 소실점처럼 모인다.

써니는 잠시 당황했지만 금세 그 눈동자들의 의미를 읽어낸다.

원래 써니는 칼퇴근하고는 거리가 먼 타입이다. 닷새 중 사흘은 방과후 수업을 하느라 6시 넘어서야 퇴근했고, 방과후 수업이 없는 날에도 책을 읽거나 수업 준비를 하느라 퇴근 시간보다 훨씬 늦게까지 학교에 남아 있곤 했다.

누가 묻지도 않았는데 써니는 벌써 머릿속에 있는 가상의 누군가에게 변명을 늘어놓고 있다.

오늘만은 무슨 일이 있어도, 설사 당장 내일까지 성적을 산출해야 하는 답안지 200장이 제 책상 위에 놓여 있어도, 오늘만은 칼퇴근할 작정이랍니다. 왜냐고요? 세 번째 금요일이니까. 매달 셋째 금요일은 와니를 만나는 날이니까요.

이 월례 행사도 벌써 역사가 3년이 넘었다. 3년이라는 역사 앞에 써니는 공연히 뿌듯해진다.

와니 원래 이름은 영완, 조영완이다. 선희가 써니로 불릴 무렵, 영완이도 와니라고 불렸다. 그런데 영완이가 어쩌다 와니라고 불리게 됐지? 써니가 기억 샘을 뒤진다. 아 맞아. 하필 그때 우리 학교에 김영완이라는 동명의 남학생이 있었어. 무술이 4단이라면서, 우리 학교뿐 아니라 온 지역사회에 주먹을 휘두르고 다녔던, 동네 일짱 사고뭉치 깡패 녀석. 조영완하고는 180도 반대인. 그래서 그 녀석과 구별하려고 뒷글자만 따서 와니라고 불렀지.

막상 그렇게 불러 보니 은근히 귀엽고, 또 와니 이미지하고도 어울렸다. 귀엽고, 발랄하고, 씩씩하고, 좀 남자 같기도 하고. 왈가닥이라고 할까? '와니와니하다'라는 의태어도 애들끼리 만들어 썼다. 정확한 뜻은 모르겠지만 전형적인 여성스러움과는 다른 모습을 그렇게 표현했지 싶다.

건물을 나서자 헤어드라이기 열풍처럼 뜨겁던 바람은 잦아들고 태양이 마치 살균이라도 하듯 빛의 화살을 쏘아 댄다.

써니는 교문을 나서자마자 스마트폰을 꺼내 카톡을 열었다.

발랄한 단발머리에 윙크를 하고 있는 와니와니한 프로필 사진 아래 메시지가 줄줄이 매달려 있다.

—오늘 보는 거 맞지? 출발하면 연락 줘.

—음, 잠실새내역 쪽에 '요리하는 남자' 갈까?

—아니, 거기 말고 날도 더운데 평냉이나 먹으러 가자. 값
  도 그게 싸고. 여튼 출발하면 연락 줘.

써니가 활짝 웃는 이모티콘을 하나 날린 뒤 답장을 넣는다.

—지금 교문 나섬. 평냉 좋아. 어디 갈까? 봉피양?

이내 답장이 온다. 완전 실시간 채팅이다.

—나도 지금 출발. 그런데 봉피양은 사장이 수구 보수라는
 설이 있어 좀 찝찝한데.

써니가 피식 웃는다. 하여간 어지간하다니까.

—그럼 롯백 11층에 을밀대 생겼다는데 가 볼까?
—을밀대? 콜. 나도 5시 전에 롯데 도착함. 롯백 11층 엘베
 앞에서 봐.
—응응.

스마트폰을 가방에 넣고 걸음을 재촉한다. 약속 장소는 주
로 잠실 일대. 여전히 신천역이라는 이름이 익숙한 잠실새
내역이나 롯데월드 일대. 약속 장소에는 늘 써니가 먼저 도착
했다. 차를 몰고 다니는 와니가 신호를 기다리고 주차하느라

꽤 긴 시간을 쓰기 때문이다.

써니는 거대한 빌딩이 드리운 그림자를 느티나무 그늘 삼아 시원함을 즐긴다. 겨울이라면 칼바람이 불겠지만. 그렇게 큰 그늘을 따라 걷다가도 일단 지하도로 내려가면 사방 4킬로미터가 온통 지하로 연결된 거대한 땅속 세계가 펼쳐지는 곳, 그곳이 바로 잠실이다. 햇빛 볼 일이 없다. 최고의 피서지다.

빌딩과 지하 쇼핑몰의 콜라보 덕에 수월하게 롯데백화점에 도착했다. 써니는 지역 주민이 아니면 잘 모르는, 백화점과 호텔 사이에 숨은 비교적 한산한 엘리베이터를 이용하여 순식간에 11층까지 올라간다. 엘리베이터에서 내려 로비를 둘러본다. 와니는 아직 도착 전이다. 스마트폰을 꺼내 보니 톡이 와 있다.

—나 잠실 사거리 신호 대기. 개 막힘.

애도 참. 선생이 애들처럼 '개 막힌다'가 뭐람. 잠실 사거리까지 왔으니까 10분 정도면 오겠네. 근처 소파에 자리를 잡고 앉았다. 그러고 보면 지금까지 약속 장소에 와니가 먼저 와 기다린 적이 한 번이라도 있었는지 궁금하다. 기억을 이리 뒤지고 저리 뒤져 봐도 당최 떠오르지 않는다. 언제나 기다림은 써니 몫이다. 늦어 놓고도 천연덕스럽게 "하이루! 오늘은 뭐 먹을까?"라며 바로 본론으로 넘어가는 게 와니다. 그래도 도저히 미워할 수 없다. 왜냐고?

와니는 일단 만나면, 심지어 만날 생각만 해도 웃음이 흘러나오게 만든다. 웃음 바이러스, 행복 바이러스, 긍정 바이러스. 와니랑 얼굴을 마주 보면 웃지 않을 수 없다. 아니, 와니 생각만 해도 웃지 않을 수 없다.

와니를 처음 알게 된 건 중학교 2학년 때. 처음엔 같은 반이었을 뿐 성격도 다르고, 사는 환경도 달라 오히려 거부감이 드는 아이였다. 와니는 공부를 아주 잘했다. 400명 정도 되는 전교생 중 늘 2~5등 안에 들었다. 딱히 공부를 열심히 하는 것 같지 않았고, 그럴 의지도 없어 보였지만 하여간 성적은 늘 좋았다. 그런데 신기하게도 전교 1등은 못 했다.

그런 와니가 미울 때도 있었다. 써니는 공부를 정말 열심히 했고, 누구보다 잘하고 싶었고, 잘하는 편에 속했지만 전교 20등이라는 장벽 앞에서 번번이 물러섰으니까.

그랬던 와니가 친구로 다가온 건…….

써니의 시간이 16년 전 과거를 향해 거꾸로 달린다. 모든 것이 두렵고 혼란스러웠던 중학교 2학년 사춘기 한복판으로.

늑대 인간

써니는 자기 방 책상에 엎드린 채 잠들어 있다. 방이라고 해야 할지 집이라고 해야 할지 애매한 반지하 단칸방이지만 가운데 얇은 칸막이를 쳐 놓아 굳이 방이라고 부르자면 방이다.

해가 짧은 겨울이라 아직 한밤중처럼 어둡지만 시간상으로는 엄연히 아침 7시. 숫자 7과 12에 바늘이 맞춰지자 자명종 시계의 뻐꾸기가 어김없이 창문을 열고 노래를 시작한다.

땡 뻐꾹, 땡 뻐꾹.

컴컴한 방 안에 골목 외등이 만들어 내는 어스름한 그림자가 불길하게 드리워져 있다. 번듯한 아파트촌이라면 키다리 가로등이 줄지어 있겠지만 이 동네는 고작 모퉁이마다 외등 하나씩, 그나마도 강도 살인인지 강간 살인인지 하여간 끔찍한 사건이 일어난 다음에야 세워졌다.

눈은 겨우겨우 떴지만 몸을 일으키는 건 더 어렵다. 책상에 엎드린 자세로 잠들었기 때문에 목과 어깨가 굳어 몹시 아프다. 벌써 나흘째 이런 선잠을 겨우 세 시간만 자다 보니 머리가 절반만 깨고 나머지 절반은 연탄가스라도 마신 것처럼 답답하다.

고개를 세게 흔들어 억지로 잠을 쫓는다. 기말고사 마지막 날이다. 간신히 몸을 일으키자 절반밖에 살펴보지 못한 사회 공책이 너덜거리는 채로 펼쳐져 있다. 사회 공부를 다 마치고 자려 했는데 그냥 잠들어 버렸다. 비명을 내지르고 눈물이라도 펑펑 흘리고 싶다. 하지만 그런다고 달라지는 건 없다. 결론은 났다. 시험공부는 덜 끝났고, 아침은 밝아 버렸다.

소화 안 된 음식이 식도를 따라 밀고 올라오는 것처럼, 가슴에서 답답한 뭔가가 위로 밀려온다. 그렇게 밀려 올라온 것들이 결국 두 눈에서 출구를 찾는다. 눈물방울이 툭, 툭, 떨어져 공책 위에 얼룩을 만들었다. 써니는 새어 나오는 울음소리를 애써 누른다. 눈물을 막을 생각은 없지만 소리만은 내고 싶지 않다.

이 지긋지긋한 졸음. 하루라도 좋으니 맑은 머리로 학교에 가고 싶다. 써니는 늘 잠이 부족했다. 공부 욕심이 많았지만, 밤 10시 이전에는 공부를 할 수 없었다. 단칸방에 칸막이를 쳐서 절반은 부모님이, 남은 절반은 써니와 동생이 같이 썼기 때문이다.

방의 반 칸을 차지한 아빠는 늘 TV를 켜 두었다. 딱히 보는 것 같지도 않은데 항상 볼륨을 크게 올려놓아 간혹 위층에 사는 집주인이 성을 내며 내려오기도 했다. 위층에서도 시끄럽다고 내려올 정도니 같은 방에 있는 써니가 공부를 한다는 건 꿈같은 이야기다.

밤 10시가 되어 아빠가 출근한 뒤에야 겨우 공부할 환경이 만들어졌지만, 그마저도 대리운전 콜이 잘 들어올 때 얘기다. 써니는 아빠가 밤 11시에라도 나가야 비로소 공부를 할 수 있고, 아빠가 일을 공치는 날이면 그날 공부는 포기다. 밤 10시에 공부를 시작하더라도 이런저런 복습이나 숙제를 하다 보면 새벽 2시는 우습게 넘어 버린다.

새벽 2시가 되면 아빠가 언제 퇴근하느냐에 따라 공부 시간 연장 여부가 정해졌다. 3시까지 안 들어오면 그때까지 공부할 수 있고, 그전에 들어오면 그게 몇 시건 거기까지다. 무조건 불을 끄고 자야 했다.

아빠가 술이라도 마시고 오는 날이면 공부는커녕 잠도 자기 어려웠다. 아빠는 마지막 손님까지 보내고 나면 편의점에서 소주야 맥주야 소맥이야 잔뜩 들이붓고 들어오곤 했다.

그러면 기다렸다는 듯이 부부 싸움이 시작되고 그 불똥이 써니와 동생에게로 튀었다. 말수가 적고 얌전한 써니보다 말대꾸 잘하고 성깔 있는 동생이 주로 폭력의 희생자가 되었다.

주먹으로도 치고, 손바닥으로도 치고. 아빠의 폭력으로부터 동생을 지키는 일은 써니 몫이었다. 이렇게 온 가족이 한바탕 전투를 치르고 나면 술 취한 아빠도 속상한 엄마도 지쳐 버린 써니도 짜증 난 동생도 모두 쓰러지듯 잠이 들었다.

이런 날이 하루걸러 계속되니 써니는 늘 수면 부족에 시달린 채 학교에 다녔고, 시험공부를 했고, 시험을 쳤다. 인간은 부족한 수면 시간을 어떻게든 채우기 마련이다. 어쩌다 그런 날에 걸리면 10시에 공부를 시작하려고 책을 펼쳐도 눈 한번 감았다 뜨면 아침이다. 만약 그런 날이 시험기간 중에 오면 시험은 망치는 수밖에 없다. 울고불고해 봐야 헛수고다. 그냥 망치는 거다.

등 뒤에서 아이들이 웅성거리는 소리가 들린다. 하지만 웅성거리는 소리보다는 한숨 소리가 더 크다. 눈앞에는 노란색 답안지가 마치 생명의 마지막 한 모금까지 남김없이 빨아먹고 말겠다는 듯이 써니를 노려보며 소곤댄다.

이제 와서 날 원망해 봐야 소용없어. 시험 시간은 끝났고, 이제 난 수거되어 리더기에 들어갈 거니까.

그때 하얗고 자그마한 손가락이 확 나타나더니 답안지를 채 간다. 와니다.

그제야 기말고사가 다 끝났다는, 그리고 방금 와니가 걷어 간 답안지가 하필 사회 시험 답안지라는 사실이 떠오른다. 정말 잘 보고 싶었던 사회. 하지만 영 망쳐 버린 사회.

답안지를 걷어 가는 와니의 뒷모습이 얄밉다. 쫓아가 뒤통수라도 한 대 치고 싶다. 하지만 써니 성격에 무슨. 말도 한마디 걸지 못한다.

와니는 사회를 정말 잘한다. 그런데 딱히 사회 공부를 열심히 하는 것 같지도 않다. 너무 쉽게 잘한다. 써니가 정말 잘하고 싶어 동동거리는 사회를 너무 간단하게 잘하는 와니. 써니가 누구보다 인정받고 싶고 칭찬받고 싶은 사회 선생님과 허물이 없어도 너무 없이 지내는, 마치 딸이라도 되는 것처럼 구는 와니.

"아, 이 개새끼들아, 좀 비켜 봐. 나 오줌 싸러 가야 한단 말이야!"

변성이 절반쯤 되다 만 남자아이의 목소리가 교실 공기를 가르며 와니를 향한 써니의 기묘한 마음의 그림자를 흩어 버린다.

용이다. 전교 1등. 공부는 잘하지만 어딘가 이상한 아이. 선생님들한테 잘 대들고, 선생님이 잘못 가르쳐 준 것을 콕콕 짚어 지적하는 아이. 그래서 공부를 잘해도 선생님들한테 미움받는 그런 아이다. 교무실을 놀이터 삼아 드나드는 와니와 딴판으로 교무실이 무슨 지뢰밭이라도 되는 양 피하는 아이다.

그런데 반 아이들은 용이를 좋아했다. 선생님들한테 미움을 받으면 받을수록 용이를 좋아했다. 남자아이들은 어떻게든 친하게 지내려고 하루살이처럼 주변으로 몰려들었고, 여자아이들은 용이 자신도 모르는 사소한 버릇까지 관찰하며 킬킬거렸다. 그러나 정작 용이는 누구하고도 친하게 지내지 않았다. 집에도 늘 혼자 갔고, 쉬는 시간에도 혼자 놀았다.

애들은 참 이상하다. 와니는 선생님한테 칭찬받고 인정받을수록 인기가 높아졌고, 용이는 야단맞고 미움받을수록 인기가 올라갔다.

하지만 시험기간만큼은 예외. 아이들은 용이 혼자 있게 두지 않는다. 시험이 끝나면 기다렸다는 듯이 남자아이들은 용이에게, 여자아이들은 와니에게 달려들어 질문 공세를 퍼붓는다.

회장인 와니가 모범 답안을 가지러 교무실에 내려갔기 때문에 지금은 용이 혼자 포위공격을 받는 중이다.

"회장이 모범 답안 가지고 올 거잖아? 왜 꼭 내 걸 봐야 하는데?"

용이가 항의했지만 아이들은 아랑곳하지 않고, 기어코 용이의 시험지를 빼앗아 자기들 시험지와 맞춰 본다. 그제야 용이를 에워싸고 있던 포위망에 균열이 생겼다. 용이는 어깨를 한 번 으쓱하더니 갑자기 아랫배를 움켜쥐고 부리나케 화장실을 향해 달려간다.

그러는 동안 와니가 들어와 모범 답안을 펼쳐 든다.

"도덕. 1번 답 2, 2번 답 3……."

정답을 발표하는 와니의 목소리가 우렁차다.

"다음은 사회."

돌연 와니 목소리가 멈춘다.

"아, 이거 논술형인데……."

도덕 시험은 선택형과 단답형이어서 답을 불러 주거나 칠판에 적어 주었지만 모든 문제가 논술형인 사회 시험은 도저히 불러 주거나 적어 줄 수 없는 모양이다.

"어, 용이 왔다. 야, 드래곤. 이제부터 네가 해."

와니는 화장실에 갔던 용이가 돌아오자마자 마치 기다렸다는 듯이 교탁 앞으로 끌고 간다.

"뭘?"

"사회 답 좀 알려 줘."

"내가 왜?"

"사회는 논술이잖아? 네가 잘 설명해 줘."

"그냥 네가 하는 김에 계속하면 되잖아?"

"그거 다 읽으면 목 아프거든. 자, 그럼 부탁해."

와니는 용이에게 정답지를 억지로 쥐여 주더니 교실 밖으로 나가 버린다.

써니는 와니가 시험지 답을 맞춰 보는 걸 본 적이 없다. 시험 점수에 관심이 없는 것일까, 아니면 굳이 답을 맞출 필요도 없다는 것일까? 그 철저한 무관심 속에 스며 있는 자신감. 써니는 둘 다 부럽다.

사실 와니와 용이가 같은 반이 된 건 말도 안 되는 일이다. 1학년 1학기 때만 해도 공부를 전혀 안 하던 와니가 2학기 기말고사부터 전교 2, 3등 수준으로 성적이 쑥 올랐기 때문이다. 워낙 그전에 죽을 쒀 놓았기 때문에 1학년 전체 평균을 내자 전교 24등이 되었고, 그래서 전교 1등인 용이와 같은 반에 배정되었다.

전교 1, 2등이 한 반에 있게 된 셈이다. 불꽃 튀는 경쟁을 예상했지만 둘 다 경쟁에 무관심, 점수에 무관심, 서로에 무관심이었다. 그럼에도 여전히 전교 1, 2등을 나눠 먹기는 마찬가지. 그런 상태가 2학기 중간고사까지 이어지는 중이다.

얼떨결에 정답지를 손에 쥔 용이가 고개를 오른쪽으로 10도쯤 기울인 자세로 교탁 앞에 섰다.

"뭐가 궁금해?"

그러자 아이들이 논술 문제 1번부터 마지막 문제 6번까지 차례로 물어보았고, 그때마다 용이는 이 문제에서 물어보고자 하는 것이 무엇인지, 그리고 어떻게 써야 만점을 받고 어떻게 쓰면 감점이 되는지 칠판에 써 가면서 설명했다. 생김새가 사회 선생님하고 닮아 아이들이 사회 선생님의 숨겨 놓은 아들이라고 놀리곤 했는데, 저 모습을 보면 사실이 아닐까 의심이 들 정도다.

"아이고, 용아. 아예 수업을 해라. 수업을 해."

종례하러 들어온 담임선생님 목소리다. 하지만 담임선생님은 바로 종례를 시작하지 않고 문 옆에 서서 용이의 설명이 끝날 때까지 기다려 준다. 용이의 설명은 쉬운 데다 유머러스했다. 게다가 엉뚱한 부분에서 강세가 들어가는 독특한 억양까지 보태져 아이들은 물론 담임선생님까지 깔깔거리며 웃음을 터뜨렸다.

그런데 정작 당사자, 용이는 웃지 않는다. 용이는 지루한 듯 눈을 절반쯤 감고 무덤덤하게 설명하는 중이다. 저 긴 글과 많은 내용을 어떻게 아무것도 안 보고 말할 수 있을까? 그것도 재미있게? 써니는 그런 용이가 마냥 신기하기만 하다.

"하여간 이상한 애야. 언뜻 보면 바보 같은데 공부는 잘한

단 말이야."

까불이로 소문난 예라가 써니 귀에 속삭인다.

"쟤는 대체 뭐에 관심이 있을까?"

'이상한 애'라고는 했지만 예라는 아무래도 용이에게 관심이 있는 모양이다.

"서예라! 이야기 뚝! 종례해야지?"

담임선생님 말에 속닥대던 예라가 혀를 쑥 빼어 문다. 공연히 써니도 얼굴이 달아오른다.

써니는 달아오른 얼굴을 들키지 않으려고 고개를 살짝 숙인 채 곁눈으로 교실 분위기를 살핀다. 종례를 시작한 담임선생님의 목소리가 귓가에서 앵앵거렸다.

"시험 끝났다고 너무 놀 생각만 하지 말고. 제일 먼저 할 일은 푹 쉬는 거야. 일단 쉬고 나서 내일 수업 준비 잘하고. 놀더라도 과하지 않게. 하지만 시험 종료일에 놀지 말라고 하는 건 말도 안 되지? 즐겁게 놀아."

창가에 앉은 용이가 눈에 들어왔다. 고개를 숙이고 있다. 그런데 펜을 움켜쥔 왼손이 바삐 움직인다. 뭔가 부지런히 쓰고 있는 것 같다. 아니, 손동작을 보니 쓰기보다는 뭔가 그리는 것 같다. 하여간 무척 바빠 보였다.

이제야 얼굴빛이 정상으로 돌아왔다. 써니는 손바닥으로

얼굴에 부채질을 하며 고개를 들었다. 용이는 여전히 왼손을 분주하게 움직이는 중이다. 이제는 확실하다. 저 동작은 뭔가를 그리는 동작이다. 그리다 창밖을 내다보고, 창밖을 내다보다 다시 그린다.

"자, 이상."

담임 목소리가 들리기 무섭게, 아이들이 우르릉거리며 의자를 책상 위에 올렸다. 써니도 의자를 뒤집어 올려놓고 가방을 어깨에 멨다. 그 순간 누군가 써니의 가방을 잡아당긴다. 써니가 휘청거린다.

"써니! 어디 가? 너 청소야! 하하하."

와니가 뒤에서 깔깔거리며 웃고 있다.

"참, 너 사회 시험 어떻게 됐어? 오석 샘한테 칭찬받고 싶어 했잖아?"

써니는 대답 대신 조용히 고개를 가로젓고는 빗자루를 꺼내 들어 창가 쪽 자리로 갔다. 청소는 항상 모서리부터 해야 한다는 담임선생님의 말씀을 그대로 따르는 중이다.

그때 꾸다당 소리가 뒤통수를 때렸다. 돌아보니 바로 뒤 책상에서 의자가 굴러떨어졌다. 가방을 등에 멘 채 비질을 하다 그만 의자를 건드린 것이다. 하필이면 용이 자리다.

"어, 이게 뭐야?"

예라가 용이 책상 위에서 공책을 집어 올렸다. 용이가 공책이 있는지 모르고 그냥 의자를 올려 둔 모양이다. 아까 뭔가를 열심히 그리고 적던 그 공책이다.

"와, 와, 얘 그림 엄청 잘 그린다."

예라가 공책을 넘기다 말고 발까지 구르며 탄성을 쏟아 냈다.

"어디, 어디?"

어디서 나타났는지, 여자아이들이 몰려왔다. 와니도 끼어 있다. 공책에는 늑대 인간이 그려져 있었다. 단단한 가슴과 선명한 복근을 가진 사람 형상을 한 늑대 인간이다. 털 한 올 한 올까지 섬세하다. 그런데 눈동자가 이상하다. 초점 없이 멍한, 어디를 보고 있는지 알 수 없는 텅 빈 눈동자가 왠지 슬퍼 보인다.

"뭐야, 이 말은? Homo homini lupus – 홉스?"

"홉스? 사회 시간에 나왔던 사람 같은데?"

"대체 무슨 소리야?"

"그런데 이거 용이 자화상 아니야?"

"호호호. 용이 알고 보니 드래건이 아니라 울프였어."

여자아이들이 까르르 웃어 대며 노트를 계속 넘겼다. 늑대 인간 다음 장에는 두건을 뒤집어쓴 노인 그림이 나왔고, 그다음 장에는 시 비슷한 글이 나왔다. 무슨 회로 설계도 같은 것을 그려 놓기도 했다. 설계도 아래에는 이런 글이 적혀 있다.

'이로써 인류는 완전한 재생 에너지를 사용할 수 있게 되었다. 다만 에너지를 팔아 돈을 벌던 자본가들이 이윤을 포기할지가 미지수다.'

"꺅! 이 변태 새끼!"

갑자기 예라가 소리를 지른다. 누드 그림이 나왔기 때문이다. 하지만 누드 그림이 나왔다 해서 굳이 눈을 돌리는 아이는 없다. 미술 시간에 인체 소묘를 한다고 인터넷에서 수영복 사진을 구해 와 그리라 했는데, 용이는 그걸 아예 누드로 그린 모양이다. 써니도 와니와 예라 어깨 사이로 용이가 그린 그림을 보았다. 좀 얄궂긴 하지만 그림만 보자면 정말 잘 그린 누드다.

"야, 나도 보자."

"나도, 나도."

여자아이들이 용이의 공책을 돌려 보았다. 이 손 저 손 거치던 공책이 써니 손에 툭 들어왔고, 써니는 펼쳐 보고 싶지만 왠지 그래서는 안 된다는 생각에 그냥 들고만 서 있었다. 그때였다.

"야, 야, 빨리 치워!"

예라가 수선을 피운다.

"용이 온다! 얼른 원래 자리에 갖다 놔."

하지만 써니는 공책을 원래 자리에 가져다 놓는다는 게 그만 교실 바닥에 떨구고 말았다. 공책은 늑대 그림이 그려진 면이 활짝 펼쳐진 채 바닥에 드러누웠다. 얼른 공책을 주우려고 허리를 숙이는데 두 발이 써니 턱 밑에 쏙 나타났다. 용이다.

"아, 안녕. 집에 간 줄 알았어."

"공책 놓고 간 게 생각나서."

용이 목소리가 평소보다 크게 들린다. 뭐지? 화난 건가? 의기소침해질 찰나, 용이 귀에 꽂혀 있는 이어폰이 보인다. 써니는 그제야 마음이 놓인다. 용이가 어색한 동작으로 공책을 줍는다. 얼굴에는 화난 기색도, 그렇다고 웃는 기색도 없다.

덤덤한 표정으로 공책을 주워 가방에 집어넣은 용이가 갑자기 해괴한 영어 노래 가사를 큰 소리로 읊조리더니 그대로 달려나가 교실 밖으로 사라졌다. 헤비메탈 음악인 것 같은데, 전혀 들어 본 적 없는 노래다. 용이는 다른 사람이 어떻게 보든 신경이 쓰이지 않는지 점프도 하고, 허공에 기타질과 드럼질도 하며 신나게 달린다.

"인간은 인간에게 늑대다."

와니가 낮은 목소리로 읊조렸다.

"응?"

"아, 아까 그 공책에 쓰여 있던 말. 라틴어야."

"너, 라틴어도?"

"아니, 아니."

와니의 손이 눈앞에서 왔다 갔다 한다.

"오석 샘이 수업 시간에 잠깐 말씀하셨어. 계몽사상 설명할 때 홉스가 한 말이라면서. 용이 그 녀석은 시험에도 안 나올 걸 적어 놓고 다니네?"

그러는 넌 필기도 안 하면서 잠깐 언급한 말까지 다 기억하고 있잖아.

*

"그만 마치자."

오늘따라 웬일이지? 정말 이걸로 종례가 끝난 거야? 5분 만에? 놀란 건 써니뿐인가 보다. 아이들이 행복한 얼굴로 일제히 가방을 집어 들고 일어서느라 내는 책상과 의자 부딪는 소리들이 마치 드럼을 두드리는 것처럼 써니의 고막을 흔들었다. 겨울 방학이 하루하루 다가오는 게 실감난다.

그런데 교실을 나서던 담임선생님이 갑자기 뒤돌아서더니

와니를 부른다.

"참, 와니야, 나 좀 보고 가자."

"네? 네."

와니가 순순히 대답한다. 하지만 담임선생님이 나가자마자 말투가 확 바뀐다.

"아, 뭐야! 모처럼 종례 빨리 끝내 놓고 이런 게 어딨어?"

써니는 그런 와니를 힐끗 쳐다봤다. 맨날 교무실을 놀이터 삼아 드나들면서 새삼스럽게 왜 저런담? 살짝 고깝지만 내색하지 않으려 애쓴다. 와니는 영향력이 크다. 와니와 사이가 틀어지면 공부 좀 하는 여학생 사회에서는 발붙일 틈이 없다.

여느 때처럼 교실을 나서려는데 느닷없이 누가 백허그를 한다. 써니는 자신의 허리를 감싼 작고 하얀 손가락의 주인공을 금방 알아보았다. 와니다. 이상하다. 요즘 들어 와니가 친한 티를 부쩍 자주 낸다. 왜 그럴까? 와니처럼 인기 많은 아이가 존재감 없는 자신과 친하게 지내려 하는 게 써니는 반가운 동시에 무섭다. 와니와 친하게 지내는 것은 반드시 누군가의 질투를 산다는 것을 써니는 너무나 잘 알고 있다.

"써니야, 나 혼자 교무실 가기 싫어. 같이 가자."

와니는 선생님들의 귀여움을 독차지하는 아이다. 교무실 가는 걸 부담스러워 할 리 없다. 왜 굳이 같이 가자고 보채는지 영문을 모르겠지만 거절도 못 하는 써니다. 싫단 말이 도무지 입 밖으로 안 나오는걸. 써니는 침만 꼴깍 삼켰다. 그 꼴깍 소리가 예스인지 노인지 스스로도 모르겠다. 어차피 와니는 내가 어떤 대답을 하든 결국 교무실에 데려가고 말았을 거다. 와니니까.

"알았어."

차라리 허락하고 고맙단 말을 듣는 편이 낫다.

"고마워."

와니가 써니에게 팔짱을 껴 왔다.

"써니야, 넌 너무 착해. 감동이야."

써니는 어금니를 꽉 깨물었다. 그 바람에 아랫입술이 조금 삐져나왔다. 입 밖으로 나오지 못한 말들이 써니의 머릿속에서 영양 떼처럼 달렸다. 싫다고 말하고 싶었는데. 거절하고 싶었는데. 오늘 청소년 미디어 센터 가서 새로 들어온 책들 보려고 했는데, 교무실이라니. 10분쯤 늦는 건데 뭐 어때. 갔다 오지 뭐. 어차피 집에 일찍 들어가 봤자 좋을 것도 없잖아.

"어머, 써니도 왔네?"

교무실에 들어서자 담임선생님이 마치 뜻밖의 복권에 당첨이라도 된 양 좋아한다.

"자, 이리 좀 와 볼래? 어려운 부탁을 해야 하거든."

"뭔데요?"

와니가 어려운 부탁이라는 말에 정색을 한다. 와니는 선생님들의 귀염을 받는 아이지만 그건 어디까지나 수업 참여도가 높아서지 심부름을 잘해서는 아니다.

"용이 말이야. 너희도 알겠지만 요즘 계속 학교 안 나오잖아."

"많이 아픈가 보죠, 뭐."

"아파서 안 오는 거라면 연락을 했겠지."

"아님 우리가 모르는 이유가 있나 보죠. 걘 늘 엉뚱하잖아요. 연락 없이 안 왔으면 무단결석 아닌가요?"

"기술 시간에 크게 혼났다는 이야기는 들었는데, 아무도 얘기를 안 해 주네? 기술 선생님도 그냥 별일 아니라고 하시고. 그런데 용이는 학교를 안 오고."

"별일 아닐 거예요."

와니가 대수롭지 않게 대답한다. 당연히 거짓말이다. 써니 눈에도 거짓말이라는 게 보일 정도다. 무엇이든 잘하는 와니지만 거짓말은 영 서투르다. 써니 눈에도 다 보이는데, 선생님이 속을 리 없다.

"그러지 말자, 영완아. 넌 회장이잖아? 용이가 노는 애도 아니고. 갑자기 학교를 안 나오면 분명 이유가 있을 거야. 학급을 대표해서 좀 알려 줄 수 없겠니? 써니야, 넌 뭐 알고 있는 거 없니?"

물론 써니는 무슨 일이 있었는지 안다. 기술 선생님은 대수롭지 않게 말했지만 써니 눈에는 매우 대수로운 일이었다. 시작은 아주 사소했다.

용이가 질문을 했다.

"지금 기술 시간이잖아요? 技術. 技는 손 수(手) 변이잖아요? 그런데 왜 우린 손을 쓰지 않고 글자만 보죠? 우린 언제 기술을 배우나요?"

자세하게는 기억나지 않지만 대략 이런 질문이었다. 그런데 기술 선생님이 대답 대신 용이 뺨을 후려갈겼다. 그걸로도 분이 안 풀렸는지 휘청거리는 용이를 발로 걷어차기까지 했다. 도대체 왜 그렇게 화를 내는지 알 수 없었다. 분명한 건 기술 선생님이 분노에 사로잡혀 있고, 그 분노가 가실 때까지 숨죽이고 있어야 한다는 것이었다. 반 전체가 공포에 사로잡혀 그저 이 폭풍우가 잠잠해지기만을 기다리는 수밖에 없었다.

마침내 써니가 용기를 내 입을 열었다. 의외로 쩌렁쩌렁한 목소리가 풍선이 빵 터지듯 튀어나온다. 그런데 그 말은 써니가 생각했던 말이 아니다. 목구멍을 통과하면서 원래 하려던 말이 엉뚱하게 바뀐 것이다. 선생님도, 와니도, 그리고 무엇보다 쓰니 스스로 깜짝 놀랄 말이 튀어나와 버렸다.

"용이한테 물어볼게요."

"어머, 정말?"

"야! 너 왜 그래?"

담임선생님과 와니가 동시에 소리쳤다. 하지만 이미 쏟아진 물이다.

와니는 가는 내내 투덜거렸다. 사실 따지고 보면 와니가 써니를 억지로 교무실에 끌고 간 게 사건의 발단이다. 미디어 센터에 그냥 가게 됐으면 교무실도 안 갔을 거고, 엉뚱한 말도 안 했을 거다. 하지만 애초에 써니가 미디어 센터에 가야 한다는 말을 안 했으니 와니한테 따질 수도 없다.

별수 없이 써니는 와니가 종알거리게 내버려 둔다. 뒤끝 없는 아이니까 저렇게 투덜대다 언제 그랬냐는 듯이 깔깔 웃을 것이다.

"말해 봐야 소용없을 거야."

학교를 벗어나자 와니가 뜬금없이 한마디 던진다.

써니가 대답 없이 궁금한 표정을 짓자 와니가 말을 잇는다.

"용이, 기술 시간 말이야. 어차피 담임쌤은 용이 편을 들어주지 않아. 오히려 알려지면 알려질수록 용이만 어려워질걸. 분하지만 학교란 데가 그래."

와니는 그 말 뒤로 더 이상 아무 말도 하지 않았다. 투머치 토커인 와니가 침묵을 하니 함께 걷는 시간이 어색하고 불편하다. 다행히 용이네 집은 학교에서 멀지 않았고, 나쁜 감정을 빨리 털어 버리는 와니는 몇 발짝 지나지 않아 이내 투머치 토커로 돌아왔다. 와니가 알아듣기 힘든 농담을 하며 크게 소리 내어 웃었다.

참 예뻐, 와니 웃는 모습은. 써니가 생각한다. 와니는 웃을 때 살짝 처진 두 눈이 초승달 모양으로 접히고 입은 반달 모양이 되는데, 그 모습이 정말 깨물어 주고 싶게 귀엽다. 같은 또래 친구가 봐도 그런데 어른들이 보면 오죽할까?

확실히 와니는 귀여운 외모 덕을 많이 본다. 공부를 잘하기 때문이기도 하지만, 공부를 잘해서 오히려 미움받는 용이나 옆 반 명진이와 비교하면 외모 덕을 보는 것이 더욱 분명해진다. 엉뚱한 질문은 용이뿐 아니라 와니도 만만치 않게 많이 하는데, 선생님들 반응은 딴판이다. 딱딱한 표정으로 불쑥불쑥 말하는 용이, 얼굴에 초승달과 반달을 띄운 채 말하는 와니. 같은 행동을 해도 한 아이는 반항아가 되고, 다른 아이는 귀여운 괴짜가 된다.

"다 왔어."

와니 목소리가 써니의 생각을 깨웠다. 이 동네에서 흔히 볼 수 있는 검붉은 벽돌로 지은 3층짜리 빌라가 힘겨운 모습으로 서 있다. 용이네 집은 이 빌라의 2층이다. 누가 내다 버렸는지, 아니면 주인이 엄청 게으른 것인지 다 부서져 가는 자전거 한 대가 현관 입구에 기우뚱하게 매여 있어 와니와 써니는 거의 몸을 비튼 채 들어가야 했다. 계단은 빛이 잘 들어오지 않아 컴컴했다. 조심스럽게 발을 디뎌 어두운 계단을 올라가는데, 엉뚱하게 사람이 다 지나간 다음에야 불이 켜진다.

"뒷북도 아니고 뒷불이야. 이 계단을 다니려면 뒤로 돌아서 거꾸로 오르내려야 되겠네? 그치, 그치?"

와니가 자기 농담에 스스로 감격해 마구 웃음을 터뜨린다. 그 웃음소리가 빌라 계단 통로를 통해 쩌렁쩌렁하게 울린다. 와니가 그 소리에 놀라 손으로 입을 막으며 써니 눈치를 본다. 써니는 슬그머니 눈웃음을 지어 와니가 민망하지 않도록 배려한다.

202호. 선생님이 가르쳐 준 주소다. 생활기록부 주소가 엉터리가 아니라면 여기가 용이네 집이다.

써니는 초인종을 누르려다 멈칫했다. 아무래도 남자아이 집이라 부담스럽다. 그렇게 초인종 앞에서 끙끙거리고 있는데 와니가 손을 쑥 내밀더니 가볍게 초인종을 두 번 눌렀다.

"네에, 누구세요?"

여자 목소리다.

"용이네 반 친구들인데요, 용이 있나요?"

와니가 실내에서 자기 모습을 확인할 수 있도록 현관 외시경 앞 적당한 거리에 서서 말한다. 목소리가 무척 씩씩하다. 대답이 끝나기 무섭게 문이 덜컥 열린다.

널찍한 이마와 가느다란 턱, 그리고 자그마한 눈과 뾰족한 코를 가진 아주머니가 모습을 드러냈다. 써니는 오각형 진 아주머니 얼굴이 용이와 너무 닮아 하마터면 터질 뻔한 웃음을 억지로 찍어 눌렀다. 그러나 이내 짙게 칠한 눈가 화장 사이를 비집고 드러난 검푸른 멍 자국을 보고 이번에는 튀어나오려던 비명을 삼켰다.

오른쪽 눈보다 왼쪽 눈 화장이 훨씬 짙고 두터워. 왜 저러는지 알아. 엄마도 자주 저랬으니까. 우리 집에서 사흘이 멀다 하고 일어나는 일, 바로 그런 일이 일어난 거야.

써니는 가슴에 힘을 꾹 주어 가며 터져 나오려는 눈물을 참는다.

"어머, 예쁜 친구들이 왔네? 어서 들어와."

목소리가 다소 호들갑스럽다.

"용이 어머님이시죠?"

와니 말투는 마치 가정 방문한 담임선생님 같다.

"그래, 내가 용이 엄마란다."

"안녕하세요. 저는 조영완이라고 합니다. 얘는 김선희고요. 용이가 계속 학교에 안 나와서 선생님께서 한번 들러 보라고 하셔서 찾아왔습니다. 전달할 것도 있고요. 용이 지금 있나요?"

"그래, 있어. 남자 친구들도 잘 안 오는데, 여자 친구들이 다 찾아왔네? 어서 들어와."

아주머니가 써니와 와니를 거실로 안내한다.

딱히 거실이라고 하기도 뭣한 공간에는 바래고 군데군데 때가 묻은 갈색 인조가죽 소파가 공간 대부분을 차지하고 있다. 맞은편에는 싱크대와 식탁만으로 꽉 차는 자그마한 주방이 있고, 방문은 두 개밖에 보이지 않았는데 모두 굳게 닫혀 있어 안 그래도 좁은 집이 더 좁아 보인다. 그래도 써니는 부럽기만 하다. 칸막이 대신 벽과 문으로 구별된 온전한 방 두 칸. 그리고 소파가 있는 거실. 지나다니는 사람들이 슬쩍 훔쳐보지 못할 2층이라는 사실까지.

"아 참, 내 정신 좀 봐. 뭐 먹을 거 좀 줄까?"

용이 엄마가 손뼉을 친다. 써니는 그 손뼉이며 과장된 말투가 불편했지만 싫은 티를 내지 않으려고 고개를 숙인다. 대화는 계속 와니 몫이다.

"아뇨. 그냥, 용이 좀 불러 주세요. 학습지 전해 주고, 또 뭐 하나만 물어보고 금방 갈게요."

"그래, 그러자꾸나."

아주머니가 닫힌 문 두 개 중 왼쪽 문을 열고 들어갔다. 하지만 용이도 아주머니도 나오지는 않고, 둘이 이야기하는 소리만 문틈으로 흘러나온다. 틀림없는 용이 목소리다. 용이가 짜증 섞인 목소리로 빠르게 말하는데, 워낙 빨라 뭐라고 말하는지 알아듣기 어렵다.

"아, 얘 짜증 나게 만드네. 왜 이렇게 안 나와?"

와니가 눈을 찡그리며 일어선다.

써니도 불안하다. 와니는 화가 나거나 답답하면 참지 않는데, 어쩌지? 어쩌면 왈칵 방문을 열고 용이를 끌고 나올지도 몰라. 와니는 그러고도 남지. 써니는 불안을 달래기 위해 눈동자를 움직여 조심스럽게 거실 여기저기를 둘러본다.

좁은 거실 바닥 곳곳에 마치 얼룩처럼 널부러져 있는 책들이 눈에 들어온다.

『호밀밭의 파수꾼』, 『코스모스』, 『데이비드 코퍼필드』, 『모비 딕』처럼 이름은 많이 들어 봤지만 아직 읽어 볼 엄두가 나지 않았던 책들이 보이고, 『문명 속의 불만』, 『철학의 위안』, 『판다의 엄지』, 『빈 서판』같이 제목 한번 들어 본 적 없는 낯선 책들도 보인다.

써니는 책을 좋아하지만 좋아하는 만큼 집에 책을 둘 수 없다. 그럴 자리도 없고. 물론 학교 도서관이나 시립도서관에 가면 원하는 책을 빌려 읽을 수 있지만, 그래도 자기만의 책을 갖고 싶었다. 책이 빼곡히 들어찬 책장 하나 가져 보는 게 평생소원이었다. 그런데 이렇게 쓰레기보다 못한 모습으로 방바닥을 뒹굴고 있는 책이라니.

책 굴러다니는 모양만 봐도 알 수 있어. 이건 책 좋아하는 사람이 때와 장소를 가리지 않고 읽다 흘려 놓은 흔적이 아니야. 이건 책을 미워하는 사람이 화풀이한 흔적이야. 집어 던지고 짓밟고. 아, 저거 봐. 표지가 꺾였어. 팔다리가 부러진 채 방치된 사람 같아. 저건 뭐지? 공책이네. 저 공책 왠지 낯익은데. 아, 청소할 때 봤던 그 공책이네. 어쩜, 공책도 엉망이네. 뜯기고, 찢기고, 구겨지고.

써니의 관심은 온통 구겨지고 뜯긴 공책으로 향한다. 공책은 어디선가 들어오는 외풍을 타고 바들바들 떨고 있다.

'저건 말이지.'

써니 머릿속에 갑자기 마플 할머니가 등장하더니 다정한 목소리로 말을 건넨다.

'저 공책을 집어 던진 사람이 몹시 흥분한 상태라는 걸 보여 주는 거란다. 만약 찢어 버리는 게 목적이었다면 한 장씩 한 장씩 찢었겠지. 하지만 저 두꺼운 공책을 단번에 찢으려다 잘 안 되니까 그냥 구겨서 던져 버린 거라고. 옆에 뒹구는 책들도 그때 같이 내팽개쳐진 게야. 자, 그럼 생각해 보자. 누가, 왜 소설책, 철학책, 과학책을 이렇게 집어 던진 걸까? 시와 스케치가 담긴 두꺼운 노트를 왜 찢다 말고 집어 던졌을까?'

어렴풋이 대답이 떠오르던 찰나 마플 할머니가 도망치듯 사라졌다. 대신 왜 왔냐고 묻는 남자아이 목소리가 들렸다.

방에서 겨우 나온 용이가 널브러진 책과 공책을 주으며 묻는다.

"아, 이거 주려고."

와니가 대답 대신 종이 뭉텅이를 내민다.

"고마워."

용이가 무뚝뚝하게 종이를 받는다.

"자, 가자."

와니가 써니의 팔을 잡아끌며 자리에서 일어선다.

아니, 이렇게 그냥 가면 안 되는데? 써니가 당황하며 뭔가 말하려 했지만 입은 움직이지 않고 얼굴만 발갛게 달아오른다.

"아 참, 그렇지."

달아오른 써니의 얼굴을 보더니 와니가 빙긋 웃는다.

"그 말 하는 거 잊어버렸네. 써니야, 알려 줘서 고마워. 야, 너, 학교 언제 나올 거야? 아니, 나오긴 할 거야?"

"다음 주에."

"내일도 모레도 계속 안 나올 거라고?"

써니는 갑자기 입 밖으로 튀어나온 높고 맑은 자기 목소리에 깜짝 놀란다. 마치 과학 시간에 만든 물 로켓이 삑 소리를 내며 튀어 나가는 것 같았다.

"아, 그게……."

마치 쏘아붙이는 듯한 써니의 목소리에 주눅이라도 든 것처럼 용이가 머리를 긁적이며 말꼬리를 흐린다. 써니도 더 이상 말을 꺼내지 못한다. 둘 사이의 공기가 찐득거리는 반죽처럼 쾨쾨하다.

"야!"

와니의 호통 소리가 공기 반죽을 단번에 가르며 어색한 상황을 정리했다. 그 바람에 놀라 고개를 든 써니는 그제야 용이가 어떤 꼴을 하고 있는지 제대로 보았다.

용이는 머리에 후드를 깊게 내려 썼다. 집 안에서 왜 후드를 뒤집어쓰고 있을까? 겨울이라곤 하지만 실내는 반바지 차림으로 있어도 될 만큼 따뜻한데? 게다가 써니가 기억하는 용이는 덜덜 떨었으면 떨었지, 교복 자켓 위에 외투도 안 입고 다니는 아이다.

그러거나 말거나 와니가 용이를 몰아붙인다.

"난 뭐 되게 아픈가 해서 왔더니, 멀쩡하잖아? 그런데 왜 그렇게 오래 안 나오는데? 수행평가는 어떡할 건데? 네가 안 나오면 너희 조 다 망하는 거 알잖아? 다 너만 믿고 있는데, 너도 나만 믿어 이러면서 큰소리 탕탕 쳤잖아?"

"사정이 좀…… 있어."

"사정은 무슨 사정이야? 그리고 왜 그렇게 고갤 숙이고 있는데? 나 좀 똑바로 보면서 말해. 뭐 죄지었어?"

와니가 용이의 후드를 확 잡아당기자 얼굴을 가리고 있던 후드가 벌러덩 뒤로 벗겨졌다. 그와 동시에 몇 마디 더 쏘아붙이려던 와니의 입이 다물어진다.

용이의 얼굴이 온통 멍투성이다. 눈두덩이가 푸르죽죽하게 부풀어 오른 것이 마치 추위에 상해 버린 바나나 속살 같다. 안 그래도 눈이 작아 단춧구멍 같다는 놀림을 받는 용이는 이제 부어오른 눈두덩이 때문에 눈을 떴는지 감았는지 알 수 없을 정도다.

"이제 좀 이해가 되냐?"

용이가 다시 후드를 뒤집어쓴다.

"다음 주나 되어야 나갈 수 있을 것 같다."

그리고 용이는 아무 말 없이 거실 곳곳에 전사한 병사처럼 널브러진 책을 다시 주섬주섬 주웠다.

"이 책들."

써니가 힘을 내서 입을 열었다.

"다 네가 보는 거니?"

용이는 대답 대신 고개를 끄덕이고 계속 책들을 정리한다. 구겨진 부분은 손바닥으로 다림질하듯 비비고, 꺾어지거나 접힌 부분은 잘 펼쳐서 꾹꾹 누른다. 어찌나 정성스럽게 매만 지는지 마치 종교 행사라도 치르는 것 같다.

"써니야."

와니가 조용히 선희를 잡아끈다.

"가자. 얼른."

"어? 응."

써니도 서둘러 자리에서 일어섰지만 와니가 훨씬 빨랐다. 와니가 어찌나 서두르는지 써니는 신발도 미처 다 신지 못하고 발등에 걸친 채 집 밖으로 끌려 나와야 했다. 용이 엄마가 과자를 들고 뭐라고 말하는 것 같았지만 하나도 들리지 않았다. 인사도 하는 둥 마는 둥 뛰쳐나왔다.

"나, 나, 신발."

'나 신발 제대로 못 신었단 말이야'라는 말을 하고 싶은데,

도무지 나오지 않는다. 결국 신발이 헐겁게 신겨진 탓에 빌라 계단에서 발을 헛디딜 뻔했다.

와니 역시 왼쪽 운동화는 꺾어 신었고, 오른쪽 운동화는 발이 반만 들어간 채로 까치발을 딛다시피 하며 뒤뚱뒤뚱 가고 있다. 그 모습이 우습기도 하고 귀엽기도 해서 써니는 자기도 딱 그 모양으로 뒤뚱거리고 있다는 것을 잊었다.

그래도 이건 아니다. 용이 엄마한테 인사도 안 하고 이렇게 뛰쳐나가다니, 이건 너무 예의가 없어. 이런 생각이 들자 써니는 걸음을 옮길 마음이 사라졌다. 하다못해 신발이라도 제대로 신어야지 이게 뭐람. 더는 못 가.

써니가 그 자리에서 멈춰 섰다. 써니의 손목을 잡아 끌던 와니 역시 걸음을 멈추고 써니를 물끄러미 본다. 그러더니 써니가 마음속에 담아 둔 말을 엿들기라도 한 것처럼 대답을 한다. 하지만 와니도 숨이 찬 모양인지 문장을 제대로 이루지 못한다.

"야, 야, 모르겠냐? 아줌마 화장⋯⋯, 용이 얼굴⋯⋯, 책 들⋯⋯."

그렇구나. 와니도 그걸 생각했구나. 하지만 써니는 그런 문제에 대해서만큼은 와니보다 훨씬 전문가다. 마침내 억양도 없고, 아무 감정도 느껴지지 않는 작은 목소리로 써니가 말을 꺼낸다.

"엄마? 아니면 아빠?"

"아무래도 아빠겠지? 엄마 얼굴 상태도 그 모양이니."

"왜 그랬을까?"

"그거야 모르지. 혹시 이번에 전교 1등 못 했다고? 하지만 전교 3등이 어때서? 어쨌든 우리 반에서는 늘 1등이잖아? 난 용이 빼고 등수 세는 게 익숙해졌다니까? 너 희준이 알지?"

"응."

"걔네 아빠가 맨날 전교 3등밖에 못 한다고 야단쳐 가지고 애가 늘 스트레스받았잖아? 그런데 이번 시험에선 걔가 전교 1등 했거든. 그런데 걔 아빠가 뭐라 그랬는지 아니?"

"아니."

"글쎄 왜 공동 1등이냐고 했대. 한 문제만 더 맞혔으면 완전 1등인데, 공동이 뭐냐면서. 정말 너무하지 않니? 용이 아빠가 희준이네랑 대략 비슷하다면, 이번에 반 죽이지 않았을까? 1등이 무려 3등 됐으니 말야. 그래서 애를 묵사발 만들고, 공부 안 하면서 쓸데없는 책 본다고 막 책도 찢어 던지고, 말리던 엄마까지 때리고. 그런 거 아닐까?"

"응. 그럴지도 몰라."

써니는 대답은 그렇게 했지만 속으로는 고개를 저었다. 와니야, 너 정말 아무것도 모르는구나. 네가 똑똑한 아이라는 거, 인정. 하지만 네가 사는 세계와 딴판인 세계가 있어. 넌 그 세계를 잘 몰라. 하지만 나한테는 너무 익숙한 세계거든. 아마 넌 상상도 못 할 거야. 써니는 이런 말을 와니에게 해 주고 싶지만 굳이 입 밖으로 꺼내지는 않는다.

써니의 세계, 와니의 세계. 방 한 칸을 둘로 나누어 쓰는 낡은 연립주택의 반지하와 한강이 내려다보이는 쾌적한 아파트. 걸핏하면 술에 취해 아내와 자식들에게 손찌검과 욕설을 퍼붓는 아빠와 대학원까지 나와 공공기관에 다니는 아빠.

와니는 가족을 전혀 부양하지 못하는 데서 비롯되는 자격지심을 아내에게 휘두르는 폭력으로 해소하고, 자녀를 사랑하기보다는 꼬여 버린 인생의 화풀이 대상으로 생각하는 그런 아빠의 존재를 상상하지 못할 거다. 용이 집에서 써니가 단번에 알아차린 그 비루한 냄새를 전혀 맡지 못할 거다.

다른 세계를 살아서 그럴까? 둘은 겉으로 드러나는 분위기도 달랐다. 써니는 평범하다. 남자였다면 인상이 좋다, 착해 보인다, 진국이다 같은 말을 들었겠지만, 여자라서 순해 보인다, 얌전해 보인다, 참하게 생겼다 따위의 말을 들으며 자랐다. 물론 "어디서 많이 본 것 같은 얼굴인데, 혹시 우리 만난 적 있니?"라는 말도 잊을 만하면 한 번씩 들었다.

반면, 와니는 눈에 띈다. 똘똘해 보이는 초롱초롱한 눈, 짙은 눈썹과 오똑한 콧날이 살짝 앞짱구 진 이마 아래 선명한 T라인을 만들었다. 흔히 말하는 이목구비가 뚜렷한 얼굴. 와니는 멀리서 봐도 단번에 알아볼 수 있고, 다른 아이들과 섞여 있어도 뚜렷한 개성이 드러났다.

당연히 학교생활도 달랐다. 학교에서 써니는 공기 같은 존재다. 공부는 잘하는 편이지만, 평균 90점을 겨우 오르내리는 수준이고, 천성이 수줍어 회장이니 부회장이니 하는 직책은 한 번도 맡지 않았다. 친하게 지내는 친구도 많지 않고, 그렇다고 딱히 미움받는 일도 없다.

반면, 와니는 늘 학급 회장을 도맡고, 내년에는 전교 회장이나 부회장이 될 게 확실한 학생이다. 여학생 사회에서 와니는 거의 사교계의 여왕이나 다름없다. 그런데 그 영향력을 행사하는 건 별로 보지 못했다. 어쩌면 그래서 더 영향력이 있는지도 모르겠다.

정말 우린 너무 달라. 와니의 올망똘망 귀엽성 있는 얼굴을 바라보며 생각에 잠긴 써니의 뺨이 붉어진다. 이렇게 다른데 우린 어떻게 친구가 되었을까? 맞아. 권오석 샘 때문이야. 사회 선생님.

사회를 가르치는 권오석 선생님은 써니보다 딱 스무 살 더 많은 30대 중반의 남자다. 술에 전 얼굴로 빈둥거리거나 고래 고래 소리나 지르는 아버지, 그리고 아버지와 별다를 바 없는 삼촌들만 봐 온 써니에게 사회 선생님은 이 세상에 반듯하고 다정한 남자 어른도 존재한다는 것을 일깨워 준 장본인이다. 게다가 무엇을 묻든 걸어 다니는 백과사전처럼 막힘없이 친절하게 대답해 주었다.

써니는 오석 샘 곁에만 가면 마음이 활짝 열려 어떤 말이든 생각이든 자유롭게 꺼낼 수 있을 것 같았다. 막상 말로 꺼내지는 못했지만. 그래서 와니가 늘 부러웠다. 수업 시간마다 번쩍번쩍 손을 들고, 질문도 마음껏 하고, 선생님 말씀에 막 태클도 걸고, 교무실도 놀이터처럼 드나들며 마주치는 선생님과 하이 파이브도 하고, 심지어 선생님들 책상 위 간식도 태연히 나눠 먹는 와니. 하지만 와니가 아무 선생님하고나 친하게 지내는 건 아니었다. 몇몇 선생님들하고만 친밀했는데 그 관계의 대부분은 오석 샘에게 집중되었다.

그래서 둘이 친구가 되었다. 오석 샘을 매개로. 권오석 선생님한테 질문이 있어 교무실에 가도 막상 눈을 마주치면 인사만 하고 쫓기듯 돌아 나오곤 하다가 와니가 오석 샘을 만나러 갈 때 부록처럼 따라가기 시작한 것이다.

어차피 대부분의 대화는 와니와 오석 샘 사이에서 이루어졌지만, 써니는 그걸 듣는 것만으로도 즐거웠다. 게다가 와니는 이야기 중간중간에 "참, 써니야, 네 생각은?" 하고 말할 기회를 마련해 주기도 하고, "참, 써니 너 이거 궁금하다고 했지?" 하면서 질문을 대신해 주기도 했다.

"어쨌든 기술 샘한테는 안심하시라고 말해야지. 기술 시간에 혼난 거 때문에 학교 안 나오는 거 아니라고."

와니 목소리가 생각에 잠겨 있던 써니를 깨운다.

"그래도 그 일은……."

"나도 알아. 억울하게 맞은 거. 그건 그거대로 팩트. 용이가 학교 안 나오는 진짜 이유는 따로 있다는 건 또 그거대로 팩트. 어차피 맞은 건 똑같은데, 아빠 쪽이 더 세네. 어! 시간 꽤 지났네. 해 넘어가잖아?"

"그러게."

11월이라 짧은 해가 아파트 단지 너머로 뉘엿뉘엿 얼굴을 감추고 있다.

*

"아 놔, 결국 우리 조 망했잖아? 용이 이 자식 이번 주에는 온다고 해 놓고 뭐냐고 이게?"

사회 시간에 발표를 제대로 못 한 아이들 입이 비쭉 튀어나온다.

"용이 탓을 하면 안 돼."

권오석 선생님 목소리가 튀어나온 입을 막는다. 오석 샘 목소리는 언제 들어도 부드러우면서도 단호하다. 어떻게 들으면 쿨하고 다르게 들으면 냉정하다. 하긴 쿨이나 냉정이나 마찬가지긴 하다.

"너희 조에는 용이 말고도 잘할 수 있는 친구들이 많이 있었어. 용이가 너희 몫을 대신해 줄 거라고 생각했다면 그건 아주 잘못된 생각이지."

"샘, 샘, 사회 샘."

상이다. 사고뭉치.

"샘, 가출해 본 적 있어요?"

그 소리에 써니는 고개를 설레설레 흔든다. 역시 상이한테 온전한 존댓말을 기대하기는 어려워. 어미에 요자만 붙으면 존댓말이라고 생각하는 모양이야. 하지만 오석 샘은 그런 말을 듣고도 화도 안 내셔. 그럴 땐 쿨이지, 냉정이 아니라.

"아니, 그건 또 왜 궁금한데? 음. 가출한 적 있다고 해야 할까? 미수에 그친 것도 친다면."

역시 친절하게 대답하시는구나.

"미수요? 그게 뭔데요?"

"가출하려다 걸려서 못 했다고, 이 찐따야."

씩씩한 목소리는 역시나 와니다. 아니나 다를까 상이를 한 대 쥐어박는 와니의 모습이 눈에 들어온다.

"샘, 샘, 그런데 용이 가출했대요."

그래도 상이는 꿋꿋하다. 전교 1등 용이의 가출을 일러바치는 게 무척이나 통쾌한 모양이다.

"어제 노는 형들한테 들었는데요, 용이 이 새끼가 그런 애들하고 어울려서 새벽에 막 돌아다니는 거 봤대요."

"그거 정말이니?"

"몰라요, 난 그냥 들은 거예요. 사회 샘, 담임샘한테 말할 거죠?"

"당연히 말씀드려야지."

"그럼 내가 말했다고 하지 마세요."

"알았어, 인마."

'즐거운 나의 집'이 울려 퍼진다. 아쉽다. 사회 시간이 끝났다. 권오석 선생님이 책과 공책들을 싸서 교실 밖으로 사라져 간다.

"야, 야, 그게 정말이야?"

선생님이 나가자마자 여자아이들이 상이 주변으로 하나둘

모여든다. 말과 행동이 거친 상이에게 이렇게 많은 여학생이 모여든 건 2학년 올라와 처음 있는 일이다.

써니도 듣고 싶었지만 어쩐지 상이는 좀 무섭다. 그냥 예라 손에 이끌려 근처까지 가는 데 만족한다. 와니는 없다. 하긴 와니가 상이 녀석 따위가 하는 말에 관심 있을 리 없지.

"정말이지. 내가 언제 거짓말하는 거 봤냐?"

"응. 늘 하잖아?"

"아 놔, 이번에는 진짜라니까. 시장하고 극동아파트 사이에 놀이터 있잖아? 내가 밤에 담배 피우는 데. 거기서 용이가 어슬렁거리더라니까. 내가 봤어."

"아깐 노는 형한테 들었다며?"

"그거야 사회 샘이 그러는 넌 한밤중에 거기 왜 있었냐고 하면, 담배 피우고 있었는데요 할 수 없잖아?"

"에이, 벌써 거짓말이잖아?"

"진짜라니까. 토요일 새벽 3시, 아니 4시인가? 하여간 그때 용이가 생양아치들하고 어울려서 막 담배 피우고 있었다니까. 그래서 내가 그 양아치 새끼들을 막 줘 깠거든. 그랬더니 그 새끼들 열라 토끼고."

"너도 담배 피우면서 왜 담배 피우는 애들을 때려? 네가 상관할 일이 아니잖아?"

"맞아. 용이가 딱 그렇게 말하더라. '네가 상관할 일이 아니잖아?' 이렇게. 그래서 한마디 해 줬지. 아 봐, 그 개새끼들이 우리 학교 전교 1등을 망치고 있잖아. 내가 그걸 어떻게 그냥 둬?"

그 순간 여학생들이 일제히 까르르 폭소를 터뜨렸다. 상이는 자기 말이 뭐가 우스운지 영문을 몰라 어리둥절했지만, 어쨌든 여자아이들을 웃게 만든 것에 만족하는 모양이다.

"어머, 남 걱정도 팔자다. 그랬더니 용이가 뭐라 그랬는데?"

"몰라. 뭐라 뭐라 어쩌고저쩌고 했는데, 난 한마디도 알아들을 수 없는 말만 하더라고. 뭐, 대충 느낌으론 네가 상관할 일 아니야, 뭐 그런 계통 같았는데, 피곤하고 짜증도 나고 그래서 한 대 쥐어박고 말했어."

"뭐라고?"

"정신 차려, 이 새끼야. 이런 식으로 사는 게 뭐 좋은 줄 알아? 넌 복 받은 새끼니까, 너답게 살아 짜샤, 뭐 이렇게 말했어. 그랬더니 암말 안 하고 한참 동안 날 야리더니 그냥 가더라고. 그런데 일요일에도, 월요일에도 계속 놀이터에 나오는 거야. 양아치 새끼들은 같이 안 왔는데, 걍 혼자서. 그러다 나랑 마주칠 것 같으면 생까면서 슬그머니 딴 데로 가고."

"와, 이거 빅뉴스야."

"그런데, 솔까 난 이해가 안 돼."

상이가 고개를 가로저었다.

"용이 이 새끼, 왜 이러지? 난 뭐 양아치 되고 싶어서 됐나? 집에 가도 좋은 꼴 못 보고, 학교에서는 수업 시간 내내 알아들을 수 없는 말만 씨불이고, 딴짓하면 뭐라 그러고, 자면 또 뭐라 그러고. 갈 데라곤 PC방 아니면 길거리잖아. 솔까 용이 같은 새끼가 제일 부럽다고. 공부 잘하고, 집도 넉넉하고. 학교에서도 열라 잘해 주고. 그런데 왜 그 지랄이래? 나같이 찍힌 놈도 어쨌든 학교는 오잖아? 그런데 그 새끼는 왜 이런데? 웃기는 자식이야. 오기만 해 봐. 내가 열라 줘 까 버릴 거야. 정신 차릴 때까지."

"야, 그러는 넌 학교 싫다면서 왜 나오는데?"

어느새 와니가 나타나 말을 끊었다.

"어, 그게."

"급식 먹으러 오잖아?"

"아, 씨바 들켰네."

상이가 멋쩍게 웃고는 슬금슬금 눈치를 보며 자리를 떴다.

상이는 모른다. 와니도 모른다. 하지만 써니는 용이가 왜 학교에 나오지 않는지, 왜 집을 나가야 했는지 안다. 형편없이 멍들어 버린 얼굴을 보이고 싶지 않았을 테니까. 그리고 자기 얼굴을 이렇게 만든 사람과 한집에 있고 싶지 않았을 테니까. 그러니 학교도 안 가고 집에도 안 있고, 결국 가출밖에 답이 없었을 것이다.

자리를 떴던 상이가 싱글벙글, 얼굴에 함박꽃을 피운 채 다시 교실로 뛰어 들어왔다. 써니는 공연히 우울해진다. 상이 녀석, 왜 저래? 끝에서 등수 세는 게 훨씬 더 빠른 주제에, 전교 1등 용이보다 더 즐거워 보여. 신기해. 어른들은 항상 공부를 열심히 해야 행복하게 살 수 있다고 하는데, 상이를 보면 절대 그런 소린 못 할 거야. 아님, 어른들 말처럼 먼 훗날 상이는 후회할까? 그런데 상이가 후회하고 있을 때 용이는 과연 행복할까? 그냥 둘 다 후회하는 건 아닐까? 모르겠어. 그렇게 먼 뒷 날까지 생각하고 싶지 않아. 지금 고생하고 나중에 행복하나, 지금 행복하고 나중에 고생하나, 합치면 다 0 아닐까? 그런데 그걸 누가 어떻게 계산하지? 너무 어려워. 14년 살고도 이렇게 어려운데, 앞으로 70년을 어떻게 더 살지?

용이가 학교에 다시 나온 건 열흘이 더 지나서다. 그동안 써니네 반 출석부에는 날마다 겹 동그라미가 예닐곱 개씩 그려졌다. 용이 어머니가 답답한 얼굴을 하고 담임선생님과 이야기 나누는 모습도 두어 번인가 보였다.

그런데 용이가 왔다. 마치 아무 일도 없었다는 듯. 늘 보던 그 짧고 각진 머리, 빳빳하게 각이 선 자켓, 끈을 바짝 조여 멘 가방, 뒤꿈치가 미처 땅에 닿기 전에 다음 스텝을 서둘러 내딛느라 뒤뚱거리는 듯한 걸음걸이. 무엇 하나 달라지지 않았다.

"안녕하세요."

용이가 평소처럼 인사를 하고 자기 자리에 앉는다. 모두가 어색한 침묵에 휩싸인 채 용이를 바라본다. 써니만 고개를 숙인다.

"용!"

기분이 언짢을 때면 나오는 카랑카랑한 담임선생님의 목소리다.

"그동안 왜 안 나왔어."

"아팠어요."

"어디가?"

"그냥, 여기저기요."

"그동안 어디 있었고?"

"친구 집요."

"어떤 친구?"

"그냥, 이런저런 친구요."

"그냥, 그냥, 그냥. 무슨 말버릇이야? 이유와 장소와 사람을 구체적으로 대야 할 것 아냐?"

"꼭 구체적으로 밝혀야 하나요? 여기서?"

써니는 괜히 얼굴이 화끈 달아올라 손부채질을 했다. 용이가 어떻게 여기서 말할 수 있겠어? 아빠한테 맞았다고, 그래서 얼굴이 엉망이 됐다고. 아빠가 엄마도 그 모양으로 때렸다고. 이 꼴로는 학교도 나올 수 없고. 더욱이 그런 아빠랑은 도저히 한집에 같이 있을 수 없었다고. 다른 아이들 다 있는 데서 어떻게 이런 이야기를 하냐고? 선생님은 전혀 몰라. 너무 곱게 자라서 그런 세계가 있다는 걸 몰라. 아, 용이 녀석, 만약 와니라면 '그냥' 대신 '여기서 말씀드리긴 어려운데, 따로 말씀드리면 안 될까요?'라고 했을 텐데.

써니는 몇 주 전에 있었던 일을 떠올렸다. 상이가 교실에서 장난치다가 그만 기술 수행평가로 만든 용이의 주택 모형을 완전히 박살 냈다. 화를 낼 법도 한데 용이는 아무 말도 하지 않았다. 대신 부서진 모형을 무덤덤하게 쓰레기통에 버렸다. 그 모습이 너무 무서웠다. 그리고 아무런 말도 없이 수행평가 미제출자로 빵점을 받았다. 오히려 안절부절못한 건 상이였다. 이번에 용이가 전교 1등을 놓친 것도 그때 깎인 점수 때문일 것이다. 용이는 그런 아이다.

"그래. 구체적으로 밝혀."

담임선생님은 평소와 다르게 몹시 화가 나 있다. 20대 후반의 젊은 여성인 담임선생님은 아이들을 이해하려고 애써 왔고, 좀체 화를 내거나 신경질 부리는 일이 없었다. 지금처럼 화내는 모습은 처음 있는 일이다.

"굳이 그걸 바라신다면 말씀드리죠."

용이 목소리에서 짜증이 뚝뚝 묻어났다.

"학교가 너무 재미없어서 안 왔어요. 배우는 것도 없고."

"배우는 게 없다니?"

"그냥 혼자 공부하는 게 더 빠르거든요. 남들하고 같이 있으면 오히려 방해가 되고요."

"학교에서 배우는 건 공부가 다가 아니야."

"그럼 뭘 더 배우는데요?"

"용아, 학교란 곳은 말이야."

담임선생님의 목소리가 날카롭고 신경질적인 톤에서 친절한, 아니 친절한 척하는 것인지도 모를 낮고 굴곡 없는 톤으로 바뀌었다.

"학교는 사회생활을 하는 데 필요한 여러 가지 규칙과 인성, 그리고 단체생활에 필요한 공동체 의식 등을 배우는 곳이야. 넌 공부 말고 다른 건 죄다 우습게 보이니?"

"전 그런 건 배울 필요 없다고 생각하는데요?"

용이는 끝까지 지지 않는다.

"그럼 넌 이 세상이 너 혼자 사는 세상이라고 생각하니?"

"전 혼자서도 살 수 있을 것 같은데요? 부탁 같은 것 안 하고 얼마든지 살 수 있을 것 같다고요."

"그러니?"

담임선생님이 용이를 노려본다. 용이는 그 눈빛을 마다하지 않고 눈을 똑바로 맞추고 버틴다. 그렇게 한참을 서로 시선을 교환하던 담임선생님 얼굴에 아차 하는 가벼운 웃음이 흐른다.

"그렇구나. 좀 따라올래? 교무실에 가서 이야기할까?"

다행히 담임선생님의 목소리가 한결 부드러워졌다.

휴우. 써니는 교실을 억누르던 불안한 공기가 그제야 평온하게 바뀌는 것을 느끼며 마음껏 안도의 숨을 내쉰다.

담임선생님이 교실 밖으로 나가자, 용이도 무덤덤한 얼굴로 자리에서 일어나 교실 밖으로 사라졌다.

*

"와아아아!"

용이가 요란한 소리를 지르며 빗자루를 들고 복도를 망아지처럼 뛰어다니고 있다. 아이들도 그 뒤를 따라 먼지를 일으키며 달린다. 마치 사자한테 쫓기는 영양 떼 같다. 맞은편에서는 상이가 대걸레 자루를 들고 달려오고 있다.

용이가 빗자루를 검처럼 휘두르고, 상이가 대걸레 자루를 창처럼 휘두르며 맞부딪친다. 순식간에 복도는 500년 전 중세 시대 전쟁터로 바뀌었다.

써니는 앞으로 가지도 뒤로 물러나지도 못한 채 주저하다가 전쟁터 한가운데 갇혀 버렸다. 하필 그때 빗자루가 용이 손아귀에서 미끄러졌다. 두어 바퀴 공중제비를 돈 빗자루는 써니의 종아리에 소리가 날 정도로 부딪치더니 데구르르 나가떨어진다.

"아야!"

나가떨어진 건 빗자루뿐이 아니다. 써니도 그 자리에 주저앉고 말았다. 써니는 눈물이 나오려는 것을 애써 참는다. 너무 아프다. 빗자루가 아니라 칼이 날아와 종아리를 찌른 것 같다. 덕분에 써니는 잠시 평화의 사도가 되고, 전쟁은 휴전 상태가 됐다. 용이가 슬금슬금 다가와 머리를 긁으며 말을 건다.

"괜찮아?"

괜찮긴. 전혀 괜찮지 않다. 아프다. 너무 아파서 걷지도 못

하겠다. 하지만 써니는 대답 대신 고개를 끄덕이며 간신히 일어선다.

용이는 써니가 일어나기 무섭게 "그럼, 미안" 한마디를 던지고는, 복도 바닥에 나뒹구는 빗자루를 다시 주워 들고 전투를 속개한다. 스스로 괜찮다고 했지만 써니는 그런 용이가 공연히 야속하다.

먼지가 사정없이 풀풀 날리고 얼마 지나지 않아 칼싸움은 육박전으로 바뀐다. 남자아이들이 서로 뒤엉켜서 목덜미를 움켜쥐고 방화문에 들이박고 복도를 구르느라 요란한 소리가 난다. 누가 걷어찼는지 복도 귀퉁이에 세워져 있던 소화기가 넘어지며 요란한 금속성 파열음을 낸다. 그렇게 한바탕 소란을 피우고 나자 아이들은 지친 것인지 싫증이 난 것인지 뿔뿔이 흩어져 어딘가로 간다. 아이들이 들고 휘두르던 빗자루, 대걸레 따위가 복도며 계단에 마구 흩어져 있다. 써니는 그 꼴을 차마 보지 못하고 조용히 빗자루며 대걸레를 줍는다. 이게 뭐람. 남자애들은 정말 이해할 수 없다.

그때 손 하나가 불쑥 튀어나오더니 빗자루와 대걸레를 줍는다.

용이다. 아직도 전투의 흥분이 가시지 않았는지 헐떡거리는 숨소리가 부담스럽게 들리지만, 써니보다 두 배 빠른 속도로 널브러진 빗자루, 대걸레를 쓱쓱 주워 담더니 교실 청소함에 집어넣는다. 그리고 자랑거리가 잔뜩 있는 꼬마 아이 같은 얼굴을 하고 써니에게 다가온다. 용이의 헐떡거리는 호흡이 바로 앞에서 느껴진다.

"저어……, 용아."

용이의 전진을 막아보겠다는 듯 써니는 기어들어 가는 목소리로 용이를 불렀다. 용이가 뜻밖에도 대번에 걸음을 멈추고 써니를 보았다. 용이 눈에 웃음기가 가득하다. 이런 개구쟁이 같은 표정은 처음 본다.

"용아, 너……."

느닷없이 써니의 말문이 트였다. 어떻게 남자아이한테 먼저 말을 걸 수 있는지 스스로도 신기하다.

"정말 괜찮은 거니?"

아아. 느닷없이 이게 무슨 말이람. '괜찮은 거니'라니. 자존심 강한 용이한테 왜 이런 말을 꺼냈을까? 담임선생님이 물어도 자존심 때문에 건성으로 대답하는 용이인데.

'네가 무슨 상관인데? 네 일이나 잘해.'

정색한 용이가 무뚝뚝하게 쏘아붙일 게 불 보듯 뻔했다.

그런데 뜻밖에도 용이는 4층 옥상으로 올라가는 계단에 털썩 주저앉더니 머리가 무릎 사이에 박힐 정도로 고개를 푹 숙인다. 용이 목소리가 들린다. 나직하게 떨리는 목소리다.

"괜찮냐니? 그게 무슨 뜻인데?"

"아냐. 아무 뜻 없어. 그냥. 그냥 물어본 거야."

써니는 무슨 말을 해야 할지 도무지 감을 잡을 수 없다. 별
안간 용이가 벌떡 일어섰다.

"그렇게 책 읽고 글 쓰는 게 좋으면 학교 때려치우고 서점
에 취직하래."

벌떡 일어서는 기세만큼이나 느닷없는 말이다. 써니는 무
슨 뜻인지 몰라 입을 살짝 벌리고 용이를 쳐다본다. 달리 할
수 있는 일도 말도 없다.

벌떡 일어서 있는 용이는 평소보다 훨씬 더 커 보인다. 평
소 어디를 보는지, 누구를 보는지 가늠하기 어려웠던 그의 작
은 두 눈이 어디를 향하고 있는지 이제는 분명하게 보인다. 용
이는 지금 눈앞에 있는 것을 보는 게 아니다. 그 너머, 그 너머
의 너머를 보고 있다. 그래서 용이가 늘 건방져 보였던 것이
다. 상대방을 무시하는 게 아니라 상대방이 보지 않는 것을 보
고 있었기 때문에.

"우리 아버지는 독특해. 숫자가 세 개밖에 없거든."

"숫자? 세 개?"

써니는 앞뒤 다 생략하고 뚝뚝 잘라 이야기하는 용이식 화

법이 영 낯설다. 평소에 와니는 용이랑 이야기를 잘 나누곤 했는데, 이런 식으로 툭툭 끊어 던지는 말을 도대체 어떻게 알아듣는 걸까?

용이가 어리둥절해하는 써니를 보며 피식 웃는다.

"전교 1등, 전교 2등, 그리고 꼴등. 이렇게 세 개라고."

아, 그렇구나. 써니는 그제야 무슨 뜻인지 알아들었다는 듯이 고개를 끄덕였다.

"그럼 이번 시험에선……."

"전교 꼴등 한 거지. 그래서 야단법석 치면서 내 가방을 집어 던졌는데, 가방에서 그 책들하고 너희들이 보고 웃던 공책이 나온 거야. 이 꼰대가 완전히 꼭지가 돌아서는, 이런 쓸데없는 짓을 하니 성적이 떨어진 거라며 그렇게 말했어."

"학교 때려치우고 서점에 취직하라고?"

"응. 그런데 말이 안 되잖아? 중학교는 의무교육인데. 때려치우고 싶다고 때려치울 수 있는 게 아니잖아. 그래서 난 자퇴 같은 건 애초에 안 된다며 대들었지. 그랬더니 이 인간이 달려들어 책이랑 공책이랑 다 찢어 버리겠다고 난리 난리 치고, 난 완전 결사 항전하고. 그다음에 어떻게 됐는지는 뭐, 너도 짐작할 테고."

"너무했다."

"뭐, 그 인간 그러는 거 한두 번도 아니니까."

써니는 용이가 자기 아버지에 대해 거침없이 말하는 것을 듣고 공연히 마음 한편이 시원했다.

"사흘에 한 번은 술병에 빠졌다가 나온 사람 꼴을 해 가지고 들어와. 현관문 열기도 전에 술 냄새부터 난다니까. 그 주제에 잔소리는. 공부에 대해서는 성적표 숫자 말고는 아무 관심도 없고. 어른들 다 그렇잖아? 자기들은 막장 드라마 보면서 우리더러는 교양 프로 보라 그러고, 자기들은 100미터만 떨어져 있어도 차 끌고 다니면서 우리더러는 운동 부족이라 그러고. 실은 자기들이 무슨 말을 하는지도 잘 모를 거야. 뭐, 거기까지는 그냥 그러려니 했어. 하지만 그날은 엄마한테까지 손을 대는 거야. 책 찢으려는 그 인간을 엄마가 말렸더니 그 새끼가 막. 휴우. 그것만은 용서할 수 없었어. 감히 엄마를 건드려? 지가 뭐라고 엄마를 때리냐고? 그런데 생각보다 힘이 세더라고. 그냥 개처럼 두들겨 맞았네. 내가 공부를 열심히 하는 이유는 오직 하나야. 하루라도 빨리 성공해서 엄마 데리고 나가는 거. 그래서 그 작자한테 주소며 연락처며 안 가르쳐 주고 엄마 남은 인생이라도 시달리지 않게 하는 거."

대단하다. 써니 같으면 방금 들은 이야기 중 단 한 대목도 다른 친구한테 말하지 못했을 것이다. 더구나 이성 친구라면.

그런데 용이는 내밀한 얘기를 마구 꺼내 놓고 있다. 뭐라고 대답해야 할지 모르겠다. 위로라도 해야 하는 건가? 아니면 사실 내 처지도 너와 같아 하면서 동병상련을 느껴야 할까? 혹시 용이는 써니가 평소에 말이 없어서 마치 '임금님 귀는 당나귀 귀'처럼 대나무숲을 만났다고 여기는 건 아닐까? 그렇게라도 해야 마음에 맺힌 게 풀려서? 하지만 그렇다고 내내 아무 말도 안 하고 있으면, 말을 들어 주고 있는지 어떻게 알아? 아니, 오히려 말 섭혔다고 더 기분 나빠하지 않을까?

"선생님도 아셔?"

"아니."

"어차피 어른들은 다 같아. 자기들보다 똑똑한 아이를 보면 화를 내. 어른들은 우리가 빨리 자라서 자기들을 밀어낼까 봐 두려운 거야. 역사책에 나와 있지. 멍청한 태자는 꾸지람을 듣지만 영특한 태자는 아버지 손에 죽는 거야. 하긴 당 태종 이세민이나 펠리페 2세 같은 사람들은 아버지를 몰아냈지. 그만."

용이가 하던 말을 멈추고 손바닥으로 바지와 셔츠를 탁탁 턴다.

"여기까지 하자. 그냥 생각 없이 한 얘기니까 굳이 마음에 두지 마. 어, 저 새끼들이? 야! 니들 깝치지 마. 내가 간다. 야아

아아아."

용이가 복도에서 레슬링 놀이 중인 아이들을 향해 잉글랜드 축구선수처럼 날쌔게 달려간다. 용이의 샌들이 복도 바닥과 부딪치는 소리가 32분음표 간격으로 타타타탁 소리를 내며 복도를 흔들어 댄다.

써니도 조용히 몸을 일으킨다. 집에 갈 시간이 훨씬 넘었다. 써니의 작은 일탈. 귀가 시간 어기기. 그런데 첫 일탈이 남자아이랑 노느라라니. 그래 봤자 학교 계단에 쭈그려 앉아 이야기한 게 전부였지만. 내 평생 남자애랑 단둘이서 이야기한 건 처음인데. 이게 뭐람. 너무 시시해.

먼지들이 나비처럼 춤추며 눈앞을 지나간다. 가방을 가지러 교실에 가는 길, 사회 교과 교실에 불이 켜진 게 보인다. 발이 저절로 그쪽을 향했다. 권오석 선생님 혼자 교실에 설치된 컴퓨터들을 고치느라 드라이버를 들고 땀을 뻘뻘 흘리고 있다.

권오석 선생님은 다른 선생님들하고 잘 어울리지 않는다. 수업 시간이랑 학생들하고 이야기하는 시간 외에는 책을 읽거나 글 쓰는 모습밖에 못 봤다. 아니면 틈만 나면 교과 교실에 가서 이것저것 설치하는 데 시간을 쓴다. 다른 선생님과 어울리는 모습은커녕, 식사하는 모습도 본 적이 없다.

선생님들은, 심지어 교장, 교감까지도 까칠한 권오석 선생님을 어려워했지만, 막상 아이들은 선생님과 살가웠다. 그래서 호칭도 편하게 '오석 샘'이라고 불렀다. 어른에게는 무뚝뚝하지만 아이들에게는 다정하다. 하지만 이번에 쓰고 있는 논문이 심사 통과되면 대학교 교수님으로 간다는 소문이 있다. 아무리 봐도 교수보다는 교사가 어울리는데. 써니는 그 논문이 1년만 늦게 통과되면 좋겠다고 속으로 생각한다. 적어도 써니가 중학교를 졸업할 때까지만.

"어, 선희구나. 무슨 일이니?"

인기척을 느낀 오석 샘이 뒤를 돌아본다. 그러다 그만 컴퓨터 나사 하나를 떨어뜨려 허둥대며 교실 바닥을 살핀다.

"아뇨, 저기……."

뭐라고 말해야 할지 난감하다.

"그러니까, 저어, 저어…… 선생님, 용이를 어떻게 생각하세요?"

아, 하필 왜 이 말이 튀어나왔는지 모르겠다. 써니는 발갛게 달아오르는 뺨을 감추려고 손으로 얼굴을 감싸 안았다.

"아, 용이?"

그런데 이 엉뚱하고 바보 같은 질문을 듣고도 오석 샘의 대답은 진지하다.

"나의 과거야. 만약 할 수만 있다면 돌이키고 싶은 나의 어린 시절."

이게 무슨 소리지? 돌이키고 싶다니? 그럼 지금 용이가 불행하고, 오석 샘도 과거에 지금의 용이만큼 불행했단 뜻인가? 그런데 왜 용이는 아이들하고 소리 지르며 까불고 놀고, 오석 샘은 수업 시간에 늘 활짝 웃는 얼굴로 들어오는 것일까? 그게 불행한 거라고? 원래 공부 잘하는 사람들은 다 이상한 것일까? 그렇다면 나는?

송곳 같은 생각이 써니 안으로 파고들어 온다. 나도 나름 공부 잘하는 학생에 속하는데? 용이나 와니만큼은 아니지만 상위 10퍼센트 안에는 드는데, 그럼 나도 괴짜인 걸까? 하긴 뭐, 이런 생각이나 하는 걸 보면 이상한 아이인 게 틀림없다.

"선생님."

"그래, 또 뭐가 궁금하지?"

"궁금한 게 아니라 부탁이 있어요."

"말해 보렴."

"용이를 도와주세요. 힘이 되어 주세요."

말이 튀어나오기가 무섭게 써니는 아차 싶어 손으로 입을 가렸다. 그러고는 귀밑까지 빨개진 얼굴을 들키지 않으려고 고개를 푹 숙이고 인사도 하는 둥 마는 둥 하면서 사회 교과실을 나왔다. 달아오른 얼굴을 차가운 12월의 공기로 식히기라도 하려는 양 복도를 총총 걸었다. 공연히 죄라도 지은 것처럼 걸음걸음이 조심스러웠다.

간신히 운동장까지 나왔다. 해가 져 깜깜해지는데도 공을 차는 아이들은 지치지도 않는지 연신 웃고 달리고 있다. 그 잠깐 사이에 정리를 마쳤는지 퇴근하는 오석 샘의 실루엣이 운동장을 가로지른다.

써니는 오석 샘과 마주치기가 부끄러워 교문 담장에 숨었다. 그런데 선생님은 오지도 가지도 않은 채 운동장에 우두커니 서 있다. 대체 뭘 하고 계시지?

선생님이 하늘을 올려다본다. 막 해 떨어진 직후의 하늘에 뭐가 볼 게 있다고? 써니도 하늘을 올려다보았지만 구름마저 없는 그냥 텅 빈 하늘이다. 5분, 10분, 15분, 선생님은 한없이 하늘만 쳐다본다. 평소 같으면 벌써 가고도 남았을 시간인데, 그렇게 멍청히 하늘만 보던 선생님이 평소의 빠른 걸음으로 교문을 향해 다가왔다. 그리고 써니가 숨어 있는 담장을 지나 순식간에 아파트 단지 너머로 사라졌다.

"휴우."

그제야 한숨을 쉬고 집에 가려는데 용이가 보인다. 아까까지는 그렇게 요란하게 치고받고 놀았었는데, 지금은 혼자서 웃음기 하나 없는 얼굴로, 어딘가를 향해 씩씩거리며 걸어가고 있다.

잔뜩 움츠린 어깨를 하고 써니 옆을 휙 지나쳐 간다. 그렇게 몇 발자국 가더니 갑자기 걸음을 멈추고 하늘을 쳐다본다. 이내 다시 씩씩거리며 걸어간다.

써니는 저도 모르게 용이의 뒤를 따라가기 시작했다. 걸음이 어찌나 빠른지 종종걸음을 치며 달려야 했다.

선생님이 되겠습니다

"11층 전문 식당가, 금융 센터입니다."

녹음된 친절한 목소리가 16년 전으로 되돌아간 써니를 다시 2018년으로 데려왔다. 눈을 떠 보니 엘리베이터에서 사람들이 쏟아지고 있다.

엘리베이터 문이 열릴 때마다 생각보다 훨씬 많은 사람들이 밀려 나오고, 역시 훨씬 많은 사람들이 어떻게 다 들어가는지 꾸역꾸역 밀려 들어간다.

처음에는 친절하게 들리던 목소리도 열 번쯤 들으니 친절이라는 껍질 아래 감춘 비굴함이 느껴진다. 살짝 웃음기까지 묻어나 더 그렇다. 기분 나쁘다. 이런 류의 안내방송 중 남자 목소리는 별로 들어보지 못했다. ARS든 지하철 안내방송이든 공항 안내방송이든, 심지어는 자동차 내비게이션도. 꼭 여자 목소리다. 맑고 다정한 테너 목소리, 혹은 묵직하고 정중한 바리톤 목소리로 녹음하면 안 될 특별한 이유라도 있는 것일까?

이런 생각을 하다 보니 이제 엘리베이터 안내 음성이 짜증스럽게 들린다. 정말 짜증이 날 때쯤 되어서야 와니의 모습이 보인다.

갈색 톤으로 염색한 풍성한 머리카락은 끝이 살짝 말려 올라간 모양으로 어깨에 얹혀 있고, 바람이 잘 통할 것 같은 원피스, 세 가지 이상의 색깔로 칠한 매니큐어와 스톤으로 반짝거리는 손톱, 반지를 세 개나 끼고 치렁치렁한 목걸이와 귀걸이를 하고서도 맵시는 전혀 생각하지 않고 순전히 더워서 신은 것에 틀림없는 평퍼짐한 샌들에 페디큐어도 하지 않은 문자 그대로의 맨발로 터벅터벅 걸어오는, 뭐라고 설명할 수 없는 모습. 패션 테러 그 자체다.

"난 글을 많이 쓰잖아? 키보드 위에서 예쁜 손톱이 막 춤추는 거 보면 기분 좋거든. 그런데 발은 뭐, 별로 볼 일 없잖아?"

발 관리는 안 하면서 네일 아트에는 그토록 공을 많이 들이는 이유를 궁금해하자 와니가 쿨하게 털어놓았던 이유다.

그런데 볼수록 신기하다. 분명 패션 테러는 테런데, 엉뚱하게도 세련되고 화려하다는 느낌을 준다. 저렇게 엉망으로 차려입었는데도 예뻐 보이다니, 얄밉기까지 하다. 차림새 때문이 아니라 이목구비가 뚜렷하고 화려한 얼굴, 그리고 항상 밝게 빛나는 표정 덕분이겠지.

"써니야!"

와니가 달려온다. 와니는 늘 그런다. 어제 보고 오늘 또 봐도 늘 반가워한다. 아니나 다를까, 조금 지루한 얼굴로 기다리고 있던 써니를 와니는 10년 만에 처음 만난 친구인 양 와락 껴안았다. 써니는 놀라지도 않는다. 이건 당연한 거니까. 10년 만에 만나건 두 시간 만에 만나건 일단 와락 안고 보는 와니니까.

"미안해. 많이 기다렸지?"

"아냐. 별로 안 기다렸어."

거짓말. 써니는 항상 이렇게 거짓말을 한다.

"아 참, 축하해! 너 결혼한다고? 히히."

와니 입에서 갑자기 큰 목소리가 튀어나온다. 와니도 생각보다 훨씬 큰 목소리가 튀어나와 당황했는지 입을 떡 벌리고, 두 손으로 떡 벌어진 입에 연신 부채질을 해 댄다. 그 모습이 너무 귀여워 써니는 그만 빵 터지고 말았다. 그렇게 한참을 둘이 웃음보를 터뜨린 다음에야 와니가 진정되었다.

"어쩜 좋아. 이놈의 목소리. 직업병이야. 직업병. 에이, 수업 모드 오프!"

그 말이 맞긴 하다. 써니처럼 목소리가 아주 작고, 일대일로 말하는 것조차 부담스러워하는 사람도 스스로 놀랄 만큼 큰 목소리로 말하게 되는 게 교직이니까, 원래부터 말 잘하고 목소리 씩씩했던 와니야 오죽할까?

"자, 가자. 을밀대. 더 늦었다간 줄 서겠다."

살인적인 무더위, 30일 연속 열대야에 낮 기온이 35도가 넘지 않으면 시원한 날 취급을 받는 혹서에 냉면 가게들만 신이 났다. 보통 직장들 같으면 아직 퇴근 시간도 안 됐을 때지만, 얼마 전 문을 연 을밀대에는 빈자리가 별로 남아 있지 않다.

두 사람은 물냉면 두 그릇과 수육 작은 접시 하나를 주문했다.

"용이는 어때?"

말문을 여는 것은 언제나 와니 몫이다.

"잘 지내."

"퇴근 시간 되면 같이 볼까? 한번 불러 봐."

"지금 서울에 없어."

"출장?"

"요즘 한창 바빠. 내년까지 5G 상용화해야 한다면서 전국 방방곡곡 기지국 장비 점검 다녀."

"역시, 공돌이. 그러고 보면 공돌이가 아닌 용이는 상상하기 힘들지."

"하긴 그래. 이과가 딱이야. 그것도 전기, 전자."

"참 신기해. 꼭 장난 같기도 하고. 네가 용이랑 결혼할 거라고 누가 예상이나 했겠니?"

"그러게."

"우연히 만난 동창. 그리고 불타오르는 사랑. 1년 만에 결혼. 딱 영화 한 편이네."

"자꾸 그러지 마. 쑥스럽게. 나이 서른 넘어 결혼하려니까 좀 그래."

"요즘 서른 넘어 결혼하는 거 별로 늦은 것도 아니구만, 뭐. 계란 한 판도 안 되면서. 오히려 용이가 요즘 신랑치곤 어린 편 아닌가?"

"그러긴 해. 그런데 오석 샘이."

"오석 샘이 뭐?"

"주례 부탁드렸는데."

"해 주신대?"

"아니. 거절하셨어. 그런데 이유가 좀."

"뭐라셨는데?"

"양복이 없으시대."

"뭐, 양복이? 아, 정말. 아하하하. 정말 오석 샘답다."

"정말일까?"

"오석 샘 옷장 속은 모르겠지만, 어쨌든 오석 샘 양복 입은 거 한 번도 못 봤어."

"나도."

"하지만 좀 그렇다. 필요하면 양복 같은 거야 하루쯤 빌려
입어도 되는걸."

"그러니까. 왜 굳이 그런 핑계를 대셨을까?"

"음."

와니가 발 끝에 아슬아슬하게 걸려 있는 샌들을 까딱까딱
흔든다.

"그냥 결혼식이 싫어서가 아닐까? 내가 알기로 오석 샘은
경조사 자체를 아예 안 가서. 필요하면 돈은 보내도, 결혼식이
든 장례식이든 아무 데도 안 가서."

"왜?"

"몰라. 그냥, 오석 샘이니까. 사람 많고 어수선하고 그런 데
안 가시니까 그러나 보다 해야지, 뭐. 아마 네 결혼식에도 안
오실지 몰라. 너무 서운해하진 마. 너희 부부만 따로 만나자고
하실 거니까. 그런데 그런 분한테 주례를 부탁했다면, 좀 너무
많이 나갔네."

와니가 진지한 얘기를 할 때면 자주 짓는, 눈썹을 가운데
쪽으로 치켜올리는 표정을 짓는다. 그 모습이 너무 웃겨 써니
도 피식 웃음을 흘리고 만다.

하긴 그렇게 경조사 싫어하는 분에게 불쑥 찾아와 청첩장 내미는 것도 부담스러울 텐데, 심지어 주례까지 맡아 달라고 했다면 정말 난처했을 것 같기는 하다. 딱 잘라 거절하기도 뭐하니 양복 핑계를 대셨겠지.

그런데 문득 의심 한 자락이 흘러나오더니 써니 입을 움직인다.

"그런데 와니야. 만약 네가 결혼한다고 주례를 부탁드렸다면, 네 부탁이라면 들어주시지 않았을까?"

"에이, 나 같으면 처음부터 그런 부탁 안 하지. 사실 그런 부탁 할 일도 없고."

"그래도 만약에."

"만약은 뭔 만약이야? 뭐, 그럼 와니야, 축하해. 신혼여행 갔다 오면 네 남편하고 같이 한번 보자. 내가 한턱 낼게. 이 정도 말씀하시고 말걸? 혹시 운 좋으면 금일봉도 히히. 난 주례보다는 금일봉이 더 좋은데?"

"아니. 너라면 다를 거야. 너라면 틀림없이 들어주실 거야. 넌 오석 샘 최애캐잖아?"

써니는 자기가 한 말 때문에 기분이 나쁘다. 뭐야, 이거. 질투하는 건가. 그런데 살짝 질투가 나는 게 사실이라 더 언짢다. 와니가 말은 저렇게 해도, 오석 샘은 와니 부탁이라면 주

레든 뭐든 들어주었을 거야. 이런 생각이 머리에서 떠나지 않는다.

그렇다 한들 또 어쩔 것인가? 어차피 인생은 기브 앤 테이크 아닌가? 써니가 보기에도 와니는 오석 샘에게 많은 것을 배웠고 또 많은 것을 주었다. 써니는, 수업 시간에 와니가 오석 샘을 전적으로 신뢰하고 따른 만큼 오석 샘 역시 와니의 그 신뢰에 많이 의지했음을 선생이 되고 나서야 깨달았다.

15년 전 3월, 막 중학교 3학년이 되었을 때의 일이 불현듯 머릿속에서 현재 시점으로 떠올랐다.

"아무래도 우리가 오석 샘, 도와 드려야겠어."

와니가 진지하게 말한다.

"도와 드리다니, 뭘?"

써니는 와니의 말을 이해할 수 없다. 아니, 이해하고 싶지도 않다. 써니에게 오석 샘은 뭔가 도움을 청할 만큼 어려움에 처할 것 같지도 않고, 설사 그렇다 하더라도 겨우 열다섯 살 어린 소녀들의 도움을 필요로 할 것 같지도 않은 그런 존재다. 그런데 오석 샘을 도와 드린다고? 써니는 그런 발칙한 생각은 한 번도 하지 못했다.

와니가 그런 써니 생각을 알 리 없다.

"오석 샘 절친이 돌아가셨어."

"정말?"

"여기."

와니가 스크랩해 둔 신문 기사를 펼쳐 보인다.

> 오늘 새벽 5시 30분, 용인 천주교 묘지에서 세계적인 피아니스트이자 지휘자인 권정우 씨가 변사체로 발견되었다(향년 34세). 정확한 사인은 아직 밝혀지지 않았다. 본명보다 예명인 디누로 더 많이 알려진 권정우 씨는……

아, 두 분이 친구셨구나.

써니는 음악회는커녕 집에 클래식 시디 한 장 없지만, 디누라는 예명을 쓰던 권정우라는 피아니스트 이름만큼은 잘 알고 있었다. 써니뿐 아니라 평생 뽕짝이나 들었을 사람들도, 심지어 술에 취해 아내와 딸을 때리는 써니 아빠 같은 사람도 권정우 혹은 디누라고 하면 알아듣는다. 아빠가 밤늦도록 틀어대던 TV에서도 디누가 긴 곱슬머리로 이마를 절반쯤 가리고서 지휘봉을 휘두르는 모습이 광고로 나왔으니까. 말하자면 클래식 아이돌?

그런데 그런 사람이 오석 샘 친구였어? 그것도 절친?

"초등학교 때부터 친구셨대. 아버님들끼리도 친구고. 말하자면 불알, 음, 고환 친구."

써니의 놀라는 얼굴을 보고 와니가 말을 고친다. 그런데 고환 친구? 아, 웃음이 나오면 안 되는데, 슬퍼야 하는데, 어이없는 단어 때문에 써니는 자꾸 웃음이 나오려 한다. 하여간 와니, 저 엉뚱한 녀석. 이런 노골적인 단어를 쓰다니.

하지만 고환의 충격은 잠깐, 이내 강렬한 공감의 물결이 몰려와, 써니는 슬픔에 잠긴다.

거의 30년 가까운 시간을 함께한 친구가 갑자기 세상을 떠났다. 그것도 아직 30대 초반의 젊은 나이에. 어린 쌍둥이 딸까지 남겨 두고.

그제야 오석 샘에게 도움이 필요할 거라는 와니의 말이 이해된다.

"어떻게 도와 드리게?"

"롤링 페이퍼를 만들려고."

"롤링 페이퍼?"

"30년이나 된 친구를 잃으셨지만, 대신 3년 된 친구 열 명이 있다는 걸 보여 드리고 싶어. 샘이 얼마나 보람찬 삶을 살고 있는지 보여 드리고 싶어. 내 계획은 이래. 4절 사이즈 보라색 색상지를 준비할 거야. 샘은 보라색을 좋아하시니까. 거기에 우리가 얼마나 샘을 사랑하고 또 고마워하고 있는지 각자 가장 적당하다고 생각하는 글귀나 그림을 남기는 거야. 다만 디누에 대한 이야기, 뭔가 위로하는 이야기 이런 말은 절대 쓰지 마. 역효과니까. 어때?"

써니는 대답 대신 고개를 끄덕였다. 늘 그래 왔듯이.

이렇게 시작된 롤링 페이퍼 만들기가 전교에 쫙 퍼질 줄은 몰랐다. 반마다 한 장씩 롤링 페이퍼가 만들어지다시피 했다. 하지만 역시 가장 알찬 것은 와니와 그 패거리가 만든 것이었다. 아이들은 저마다 한마디씩 써서 오석 샘이 자신들에게 크건 적건 좋은 영향을 미치고 있음을 증명하려 애썼다.

하지만 써니는 그 많은 학생의 말보다 오직 두 사람의 말이 궁금했다. 먼저 용이.

"선생님의 밈이 기하급수적으로 증식하고 있습니다."

써니는 이 말을 잊을 수 없다. 용이가 쓴 너무나 용이스러운 문장. 그때는 대체 밈이라는 말이 뭔지 몰랐다. 맘도 아니고 밈?

하지만 가장 강렬하게 기억에 남은 문장은 역시 와니가 쓴 것이다. 너무 간결한, 하지만 당당하고 강인했던 한 문장.

"사회 선생님이 되겠습니다."

써니는 와니가 부러웠다. 단호하게 결정하고, 결정한 일을 향해 거침없이 돌진하고, 얻을 건 확실히 얻고, 버릴 건 깨끗하게 단칼에 포기하는.

"왜 하필 사회 선생님이야? 선생님이 아니라?"

"아, 그거? 사람은 자연 환경, 사회 환경이라는 두 환경 속에서 살아가야 해. 자연과 대화하고, 사회와 대화하며 살지. 자연의 언어는 수학이고, 사회의 언어는 개념이야. 개념을 읽을 수 있는 사람들이 사회와의 대화를 독점하면, 거기서부터 불평등이 싹터. 사회와 대화하는 능력을 소수의 사람들만 가지게 된다면 민주주의라는 건 그냥 장식에 불과해. 난 아이들이 이 개념을 읽을 수 있는 어른으로 자라도록 할 거야. 그래서 진정한 민주주의를 이룰 거야."

와니가 신나서 펼쳤던 사회 교사 희망 선언문. 하지만 써니는 그 말이 언젠가 오석 샘이 수업 시간에 했던 말과 거의 같다는 것을 안다. 오석 샘의 말은 '개념' 대신 '수식과 그래프'였지만. 그래서 사회를 문과 과목이라고, 외우는 과목이라고 생각하는 아이들에게 이것은 또 다른 종류의 과학임을 설파하려 한 것이었지만.

그리고 와니는 정말 그 코스대로 갔다. 장래희망이 그냥 '교사'였다면 선택의 폭도 넓었을 것이다. 각 시도마다 교대도 있고, 웬만한 종합대학에는 국어교육과, 영어교육과, 역사교육과가 있으니까. 그런데 사회라고 딱 찍어 놓고 보니 서울 시내에 사회교육과가 있는 대학은 딱 세 곳뿐이었다. 서울대학교, 이화여자대학교, 성신여자대학교.

와니는 일단 서울대학교를 목표로 했지만 실패하고 바로 이화여자대학교로 갔다. 서울대는 아깝게 떨어졌지만 연고대는 너끈히 갈 수 있다고 믿은 부모님과 선생님들이 말렸지만, 고집불통. 다른 학교에는 아예 원서도 접수하지 않았다. 이후 와니는 재수는 필수 삼수는 선택이라는 임고를 단번에 합격하여 약속했던 대로 사회 교사가 되었다.

그동안 오석 샘과도 꽤 가깝게 지냈음에 틀림없다. 오석 샘 딸 예니하고 아직까지도 언니, 동생 하면서 지내는 거 보면.

어쨌든 다시 15년 전으로 돌아가면, 당시 스무 명 정도의 학생들이 롤링 페이퍼에 참여했고, 오석 샘은 예상보다 훨씬 크게 감동했다. 그리고 아이들 한 명, 한 명을 따로 불러 덕담을 들려주었다.

그때 오석 샘이 써니에게 한 말이 써니의 영혼을 흔들었다. 거두절미하고 딱 여섯 글자.

"행복하게 살아."

'제가요? 될까요? 제가 그럴 자격이 있을까요?'

오석 샘의 뒤이은 말은 마치 써니의 속마음을 들여다본 것 같았다.

"행복은 자격 조건이 아니란다. 행복은 권리이자 의무야. 사람으로 태어난 이상 행복을 누릴 의무가 있어. 행복해지려고 하지 않는 건 사람의 도리를 저버리는 거야. 사람의 도리를 저버리면, 짐승이지. 나도 남 말할 처지가 못 돼. 하마터면 짐승이 될 뻔했으니 말이다. 너희 덕분에 다시 사람으로 돌아왔어. 정말 고마워. 그러니 선희야. 너도 꼭 행복하게 살아야 한다."

써니는 늘 행복을 어떤 자격 조건과 연결시켰고, 그 자격 조건에 따라 자신은 행복할 자격이 없다고 결론 내렸다. 행복은 와니 같은 아이, 그리고 오석 샘 같은 분이나 누릴 수 있는 것이라고 생각했다.

써니는 그런 아버지에게서 태어난 순간 'NO 행복'이라고 낙인이 찍힌 거나 다름없다고 생각했다. 그런데 선생님은 행복이 의무라고 했다. 아무리 불행하다고 느껴도 행복을 나서서 찾지 않으면 사람의 도리가 아니라고 했다.

엉엉 울었다. 어른 앞에서 그렇게 많이 울어 본 건 오석 샘 앞이 처음이었다. 울음을 그칠 때까지 오랫동안 묵묵히 기다려 주었던 어른도 오석 샘이 처음이었다.

그렇게 맺힌 눈물을 다 털어 냈다 싶었을 때 오석 샘의 묵직한 바리톤 음성이 써니의 영혼을 일으켜 세웠다.

"선생님이 되렴."

"네? 제가요? 제가 애들한테 도움이 될 수 있을까요? 민폐
아닐까요?"

눈물을 털어 내고 나니 말문이 열렸다.

"아니. 오히려 너 같은 아이들이 커서 선생님이 되어야 해.
나 같은 사람 말고."

너 같은? 나 같은? 이게 무슨 뜻일까? 선생님은 지금 써니
가 처한 현실을 알고나 계실까? 그저 착실하게 공부 열심히
하는 학생이니까 선생님이 되라는 뜻으로 한 말일까? 아니,
그건 아닐 거다. 그랬다면 "행복하거라. 행복은 의무다"라는
말을 하진 않았을 거니까.

선생님은 분명 써니가 행복하지 않다고, 아니 행복하려는
의지조차 부족하다고 생각하고 있었다. 그러니까 써니의 환
경이 어떤지 안다는 뜻이다. 그런데 이런 우울한 아이에게 선
생님이 되라고? 심지어 그런 아이일수록 선생님이 되어야 한
다고?

"사람은 자기가 노력한 만큼 가르칠 수 있어. 가르쳐도 거
짓부렁이 되기 쉽고. 그래서 난 좋은 선생이 되기 어려워. 태
어나면서 이미 주어진 행복 조건들이 남들보다 많았거든. 나

같은 사람들은 작은 불행에도 쉽게 무너져. 면역력이 약하다고나 할까? 조금이라도 무너지면 되찾는 법을 몰라. 그래서 쉽게 불행의 구렁텅이에 빠지면서 짐승으로 전락하지. 너희들이 도와주기 전까지 내가 딱 그랬단다. 그 친구가 세상을 떠났을 때 이 상실을 어떻게 감당해야 할지, 이토록 큰 아픔 속에서 어떻게 자신을 위로하고 웃음을 찾아야 할지 그냥 눈앞이 캄캄했어. 잔병치레 안 해 본 사람이 감기에 걸리면, 늘 감기를 달고 다니던 사람보다 더 힘들고 호되게 앓는 것처럼. 그런데 너희가 날 구했어. 바보같이, 난 내가 상실한 것의 몇 배를 너희가 줄 수 있다는 걸 잊고 있었던 거야. 게다가 너희가 졸업한 다음에도 또 그다음에도 너희 후배들이 계속 내 앞에 있을 거야. 웬만한 상실은 흔적도 못 남길 무한대의 기쁨이 계속 이어지는 것이지. 그 귀중한 걸 나는 잊고 있었어."

이렇게 솔직하게 말하는 오석 샘의 모습은 처음이다. 아니, 오석 샘과 단둘이서 이렇게 많은 이야기를 나눈 것 자체가 처음이다. 말은 굉장히 많이 했지만 요약하면 결국 '너희가 나한테 교사라서 행복하다라는 것을 일깨워 주었어'였다.

그리고 바로 써니에게 제안한 것이다. '이제 너도 그 행복을 누렸으면 좋겠어'라고. 교사가 되라고. '너 같은'이라는 조건절을 걸고서.

"선생님은 분명 '나 같은'의 반대말로 '너 같은'을 썼어. 그러니까 써니 네가 오석 샘과 반대되는 조건 속에 있다는 거지. 그리고 그 반대 조건이야말로 오히려 교사에게 더 필요한 조건이라는 것이고."

다음 날 용이가 이렇게 뜻풀이를 해 주었다. 하지만 뜻이 풀리기는커녕 더 아리송해졌다.

와니의 뜻풀이는 훨씬 간결했다.

"행복해지려고 애썼던 사람들이 교사가 되어야 해. 그래야 행복의 조건이 부족한 아이들을 제대로 도울 수 있어. 뭐, 이런 뜻 아닐까?"

오석 샘이 써니의 어려운 환경을 다 알고 한 말인지, 아니면 평소 어두워 보이는 써니가 안쓰러워서 행복에 대한 일반론을 말한 것인지는 아직도 모르겠다. 다만 그날 이후 특별한 계획 없이 그때그때 시험 점수를 위해 하루살이처럼 공부하던 써니에게 교사가 되어야겠다는 목표가 생긴 것만은 분명했다.

결국 써니의 선택은 서울에 있는 사립대학 중 사회통합전형이 있으면서 장학금 혜택을 받을 수 있는 대학의 국어교육과였다. 국어를 특별히 더 좋아해서가 아니라 임용고시 티오가 제일 많이 나온다는 아주 현실적인 이유로. 어쨌든 교사가 되는 게 중요하니까. 그래서 원래 성적으로 갈 수 있는 대학보다 상당히 하향 지원을 했다.

대학 시절에는 와니와 거의 만나지 못했다. 학교도 서로 멀었고, 아르바이트와 공부를 병행하느라 시간도 없었다. 그나마 신입생 기분이 남아 있던 1학년 때 한두 번 본 게 전부다.

간혹 소식은 들었다. 와니가 대학교 4학년 재학 중에 임용고시에 합격했다는 소식, 졸업과 동시에 발령받아 교사가 되고, 동시에 서울대학교 대학원에 들어갔다는 소식, 인권 교육과 관련하여 석사학위를 받고 역시 그 주제로 책까지 내서 꽤 괜찮은 평을 받고 있다는 소식까지 들었다.

와니가 차근차근 순서를 밟아 가는 동안 써니의 길은 꽤 험했다. 써니는 등록금과 용돈, 책값과 생활비를 모두 스스로 벌어야 했다. 그나마 차상위계층 특별전형으로 입학했기 때문에 근로장학생을 신청하고 학점만 B플러스를 유지하면 학비 면제에 용돈도 나와서 어찌어찌 대학 생활을 감당할 수 있었다. 문제는 교사가 되기 위한 임용고시 준비였다.

명색이 사범대학이지만 교수들은 교사가 되기 위한 준비를 전혀 시켜 주지 않았다. 임용고시에도 관심이 없었다. 교사 경험도 없었고, 자기들이 교원양성기관의 교육자라는 생각도 없었다.

결국 교사가 되기 위한 준비는 오롯이 노량진 고시학원의 몫이었는데, 그 사교육비가 만만치 않았다. 사교육이라고는 전혀 받아 보지 않고 대학에 들어온 써니는 처음 학원 수강료 견적을 뽑아 보고 한동안 입을 다물지 못했다. 교사 연봉만큼의 사교육비를 써야 교사가 될 수 있다니.

　"어림도 없어."

　학원에 다니지 않고 임고에 붙은 사람이 있냐고 선배들에게 묻자 돌아온 냉정한 대답이다. 사실 써니네 대학에서는 학원을 다니든 안 다니든 한 해에 교사가 되는 데 성공한 졸업생은 서너 명이 될까 말까 했다. 사범대 전체를 통틀어서 말이다.

　생활비도 겨우 대는 형편인데 사교육비는 언감생심. 결국 써니는 휴학하고 독하게 아르바이트를 뛰었다. 카페에서 여덟 시간 풀타임 알바를 했고, 주말에는 놀이 공원에서 여섯 시간 동안 츄러스를 팔았다. 그러면 카페에서는 주휴수당을 받고, 놀이 공원에서는 주말수당을 받았다. 이렇게 문자 그대로 주 52시간 노동을 하며 여대생 티 한번 못 내보고 운동화 한 켤레, 청바지 한 벌로 1년을 버티며 독하게 돈을 모았다.

　그 무렵 오석 샘의 책 『젊은 교사들께 드리는 편지』가 나왔다. 써니는 그 책을 여러 번 다시 읽었다. 책값 만오천 원도 차마 주머니에서 꺼내지 못해 도서관에서 빌린 뒤 마음에 드는 문장들을 수첩에 옮겨 적었다. 그렇게 옮겨 적은 글들을 틈날 때마다 읽었다.

학생들에게 어떤 영향을 줄 것인지는 누구도 예측하거나 계획할 수 없습니다. 학생들이 존경하고 자기도 모르게 본받는 교사들은 훌륭한 삶을 살고자 노력하는 교사들이지, 학생의 존경을 받기 위해 노력하는 교사가 아닙니다. 이 영역은 교사가 어떻게 할 수 있는 부분이 아닙니다.

교사가 의식적으로 교육할 수 있는 영역은 수업 시간이며, 이 수업 시간에는 인성교육이라는 별도의 뭔가를 하는 것이 아니라 해당 교과를 가르치게 되어 있습니다. 달리 말하면 수업 시간에 교과를 제대로 가르치는 것 자체가 이미 훌륭한 인성교육이며, 교사가 의도적으로 할 수 있는 유일한 인성교육인 것입니다. 그리고 자신의 전공교과에 애정을 품고 공부하고 탐구하는 교사는 학생들에게 비의도적, 잠재적 영향을 행사합니다. 이는 곧 잠재적 인성교육을 할 수 있는 교사의 기본 조건인 것입니다.

공부하고 탐구하는 교사가 반드시 학생들의 존경을 받는 것은 아니지만, 이것을 하지 않고서 존경받는 교사 역시 존재하지 않습니다.

책을 읽다 보면 문득 오석 샘 수업이 그리워지곤 했다. 결국 남들보다 1년 반이나 늦은 2012년 8월에야 대학을 졸업할 수 있었다. 써니는 임용고시를 치를 때까지 필요한 생활비를 벌기 위해 한두 주짜리 시간강사를 전전하다 동기들보다 2년 늦게 첫 임용고시를 치렀지만 1차 필기시험에서 대번에 떨어졌다.

예상했던 결과였다. 시간강사를 전전하면서 시험까지 준비하자니 시간이 부족했다. 어쩔 수 없다. 본인뿐 아니라 동생까지 챙겨야 했고, 힘들게 일 나가는 엄마의 짐을 조금이라도 덜어 주어야 했다.

다행히 운 좋게 3년짜리 기간제 교사 자리를 얻었다. 방학이 다가올 때마다 다음 학기 생계 걱정을 하지 않아도 되니 마음이 안정되었고, 공부도 착실하게 할 수 있었다. 하지만 다시 낙방, 그리고 세 번째 도전한 2015년 2월. 스물여덟이 다 되어서야 신규 교사 임용 후보자 연수생 명단에서 자기 이름을 확인하게 되었다. 신규 교사라는 명칭에는 조금 어울리지 않는 나이였지만.

다른 연수생과 달리 교사가 된다는 설렘 같은 것은 별로 없었다. 이미 기간제로 3년째 아이들을 가르치는 중이었니까. 오히려 '신규 교사'라고 불리는 게 살짝 기분 나쁘기도 했다. 임용고시에 합격한 정교사가 되어야만 신규라면, 지난 3년간은 교사가 아니었단 말인가? 기간제 교사는 교사가 아니란 말인가?

써니는 지난 3년간 최선을 다해 수업을 준비했고 열과 성을 다해 가르쳤다. 그 탓에 노량진 고시학원에 다닐 시간이 없어 임용고시는 계속 낙방했지만 말이다. 하지만 써니의 노고와 경력은 단지 호봉에만 반영될 뿐, 누구도 인정해 주지 않았다.

그런데 교육 경력이 꽤 되는 신규 아닌 신규 교사가 써니 말고도 꽤 많이 보였다. 심지어 30대 후반, 어쩌면 마흔이 넘었을지도 모를 신규(?) 교사도 몇 명 있었다.

"삼수? 그 정도면 싸게 막았네."

그중 정말로 내년에 마흔이라는 남자 신규 교사가 껄껄 웃으며 말한다.

"난 떨어지고 군대 가고, 군대 갔다 와서 또 떨어지고, 사립에 기간제로 몇 년 있으면서 이제나저제나 임용시켜 줄까 기다리다 잘리고, 그래서 임고 또 치고, 그러다 보니 벌써 마흔이 다 되었더라고. 마흔!"

써니는 62명의 국어과 발령 동기들을 쓰윽 둘러보았다. 아는 얼굴이 하나도 없다. 그럴 수밖에. 동기들보다 졸업도 1년 반이나 늦은 데다가 여러 차례 낙방까지 했으니.

안 그래도 산기슭에 북향으로 자리 잡아서 추운 연수원이 갑자기 더 춥게 느껴졌다. 써니는 코트 옷깃을 여미고서 잠시 어깨를 부르르 떨었다.

스물서넛 먹은 젊은 신규 교사들이 이미 삼삼오오 패를 이루고 까르르 웃어 대고 있었는데, 그 패에 다른 사람이 끼어들 틈은 바늘 반 개만큼도 보이지 않았다. 나이 많은 신규 교사들도 자기들끼리 연락처를 교환하고 톡방을 만들고 있었다.

이렇게 저렇게 삼삼오오 패를 이루어 반가움과 설렘을 나누는 신규 교사들 사이에서 써니만 들어갈 패 없는 외로운 처지가 되었다. 마치 중학교 시절로 되돌아간 것처럼. 와니네 그룹에 형식상 포함되어 있기는 했지만 와니를 제외한 다른 멤버와는 함께하기 어려웠던 시절.

혼자 멍하니 있기도 민망해 연수 교재를 뒤적거렸다.

그중 한 강좌가 눈에 확 들어왔다.

'21세기 사회 변동과 교육 혁신, 강사 권오석(S중학교)'

이럴 수가. 오석 샘이다! 오석 샘 강의를 다시 듣다니. 무려 12년 만에 오석 샘 목소리를 들으며 공부할 수 있다.

하지만 10초 만에 기쁨은 실망으로 바뀌었다. 이 강좌는 두 명의 강사가 나누어서 맡았는데, 써니가 속한 A분임은 강사가 오석 샘이 아니라 교육청 혁신과의 어떤 장학관이었던 것이다.

실망을 달래 가며 다시 교재를 넘겼다. 첫 강좌 제목은 '학교 인권 조례의 이해와 적용'이다. 진보 교육감이라더니 인권을 정말 중요시하나 보다 하고 대수롭지 않게 페이지를 넘기려는 순간 강사 이름에 눈길이 딱 멈췄다.

'강사 : 조영완(P중학교)'

조영완. 뭐? 조영완이라고? 그렇다면 혹시 와니? 설마 아니겠지. 동명이인일 거야. 아마 남자일 거야. 스물여덟에 신규 교사 연수 강사로 나온다? 오석 샘 정도는 되어야 이런 자리에 서는 거 아닐까? 교사를 가르치는 교사.

그런데 이게 진짜 와니라면? 와, 정말 대단해. 아니 어쩌면 진짜 와니일지도 몰라. 와니는 원래 남을 놀라게 하는 아이였으니까.

가슴 한구석에서 다른 감정도 밀려 올라왔다. 딱히 뭐라고 명명하기 어려운, 하지만 결코 유쾌하지는 않은 그런 감정. 뭘까? 두려움? 부러움? 질투?

연수가 시작되었다. 신규 교사들이 저마다 자리를 잡고 앉았다. 담당 장학사가 와서 고압적인 태도로 출석을 부르고 난 뒤 강사가 들어오는데, 써니는 그 모습을 보고 그대로 얼음이 되었다.

와니다. 정말 그 와니다. 써니가 알던 바로 그 와니가 강의실에 들어오고 있었다.

중학교 때부터 워낙 자기주장이 강했고 불공정한 것은 절대 참지 않았던 와니의 모습을 떠올리면 강의 주제하고 퍽 어울리긴 했다. 하지만 아직 서른도 안 된 나이에 저런 자리에 서는구나, 반가운 마음보다는 강의를 하는 와니 앞에 이제야 신규 교사가 되어 강의실에 웅크리고 있는 자신을 보여 주고 싶지 않은 마음이 앞섰다. 와니 눈에 띄지 않으려 사각지대를 찾아 강의실 제일 뒤 구석에서 고개를 숙이고 교재만 노려보았다.

"안녕하세요. 저는 P중학교에서 사회를 가르치는 조영완이라고 합니다. 애들은 그냥 와니 샘이라고 부르죠. 중학교 때부터 친구들은 다 와니라고 불렀어요. 선생님들도 와니라고 부르고, 집에서도 와니라고 부릅니다. 사실 영완이 이러면 꼭 남자 이름 같잖아요? 영환이로 들리기도 하고, 게다가 중학교 때 주먹 일짱 먹은 녀석도 하필 김영완이었다니까요."

와니 목소리가 강의실을 채웠다. 힘차고 경쾌하고 자신감에 넘치는 목소리. 마이크를 쓰지 않고도 웬만한 마이크 소리를 능가할 정도로 강의실을 꽉 채우는 목소리. 중학교 시절이나 지금이나 그대로다.

와니의 강의는 물 흐르듯 노련하고 능숙했다. 적절한 사례와 함께 인권의 역사, 인권의 주요 개념을 잘 설명해 주었고, 서울학생인권조례의 주요 내용도 사례 중심으로 재미있게 설명했다. 또 같은 젊은 교사로서 공감할 만한 경험담도 나누면서 수시로 강의실을 폭소의 도가니로 만들었다. 인권운동가나 민주시민교육 관련 강사들이 자주 드러내곤 하는 '나는 너희보다 깨인 사람이다' 식의 고압적인 자세도 보이지 않았다.

중학교 때도 그랬다. 와니는 발표를 무척 잘했다. 다른 아이들이 부담스러워하는 발표 수업을 오히려 즐긴다는 느낌? 그래서 '수행평가의 여왕'으로 통했다. 수행평가 시즌만 되면 서로 와니와 같은 조를 하려고 가위바위보를 하고 울고불고 난리였다. 무임승차하자는 수작이 뻔히 보였지만 와니는 별로 개의치 않았다. 여덟 명이나 되는 조원 중 겨우 두어 명이 가위질, 풀칠, 색칠 같은 것을 도와주었을 뿐, 내용은 죄다 와니가 준비하고, 발표도 와니가 했지만 늘 웃는 얼굴이었다. 오히려 옆에서 보는 써니가 더 화를 내곤 했다.

"괜찮아, 난. 재밌잖아. 그럼 됐지 뭐."

화내는 써니를 달래 주며 와니가 한 말이다. 생각해 보면 그런 상황에서 왜 와니가 써니를 달래 주었는지 도무지 이해가 안 간다.

중학교 3학년 때, '정보화 사회의 부작용'이라는 주제로 단막극을 만드는 수행평가가 있었다. 그때 와니는 거의 러닝타임 30분짜리 빽빽한 대본을 혼자 써 와서 배역을 나눠 주고 연출까지 했다. 다른 조원들, 심지어 공원의 나무1 같은 역을 맡아서 있기만 했던 아이가 똑같이 만점을 받아 가도 전혀 불평하지 않았다. 어느 모로 보나 오석 샘이 좋아할 만한 학생이었다.

그런데 그 와니가 이렇게 자라서 영락없이 12년 전 오석 샘을 보는 것 같은 그런 강의를 하고 있다. 써니는 괜히 자랑스러워졌다. 이게 어디 남의 일일까? 저런 아이가 내 친구인데. 자기도 모르게 따뜻한 미소가 얼굴에 퍼져 나가는 것을 느끼고 화들짝 손바닥으로 달아오른 두 뺨을 덮었다.

그러는 동안 강의 끝날 시간이 다가왔다. 써니는 강의가 끝나자마자 슬금슬금 뒷문으로 나가려 했다. 하지만 문 근처에 가기도 전에 우렁찬 목소리가 들려왔다.

"와아, 써니야! 써어니이야!"

강의실을 가로지르며 달려오는 와니의 모습이 보였다. 와니가 아주 빠른 속도로 다가오는가 싶더니, 써니는 어느새 와니에게 와락 부둥켜 안김과 좌우로 흔들림을 동시에 당하는 신세가 되었다.

"이게 몇 년 만이야! 대학 들어간 해에 보고 처음이잖아? 5년? 6년?"

"음, 7년."

"와, 축하해. 너 드디어 임고 붙었구나!"

"응. 너도 축하해."

"나? 나는 뭐?"

"벌써 이렇게 연수원에서 강의하잖아? 동명이인일지 모른다고 생각했는데, 정말 너였어. 역시 대단해."

"에이, 그거 아무것도 아니야."

와니가 손을 빙글빙글 돌린다.

"그냥 석사 논문을 인권 교육으로 썼는데, 그게 어떻게 하다 보니까 단행본으로 나왔고, 그 주제로 나온 책이 별로 없다 보니까 '인권 교육' 검색하면 내 책이 제일 먼저 떠서 장학사들이 연수 강의에 집어넣었을 거야. 교육감이 인권 엄청 강조하니까 아무나 키워드에 뜨는 사람 넣자, 뭐 이런 생각으로. 그런데 이제 이것도 슬슬 레드오션이라 결국은 나이 많은 남자 선생들이 차지하지 않을까?"

"너 대단한 일 해 놓고 아무것도 아닌 것처럼 말하는 거, 여전해. 그럼 내가 더 한심해지잖아. 난 이제 겨우 임고 합격했는데."

"이제 겨우라니? 너 그동안 놀고 있었던 거 아니잖아?"

"기간제 했어."

"그러니까. 가르쳤잖아."

"기간제였는데?"

"선생님이었지."

와니가 마치 찹쌀떡을 씹어 먹듯 '선생님'을 한 글자 한 글자를 꼭꼭 씹어 가며 입 밖에 내놓았다. 그 음소 하나하나가 나올 때마다 써니의 명치 안쪽에서 따끔거리는 느낌이 들었다. 얼굴에서 열기가 후끈후끈 올라왔다. 아마 귓불도 발갛게 달아올랐을 것이다.

와니가 바로 말을 바꾸었다.

"참, 오석 샘 오늘 연수원 와 계신 거 알지?"

써니가 고개를 끄덕였다.

"연수 끝나면 오석 샘 뵙고 가자. 너 데려가면 완전 깜짝 선물 되겠다. 그치? 괜찮지?"

이럴 때 어떻게 '아니'라고 말할 수 있을까? 고개를 끄덕이는 수밖에.

"난 오늘 강의 끝났는데, 1층 카페에서 기다리고 있을게.

연수 끝나면 내려와. 오석 샘도 강의 끝나면 일단 거기로 오실 거야. 그럼 맛있는 거 먹으러 가자."

"그래, 이따 봐."

이후 두 시간 동안 써니는 전교조 출신인 어느 장학관의 강의를 들어야 했다. '교육 혁신', '창의 융합' 따위의 단어가 난무했지만 지루하기 짝이 없었고, 딱딱하고 권위적인 얼굴에는 어떤 혁신도 교육도 보이지 않았다. 교육감이 진보 성향이니, 진보적으로 들리는 미사여구를 주입식으로 주워섬기면서 영혼 없는 충성을 과시하는 걸로 느껴질 뿐. 심지어 서울시교육청의 여러 교육 혁신 사업과, 민주시민교육 같은 영역에서 자기가 얼마나 중요한 역할을 하고 있는지 공치사를 할 때는 두드러기가 날 지경이었고, "저도 얼마 전까지는 전교조 조합원이었습니다만" 하는 대목에서는 구역질을 할 뻔했다. 흥미를 끄는 것이라곤 얼굴 절반을 차지하는 커다란 화살표 모양의 코가 재미있게 생겼다는 것 정도. 이런 역겨운 강의를 듣고 있는 동안 B분임에서는 같은 주제로 오석 샘의 강의를 듣고 있을 것이라고 생각하니 화가 치밀어 올랐다.

지루한 강의가 끝나고 나니 5시가 거의 다 되었다. 재미도 없으면서 심지어 시간마저 넘겼다. 중고등학교 시절 아침 조회에서 걸핏하면 이후 수업을 단축수업으로 만들곤 했던 교장들의 지루하고 시간 개념 없는 훈화가 떠올랐다.

와니가 기다릴 거라는 생각에 써니는 허겁지겁 가방을 싸들고 구르듯 계단을 내려갔다. 1층 중앙 현관 반대편을 보니 카페가 보였다. 이름도 없고, 그저 '카페'라는 간판만 붙어 있었다.

서울교육연수원은 매일 수백 명의 연수생이 오가고 상주하는 직원도 100명이 넘는 시설이지만 휴게시설은 이 카페 하나가 전부다. 그나마도 로비 귀퉁이에 통유리로 벽을 만들어 놓은 공간에 불과해 카페보다는 차라리 거대한 어항에 가까웠다. 중앙 현관을 드나드는 사람, 계단을 오르내리는 사람들이 카페 안에 있는 사람들을 훤히 들여다볼 수 있었다.

어항 안에 오석 샘의 모습이 보인다. 와니도 보인다. 둘이 뭔가 한창 이야기를 나누고 있다. 유리벽을 통과하느라 한 번 굴절된 모습이지만, 중학교 졸업하고 무려 12년 만에 다시 보는 얼굴이지만, 그래도 금방 알아볼 수 있다. 그때 그 소녀는 어느새 서른이 눈앞이고, 30대였던 선생님은 불혹을 훨씬 지나 하늘의 명을 알 만한 나이가 되어 가고 있다.

써니가 예상보다 무거운 어항 문을 힘겹게 열고 들어갔다. 오석 샘이 문 열리는 기척을 듣고 고개를 들었다. 눈이 마주쳤다. 갑자기 심장이 쿵쾅거리며 뛰었다.

"선생님, 안녕하세요."

"오, 선희구나. 이거 영 못 알아보겠는걸?"

선생님의 목소리는 12년 전과 별로 다르지 않다. 언제 들어도 경쾌한 목소리. 목소리뿐 아니라 얼굴도 그다지 달라지지 않았다.

"선생님……."

막상 인사를 하고 나니 달리 할 말이 없다. 아니, 할 말은 많은데 중학교 시절과 마찬가지로 입 밖으로 나오지 않는다. 써니는 마음속에 그려 놓은 말줄임표 속에 수많은 메시지를 주워 담았다.

"정말 그대로시네요."

겨우 한마디 꺼낸 말이 이거다.

"에이, 그대로라니. 벌써 12년이 지났는데."

"여전히 그때 모습 그대로신데요."

"맞아요. 샘."

와니가 거들었다.

"저도 뵐 때마다 그 생각 한 걸요? 불로초라도 드세요? 큰일 났어요. 저는 점점 나이 먹고 샘은 그대로고, 이젠 20년이 아니라 2년 차이밖에 안 나 보인다니까요."

"과장이 지나치면 오히려 강한 부정이 된다. 너하고 2년 차이? 좀 심한걸?"

"아니에요. 지금 셀카 찍어서 확인해 볼까요? 요즘 젊은 교사들 커뮤니티에서 오석 샘 밀랍인형설 나도는 거 모르세요?"

"아이고, 그만두자. 겉보기만 그렇지. 속으로는 먹을 만큼 먹었단다."

12년 전과 똑같은 상황. 와니는 스스럼없이 이야기하고, 써니는 말없이 그걸 구경한다. 저 정도로 격의 없이 이야기가 오가는 걸 보면 와니는 교사가 된 이후에도 오석 샘을 자주 만나 왔다는 뜻이다.

"참, 선희야, 축하한다."

"고맙습니다."

"내가 고맙다."

울컥했다. 하지만 뭐라고 대답해야 좋을지 몰라 어색한 미소와 함께 침묵으로 대답을 대신했다.

"야, 정말 세월이 이렇게 갔어. 이 꼬맹이들이 벌써 교직에 진출하고, 제법 중견 교사 노릇도 하고. 이제 나도 슬슬 퇴직 날짜 받아야지."

"무슨 말씀이세요? 아직 50도 안 되셨는데?"

"아, 기준이 50이야? 그럼 쉰 살 되면 퇴직할까?"

써니는 50이라는 숫자를 입에 담을 때의 오석 샘 표정을 아직도 기억하고 있다. 아니, 잊으려야 잊을 수가 없다.

오석 샘 말이 맞았다. 선생님은 그대로가 아니었다. 그 잠깐 사이, 50이라는 숫자가 소리로 잠시 모습을 드러냈을 때, 선생님의 표정에는 감춰져 있던 나이가 언뜻 드러났다.

원숙함, 노련함, 지혜로움 등 나이 듦에 대해 긍정적으로 표현할 때 나오는 그런 것들이 아니었다. 그것은 공허였다. 아무 감정도 느낌도 생각도 없는 텅 빈 표정. 영혼에 아무것도 남아 있지 않은 듯한 텅 빈 표정. 그 표정은 딱 0.1초 동안 드러났다가 금세 사라져 버렸다. 나이 때문만은 아닐 것이다. 그것은 인간의 오욕칠정과 12년이라는 시간을 변수로 투입하더라도 도저히 나오기 어려운 표정이었다. 마라톤 선수가 갑자기 자신이 왜 이런 힘겹고 기나긴 뜀박질을 해야 하는지 의문을 품는다면 그런 표정을 지을 것이다. 전장의 군인이 갑자기 전투의 목표를 상실하고 고향과 가족을 그리워한다면 그런 표정을 지을 것이다.

써니는 순간 두려움에 사로잡혔다.

이럴 수가! 오석 샘은 가르치는 것을 싫어하신다. 오석 샘은 벗어나고 싶어 하신다. 써니가 가르침의 길에 막 접어든 이때.

자리를 옮겨서 식사를 하며 이런저런 이야기를 나누었지

만 그다음부터는 무슨 일이 있었는지, 무슨 이야기를 했는지 기억에 없다. 오직 오석 샘의 그 표정만이 기억에 남았다. '교사 소진'이니 '번 아웃'이니 하는 말이 떠올랐다. 오석 샘 같은 분마저 저렇게 숨 가빠하는 이 길을 내가 과연 끝까지 갈 수 있을까 하는 두려움 때문에, 써니는 그날 밤새 속 쓰림과 소화 불량에 시달려야 했다.

단단해지는 방법

신규 교사 연수 이후 와니와 몇 차례 더 만나 밥을 먹었다. 하지만 만나는 횟수는 점점 줄어들었고, 간격도 점점 길어졌다. 자란 환경과 살아온 길이 다르다 보니 은근히 문화 차이가 있었고, 노는 방식도 달랐다. 와니가 별생각 없이 던지는 일상적인 행동과 말이 써니에게 큰 상처가 되기도 했다.

임고에 합격하고 신규 교사 연수도 받았지만 써니는 그해 발령이 나지 않았다. 기간제로 있던 학교에서 계약 기간을 다 채운 그 이듬해에야 새 학교에 발령받아 부임했다. 스물아홉이면 신규 선생님치고는 나이도 좀 있는 편인 데다, 스타일도 수수한 편이라 학생들은 신규 선생님이 아니라 다른 학교에서 전근 온 중견 교사쯤으로 생각했다. 실제로 시간강사와 기간제 교사로 4년을 일했으니 이미 중견 교사의 관록이 붙어 있었다.

그런데 써니가 부임한 학교는 교사 평균연령이 50대가 넘을 정도로 고령화된 학교인 데다, 21세기 들어 찾아보기 힘든 남자중학교였다. 그래서 아직 20대인 써니는 금세 학생들이 친밀감을 갖고 다가설 수 있는 몇 안 되는 선생님으로 자리 잡았다.

그렇게 한 학기를 보내고 정규직 교사로 처음 맞이하는 여름방학을 며칠 앞둔 무렵이었다. 공부깨나 할 것 같이 생긴 남학생 몇몇이 다가왔다.

써니는 불길한 예감을 느끼면서 예약하려던 항공권과 호텔을 잠시 미뤄 두었다. 이런 경우는 방학 중 방과후 반을 개설해 달라고 조르는 경우가 많기 때문이다. 마음속으로 '안 돼!'라는 단호한 대답을 준비해 두고 계속 거절하는 상황을 시뮬레이션했다.

그런데 서로 눈치만 보며 머뭇거렸다.

"왜 그러니? 누가 먼저 말할래?"

그 옛날의 써니가 아니다. 교직 생활 3년이면 부끄럼이나 조신함 같은 건 다 먼 나라, 아니 다른 차원 이야기가 된다.

서로 미루지 못하도록 한 사람을 딱 지명했다.

"자, 그러지 말고. 준호, 네가 말해 봐. 무슨 일이야?"

"저어……, 사실은."

할 수 없이 이름이 불린 준호가 입을 열었다.

"톡방에 이런 사진이 돌아다녀서요."

입을 연 준호가 스마트폰 화면을 써니에게 보여 주면서, 막상 자기는 어떻게든 그 화면을 보지 않으려고 고개를 돌렸다.

준호가 펼쳐 보인 스마트폰 화면을 본 써니는 그대로 굳어 버렸다. 캡처 사진이 잔뜩 올라와 있었다. 대부분 여성의 치마 속을 찍은 사진인데, 사진 아래에는 'ㅋㅋ'가 난무하는 말풍선이 죽 늘어서 있었다.

"이걸 왜?"

써니는 무서운 표정으로 준호를 쏘아보았다.

"저, 이게 그러니까……."

준호가 말을 잇지 못하고 톡방을 훑어 내리며 다른 캡처 사진을 열어 보였다. 사진 속 치마가 눈에 익었다. 아니, 익은 정도가 아니었다. 그건 다름 아닌 써니 자신의 모습이었다.

더 이상 아무 말을 할 수 없었다. 물어볼 수도 없었다. 그 사진에서 눈을 뗄 수도, 그 사진을 계속 노려볼 수도 없었다. 그냥 굳어 버릴 수밖에.

"이게 반 단톡방에 돌아서요."

할 수 없이 준호가 내키지 않는 목소리로 말을 이었다.

"남자애들끼리요."

"돌려……봤다고?"

써니가 간신히 문장 하나를 만들어 던졌다.

"네."

"이게 선생님이란 걸 알면서?"

준호가 고개를 끄덕끄덕하더니 다른 캡처 사진을 보여 주었다.

'써니 샘의 외면과 내면.'

아주 그럴듯한 제목까지 붙여 놓고 써니의 평상시 모습을 찍은 사진과 치마 속 사진, 그리고 어디서 퍼 왔는지는 모르겠지만 속옷 차림의 여성 얼굴 부위에 교묘하게 써니의 얼굴을 이어 붙인 합성사진이 주르륵 튀어나왔다.

"너희, 이거……."

그 순간 써니는 뇌가 고체와 액체의 중간쯤 되는 물렁물렁한 물질이라는 것이 실감났다. 맥박이 빠르게 뛰고, 그때마다 두개골 사이에서 물렁물렁한 뇌가 출렁거렸다. 그리고 그 출렁거림은 갈수록 둔탁해졌다. 마치 뇌가 석고처럼 굳어 가는 것 같았다. 눈앞에 보이는 것들이 온통 석고같이 뿌옇게 바뀌었다.

펼쳐 놓은 폰 화면을 계속 둬야 할지 닫아야 할지 몰라 휴대폰을 어색하게 받쳐 들고 서 있던 준호가 침울한 목소리로 물었다.

"이거……, 어떻게 할까요?"

써니는 아무 말도 하지 않았다. 아니, 아무 말도 듣지 못했다.

"샘, 샘!"

준호의 목소리가 점점 커지면서 간신히 정신이 돌아왔다.

"아, 그래, 곤란하겠지만, 나한테 공유해 줄래? 고마워. 알려 줘서."

"네. 참, 샘. 저는 캡처만 하고 톡방 나왔어요. 그리고 그다음부터는 안 봤어요. 진짜예요."

"그래, 믿어."

"공유해 드리고 나면 제 폰에서는 다 지울게요."

"고마워."

그다음부터는 기억이 잘 나지 않는다. 이럴 때 뭘 어떻게 해야 하는지 배우지 않았다. 아니, 이런 일을 겪게 될 거라고 상상해 본 적도 없었다. 그저 교장실 문을 두드리고 있는 자신의 모습을 발견했을 뿐이다. 교장이 해결해 주겠지 하는 막연한 마음과 함께. 정작 교장이랑 무슨 이야기를 어떻게 했는지는 전혀 기억에 없다.

어디선가 듣기로는 교권위원회라는 것이 있다고 했다. 그런 게 열리면 뭐라고 말해야 할까? 교사의 입장에서? 아니면 여성의 입장에서? 피해자로서? 그도 아니면 교육자로서? 여전히 남들 앞에서 자기주장을 분명하게 세우지 못하는 습성을 고치지 못한 써니는 온갖 상황을 설정하고 그때마다 어떻게 진술할지를 정해 놓고 연습까지 해야 했다.

그런데 며칠이 지나도록 교권위건 인권위건 아무 소식이 없었다. 그 사진을 돌려 본 남학생들이 있는 학급에 수업을 들어가야 할 시간이 다가오는데, 어떤 말도 없었고, 시간표도 전혀 바뀌지 않았다. 그런 일까지 있었는데, 학생들이 그런 사진까지 돌려 봤는데, 도대체 그 반에서 어떻게 수업을 하고 학생들을 대하라는 것인지, 도대체 거기서 수업을 제대로 할 수나 있을지 눈앞이 캄캄했다.

누구 하나 관심이 없었다. 아니, 관심이 있었는지 없었는지는 한 길 사람 속이라 모르겠지만, 아무 반응도 대응도 없었다. 학교는 마치 아무 일도 일어나지 않은 것처럼 태연하게 움직였다. 그 반 수업 시간이 점점 다가오고, 써니가 식은땀을 줄줄 흘리며 호흡이 가빠질 정도가 되어서야 인터폰이 울렸다.

"김선희 선생님."

"네."

"교감인데 좀 와 보시겠습니까?"

늘 이런 식이다. 교감은 절대 용건을 말하지 않는다. 늘 무작정 오라고만 말한다. 어쩌겠는가? 신규 교사 주제에. 오라고 하니 가는 수밖에.

써니 자리에서 딱 다섯 걸음을 디디면 교감 자리였다.

"여기 좀 앉아 보세요."

"네."

교감이 이마를 세로로 접어 주름을 만들며 말을 시작했다.

"아, 다름이 아니라 그건 말입니다. 그거."

"네?"

"거, 있잖습니까. 이거 참, 남자 입장에서 말하기가 좀 그렇습니다만, 그 사진 건."

"네."

"그게 말이죠. 이런 말씀드리기가 참 그렇습니다만, 학교에서 대응하기가 쉽지 않아요."

"네?"

"어쨌든 생활지도부에서 조사는 하고 있습니다만."

써니는 가슴이 쿵 내려앉는 느낌에 깜짝 놀라 손을 가슴에 댔다.

'아니, 교감 선생님, 지금 무슨 말씀이세요? 이건 성폭력에 인권 침해라고요.'

이 말을 해야 하는데, 이렇게 따져야 하는데, 그 말은 터져 나오기는커녕 목구멍 너머로 내려앉았다. 쿵 하고 내려앉은 말은 가슴 아래에서만 맴돌았다.

교감에게는 그저 애처로운 눈을 뜨고 아무 말 못 하는 젊은 여자 하나로만 보였을 것이다. 그래서 자신감이 붙었는지 교감의 이마에 접혔던 주름도 조금씩 펴지기 시작했다. 펴지는 이마만큼 눈도 점점 더 크게 떴다. 교감이 써니를 슬슬 위아래로 훑어보며 말했다.

"그 학생이 말입니다. 학생회 임원이고, 또 그 학부모가 학교 운영위원이라서 말입니다. 참 어렵네요. 어려워. 아, 그 학부모가, 이 사람이 정말이지 보통내기가 아니라서요. 벌써 변호사 선임하고 아주 난리가 났어요. 어쨌든 가벼운 사안은 아니니 학교 측에서도 최선을 다해 보겠습니다만, 선생님이 원하는 만큼 시원하게 진행되지는 않을 수 있어요. 너무 서운하게 생각하지 마시고."

"그럼 그냥 있어야 하나요? 당장 그 반 수업은 어떻게 들어가죠?"

마침내 써니가 힘겹게 말을 꺼냈다. 그나마 미리 준비해 두었던 대사라서 간신히 꺼낼 수 있었다. 이 정도 말하는데도 심장 박동이 1.5배속으로 빨라졌다.

"그거야 선생님이 알아서 잘 처신하셔야죠."

"처신요?"

언제나 모범생이었던 써니는 '처신' 이 두 글자를 듣게 된 현실이 믿기지 않았다. 그러거나 말거나 교감이 훈계조의 말을 늘어놓기 시작했다.

"어른이고 전문직 아니십니까? 이럴 때 의연한 모습을 보여 주셔야죠. 다 애들이라 그런 거 아니겠습니까? 사춘기 남자아이들이라 그러려니 하고 좀 넓게 이해해 주시고. 교육적 관점에서 말입니다. 아직 젊으셔서 그런데, 음, 뭐랄까 복장도 사춘기 아이들 호기심 자극하지 않게 신경 써서 준비해 주시고요. 짧은 치마나 샌들은 당분간 좀 피해 주시고."

써니가 참다 못해 뭔가 말하려고 입을 벌렸지만, 숨이 턱턱 막혀 아무 소리도 나오지 않았다.

교감은 훈계를 이어 갔다.

"아 참, 그리고 김선희 선생. 좀 고깝게 들리겠지만 그래도 해야 할 말이니 꼭 해야겠어요. 이건 사회생활 선배로서 하는 말입니다. 앞으로 어려운 일 있으면 먼저 부장님한테 말씀드리세요. 바로 교장실 가지 말고. 먼저 부장님한테 말씀드리고, 그다음에 나한테 이야기하시고. 이런 일을 부장님이나 내가 모르고 있다가 나중에 교장님한테 전해 들으면 저나 부장님이나 얼마나 민망하겠습니까? 학교도 엄연히 관공서인데 모든 일에는 체계와 절차가 있는 법입니다."

결국 교감이 하고 싶었던 말은 이거였구나 싶었다. 더구나 교감이 이어서 한 말이 기어이 써니 가슴에 대못을 박았다.

"교장님하고 제가 알아서 잘 해결할 테니, 김 선생은 조용히 기다리면서 업무에 충실해 주세요. 혹시 외부 단체나 기자들이 끼어들면 골치 아파지니까."

그렇구나. 그들이 걱정하는 건 교권도 인권도 아니구나. 혹시 이야기가 흘러 나가 체면이 깎이고 번거로운 일이 생기는 것, 바로 그것이로구나. 그저 언론에 흘러 나가지만 않게 해 달라? 이런 말이 나오는 곳이 어떻게 교육기관이며, 이런 사람들을 어떻게 교육기관의 관리자라고 부를 수 있단 말일까?

써니는 너무 기가 막혀 그만 웃어 버리고 말았다. 그런데 교감은 속도 모르고 써니의 웃는 얼굴을 보며 마음이 놓인다는 듯이 같이 웃는 낯으로 고개를 끄덕였다. 써니는 눈앞에서 위아래로 움직이는 코를 물어뜯고 싶은 것을 억지로 참았다.

그날 수업을 어떻게 했을까? 수업을 하기는 했을까? 교실에 들어갔다가 나오기를 네 번 반복했던 기억 말고, 정작 교실에서 어떤 행동을 하고 무슨 말을 했는지는 기억에서 깨끗하게 지워졌다. 그저 어찌어찌하다 보니 7교시가 끝나고 4시가 되었을 뿐.

너무 정신이 없어서 그날 처음으로 휴대폰을 꺼내 보았다.

밀린 문자며, 부재중 통화며, 카톡이 화면에 두 자릿수 빨간 숫자를 경고등처럼 표시해 놓았다.

먼저 카톡을 열었다.

권총 모양으로 만든 오른손으로 턱을 받치고 왼손으로는 손가락 하트를 날리는 와니의 프로필 사진이 카톡 화면 제일 위에 있었다.

—써니야, 괜찮아?

—대답하기 곤란하지?

—괜찮아. 무슨 일 있었는지 다 알고 연락하는 거야.

—톡으로 이야기하긴 그러네. 만나서 얘기하자.

—괜찮으면 오늘 퇴근하고 바로 볼까? 연락 줘.

연이은 와니의 카톡. 다 알고 있다고? 뭘? 설마 이 사건을? 와니가 어떻게?

동료 교사들이 무관심해 보인 것은 착각이었다. 관심이 없었던 것도 손 놓고 있었던 것도 아니었다. 동료 교사 중 누군가가 와니에게 연락했다는 것 말고는 달리 설명할 길이 없었다.

왜 하필 와니한테 연락했을까? 써니는 와니가 자기 친구라는 걸 알릴 정도로 동료 교사와 사적인 얘기를 나눈 적이 없다. 그러니까 그냥 한 사람의 여성으로서 인권 활동가에게 연락한 것일 것이다. 와니는 전교조지회에서 교권인권국장을 맡고 있었으니까.

아마도 피해자 보호를 위해 이름은 밝히지 않고 그냥 '우리 학교 신규 선생님한테 생긴 일'이라고 이야기했을 것이다. 하지만 와니는 그 이야기를 듣고 대번에 나라는 걸 알았겠지.

과연 누굴까? 써니는 몇 안 되는 전교조 분회원들을 떠올려 보았다. 그중 한 사람일 것이다. 하지만 누군지 굳이 알아내고 싶은 마음은 없었다. 고마워해야 할지 아니면 화를 내야 할지도 알 수 없었다.

어쨌든 이 상태에서 어딘가 톡이라도 보낼 수 있는 상대가 있다는 게 너무 다행스럽게 느껴졌다. 허겁지겁 답장했다.

—지금 나갈게.

답장이 즉시 날아왔다.

—15분 있다 교문 앞으로 와. 픽업할게. 조그만 녹색 차야.

써니는 15분씩이나 학교에 더 있고 싶지 않아 당장 교문 앞에 나가서 기다렸다. 15분 뒤에 온다던 와니의 차는 10분도 되지 않아 나타났다. 써니는 녹색 미니 쿠퍼 문을 열고 안으로 뛰어들었다.

"어서 와."

와니는 간단한 인사만 할 뿐 별다른 말을 하지 않았다. 써니도 마찬가지였다. 둘은 묵묵히 서울시 경계를 벗어났다. 그렇게 달리던 미니 쿠퍼는 팔당을 조금 지나더니 '나인블럭'이라는 이름의 강변 카페에 멈춰 섰다. 그제야 와니가 입을 열었다.

"뭔가 달달한 거라도 먹고 얘기하자."

써니는 말없이 고개를 끄덕였다.

카페의 풍광은 너무도 아름답고 평화로웠다. 창밖으로는 한강이 굼실거리며 흘러가고 있었고, 그 위로 반사되는 햇살이 마치 은입사처럼 반짝였다. 어찌 보면 은비늘을 가진 물고기들이 무수히 헤엄치는 것 같아 보이기도 했다.

"여기서 기다려. 내가 음료 가져올게."

와니가 용케 풍광이 제일 좋은 곳에 있는 소파 자리에 써니를 앉혔다. 써니는 굼실굼실 흘러가는 물결과 반짝이는 물비늘들을 멍하니 바라보았다.

얼마 지나지 않아 와니가 케이크 한 덩이와 커피 두 잔을 쟁반 위에 받쳐 들고 왔다. 쟁반을 테이블에 내려놓자마자 와니 입에서 노도 같은 대갈일성이 튀어나왔다.

"아니, 무슨 그런 무식한 새끼가 다 있어?"

"누구? 애들?"

오히려 놀란 것은 써니였다.

"아니, 너네 교장하고 교감 말이야. 애들이야 그렇다 치지만, 하긴 남자 나이 열다섯이면 그쪽 방면으로는 절대 애가 아니지. 하여간 못 배워 먹어서 그렇다 쳐. 그런데 명색이 교장, 교감인데 너무 한심하잖아? 우쭐거리고 뻐길 때만 관리자라고 떠들어 대고 막상 관리해야 할 상황이 발생하면 네가 알아서 해라, 난 모른다, 그러면서 싹 빠지고. 이게 뭐 하는 짓이야?"

놀랍게도 와니는 써니가 무슨 일을 당했는지 다른 학교에 있으면서도 훤히 다 알고 있었다. 써니가 놀랄 틈도 주지 않고 와니가 강하게 말을 이어 나갔다.

"아주 이것들을 그냥 아작을 내야 해."

와니다웠다. 와니는 중학교 때부터 말과 행동에 거침이 없었으니까. 특히 부조리한 일을 겪으면 상대가 누구든 절대 자기주장을 숨기지 않았다.

써니는 늘 그런 와니가 부럽기도 하면서 한편으로는 두려웠다. 지금은 두려운 쪽이다. 아작이라니.

"아무래도 좀 뒤져 봐야겠어."

와니가 스마트폰을 꺼내 들며 말했다.

"뒤져? 뭘?"

"법령, 판례 이런 것들."

"나더러 재판을 하라고?"

"아니, 정 필요하면 재판이라도 해야겠지만, 꼭 재판할 때만 법이 필요한 건 아니니까. 주동한 놈이 3학년이라고 했지?"

"응."

"그럼 일단 이거부터."

와니가 뭔가 검색하더니 써니에게 스마트폰을 들이밀었다. 법조문의 빽빽한 글씨가 화면을 가득 채웠다. 써니는 글씨들이 눈에 들어오지도 않았고, 들어오더라도 그걸 이해할 만큼 머리가 돌아가지도 않는 상태였다. 그냥 멍했다.

와니가 법조문 하나를 손가락으로 가리켰다. 와니의 손가락을 따라가 보니 그제야 법조문이 눈에 들어왔다.

성폭력 범죄의 처벌 등에 관한 특례법 제14조. 카메라나 그 밖에 이와 유사한 기능을 갖춘 기계장치를 이용하여 성적 욕망 또는 수치심을 유발할 수 있는 다른 사람의 신체를 그 의사에 반하여 촬영하거나 그 촬영물을 반포·판매·임대·제공 또는 공공연하게 전시·상영한 자는 5년 이하의 징역 또는 1천만 원 이하의 벌금에 처한다.

딱딱한 법조문을 보자 써니는 오금이 떨렸다. 벌금이라니? 아니, 심지어 징역이라니?

"이거 좀 무섭다. 학생인데 정말 감옥 가면 어떻게 해?"

써니의 말에 오히려 와니가 놀랐다.

"아니, 써니야. 너 지금 가해자 걱정하는 거야?"

"그래도 학생인데."

"그리고 넌 교사고? 야, 그 논리를 따라가면 바로 교감이 그냥 넘어가자고 한 그 말까지 가는 거야. 그런데 그 말을 네가 하네, 지금?"

"미안해. 그런 말 들을 땐 화가 났는데, 막상 벌금이니 징역이니 이런 말이 나오니까 좀 무섭기도 하고 미안하기도 하고. 그 아이 장래도 마음에 걸리고. 나 참 바보다, 그치?"

"아냐, 선생 마음이 다 그렇지 뭐. 이해해. 그런데 너무 걱정 안 해도 돼. 어차피 소년범이고 초범이라 실제 처벌까지는 안 가.”

“그래도 낙인은 남지 않을까?”

“안 남으면? 죄를 지었으면 대가를 치러야 교육이지, 그런 짓을 하고도 아, 이거 아무것도 아니구나, 이러면? 그럼 나이 먹을수록 간이 점점 커져서, 오히려 크게 일 치르고 인생 아주 망치는 거야. 써니야. 이건 성범죄라고. 그리고 성범죄는 비탈길 위에 놓인 구슬 같아. 일단 한 번 굴러가기 시작하면 비탈 아래까지 점점 더 빠르게 굴러간다고. 처음 움직거릴 때 잡아야지, 일단 가속도 붙고 나면 답 없어. 물론 나도 처음부터 고소하는 거, 좋지 않다고 생각해. 우선 학교에 교권위원회하고 성폭력위원회 개최 요구하고, 거기서 미적거릴 경우에 대비해서 고소 가능성을 카드로 쥐고 있어야지.”

“그걸 내가 직접 해야 할까?”

“아니, 그럴 거 없어. 넌 우선 회복하는 게 먼저야. 아닌 것 같아도, 이런 거 상처가 꽤 깊게 가. 자다가도 생각나고, 점점 더 무서운 생각 들고. 내가 도와줄게. 필요하면 변호사 도움도 받을 수 있고. 지금 네가 해야 할 일은 당장 내일부터 병가 내고 학교 안 가는 거야.”

“애들은 어떡하고?”

“너 지금 이 상태로 남학생이 득실거리는 교실에 들어갈 수 있어?"

"그건⋯⋯."

써니가 쉽게 대답하지 못하고 한동안 망설이다 고개를 가로저었다.

"아니."

"더구나 듣자 하니 가해자 분리도 전혀 안 되었잖아? 그런데 거길 어떻게 가?"

"알았어. 내일은 쉴게."

"내일은이 아니야. 내일부터 쉬는 거야."

"언제까지?"

"네가 충분히 회복될 때까지. 내일 병가는 일단 상담을 받기 위해 내는 거고. 그러니까 우선 정신과 상담부터 받아. 너를 위해서이기도 하고, 앞으로 네가 가르침을 줄 수많은 미래의 학생들을 위해서이기도 해. 그래서 의사가 얼마 정도의 안정과 가료가 필요하다는 진단서를 써 주면 그만큼 병가를 신청해서 충분히 쉬어. 한 2주 정도 나올 거야."

"그걸 허가해 줄까?"

"무슨 소리야? 그건 네 최소한의 권리야. 어쩜 학교에서 시간강사 구할 때까지 좀 나와라 어쩌고저쩌고할지도 몰라. 그딴 말은 무시하고 진단서 던지고 병가 내고 출근하지 마. 일단 그 상태에서 싸워야지 학교 나가면서 온갖 꼰대들의 압력을 다 받으면 너 못 버텨. 이거 마음에 상처 크게 나. 이런 비슷한 사례가 몇 번 있었는데, 정말 힘들었어. 남학생들이 모여서 낄낄 웃으며 뭔가 보고 있으면 그게 다 자기 보는 것 같고, 자기 비웃는 것 같고, 남학생들이 근처에 있으면 몰카 걱정부터 되고, 그렇게 괴로워하다 결국 사표 내고 말더라고."

"알았어. 상담 꼭 받을게."

"그리고 이거 좀 확인해 보자. 그 사진 캡처 있지?"

"응."

"그건 USB 메모리 여러 군데다 담아 둬. 혹시 손상될 수 있으니까. 중요한 증거물이잖아. 그 사진에서 피해자를 특정할 수 있으면 일이 좀 더 쉬워지고."

"애들이 내 이름까지 막 거명하면서 돌렸어. 이름 거명된 부분도 같이 캡처되어 있고."

"그럼 문제없어. 아, 그리고 미리 알아 둬야 하는데, 남자 경찰관들이 막 엉뚱한 소리 할 수 있어. 대충 덮고 가려 그러고."

"덮는다고? 경찰이?"

"남자니까. 아, 사내 애들 원래 다 그래요. 선생님이 좀 이해하고 잘 가르치면 되지, 뭐 이런 걸 여기까지 들고 와요? 막 이런 식으로 틱틱거릴 수도 있어. 뭐랄까? 사나이 세계의 연대감이랄까?"

"그럼 어떡하지?"

"꼭 여성 경찰관을 요청해. 아니, 네가 신경 쓸 거 없어. 한국사이버성폭력대응센터 같은 단체들에서 도와줄 거야."

"외부 기관들이 끼면 일이 너무 커지는 게 아닐까, 정말 이렇게까지 해야 해?"

써니 입에서 한숨이 새어 나왔다.

"당연하지. 요즘 어떤 세상인지 몰라서 그래? 그 새끼들끼리 낄낄댄 걸로 끝날 것 같아? 그 사진들 다른 학교, 아니 전국을 넘어 아프리카나 남미까지 퍼지는 데 얼마나 걸릴 것 같아? 이론적으로는 1초도 안 걸려. 빛의 속도라니까. 친구가 친구에게, 친구의 친구에게 이렇게 여섯 다리만 건너면 버락 오바마야."

"아, 퍼지는구나. 그 생각까진 못했어. 어떡해?"

"그놈들이 카톡에서 돌렸다고 했지? 일단 카카오 본사에 연락해. 사진들 싹싹 찾아서 서버에서 완전히 삭제해 달라고 요청해야 해. 이건 본인이 해야 들어줄 거야. 만약 이놈들이 카톡 밖에까지 돌렸으면 골치 아파지고, 웹하드 이런 데서 공유하면 엄청 복잡해져. 다 찾아서 지우려면 돈도 들고."

"찾기만 하면 지워 줄까?"

"대뜸 지워 주지는 않아. 그러니까 사건 접수된 상태에서 움직여야 해. 그래야 카카오든 웹하드든 움직인다고. 저것들이 여자가 나 피해자예요, 지워 주세요 그런다고 네, 도와 드리겠습니다 하고 움직일 거 같아? 어림없어. 그거 찾아 지우는 게 다 돈이거든. 그 돈 누가 내? 네가 낼 거야? 말도 안 되지. 그럼 가해자 쪽에서? 고발도 안 했는데 가해자 쪽에서 어이구, 죄송합니다 하고 돈 내놓을 것 같아? 뭐, 죄송합니다는 할 수도 있겠지만, 돈 얘기가 나오면 싹 달라질걸? 그러니까 일단 고발하고, 수사 들어가고 입건된 상태에서 카카오랑 다른 포털에 삭제 요청하고 가해자 측에 삭제 비용, 치료 비용 다 청구해야지."

"그래도 안 해 주면?"

"누가?"

"카카오, 포털, 웹하드 이런 데서."

"걱정 마. 그래도 다 도움받을 곳들이 있으니까. 인터넷피해구제센터 이런 곳도 있고. 뭐, 그런 곳이 도깨비방망이는 아니지만, 그래도 없는 것보단 나아. 자세한 건 나중에 또 찾아보자. 일단 먼저 상담. 그리고 경찰서."

"고마워. 이렇게까지 신경 써 줘서."

써니 얼굴에 눈물이 그렁그렁 맺혔다. 와니는 대답 대신 써니를 꼬옥 안아 주었다. 중학교 때도 워낙 친구들 안아 주는 걸 좋아하던 와니였고, 써니도 와니가 자주 안아 주던 친구였지만, 그동안의 허그 수백 번을 합쳐도 오늘만큼 따뜻하지는 않을 것이다. 어떻게 해야 할지 앞이 깜깜할 때 먼저 나서서 길을 찾아보고 앞장서 준 와니가 너무 커 보였다.

"아이고, 집안일 가지고 여길 오시면 어떻게 해요? 집안일은 집안에서 풀어야지"

불현듯 걸죽한 목소리 하나가 써니의 무의식 속 기억 창고에서 튀어나왔다. 아, 잊고 있었던 목소리였는데, 경찰서라는 말 때문에 그만 인출되고 말았다.

2년 전의 일이다. 써니는 아버지의 폭력을 더 이상 견디지 못하고 엄마와 함께 경찰서에 갔다. 그때 코끼리같이 생긴 형사가 30센티미터 대자를 쥐고 자기 발바닥을 탁탁 두드리며 대수롭지 않다는 듯 이죽거리며 바로 이 말을 했다. 집안일. 그랬구나. 그때 여자 경찰관을 찾았다면 어땠을까? 하지만 그때는 형사가 경찰 이전에 남자라는 것을 생각하지도 못했다.

결국 그 코끼리는 30센티미터 대자를 흔들던 것 말고는 아무 조치도 하지 않았다. 그 결과 돌아온 것은 또 다른 폭력. 더 가혹한 폭력.

"네까짓 것들이 경찰서를 가!"

무자비하게 휘둘러 대던 아버지의 주먹, 손바닥, 발, 그리고 기억하기도 싫은 것들. 구역질이 나올 것 같은 코끼리 형사의 악몽을 밀어낸 건 용이였다.

용이. 그 끔찍한 폭력으로부터 써니와 엄마를 구해 준 유일한 남자.

미쳐 날뛰는 아버지의 폭력으로 생명의 위협까지 느낀 그날, 써니는 용이와 저녁 약속을 잡아 놓았었다. 임용고시 공부를 하던 독서실에서 취업 준비를 하고 있던 용이를 우연히 만났고, 서로 반가운 마음에 가깝게 지내다 이른바 썸 타는 단계로 들어섰던 것이다.

약속 시간에 늦자 용이한테 전화가 왔고, 써니가 전화를 받자마자 써니 목소리보다 더 큰 아버지의 욕지거리가 용이 귀에 들어간 것이다. 안 그래도 아버지의 가정폭력에 동병상련을 느끼던 용이가 곧바로 달려왔다. 아버지가 엄마를 향해 욕지거리와 발길질을 퍼붓고 있을 때 써니는 잠깐의 틈을 타 용이에게 문을 열어 줄 수 있었다.

용이가 부들부들 떨며 들어오더니 써니 아버지 앞에 버티고 섰다.

"너는 또 뭐야? 저리 안 비켜! 남의 집안일에."

"그만하세요. 계속 이러시면 신고하겠습니다."

"신고? 맘대로 해 봐. 안 그래도 이년들도 신고했는데, 누가 겁낼 줄 아나. 어디서 좆만 한 새끼가!"

"그럼 내가 힘으로 저지할 테니, 아저씨가 신고하시죠?"

용이가 정말 한 대 때릴 것 같은 얼굴로 아버지를 노려보았다. 그러자 놀라운 일이 일어났다. 죽일 것처럼 펄펄 뛰던 아버지가 마치 김빠진 주전자 뚜껑처럼 가라앉은 것이다.

써니는 그만 웃어 버렸다. 용이가 아버지와 주먹 다툼이라도 하면 어쩌나 걱정했는데, 이게 뭐야. 겨우 이 정도 사람이었어? 아버지라는 사람, 20대 남자가 눈을 부릅뜨니까 그냥 쫄아 버리는 그런 남자였다고?

용이 덕분에 써니와 엄마는 더 이상 아버지를 두려워하지 않게 되었다. 엄마는 아버지의 온갖 협박에도 불구하고 진단서를 첨부하여 이혼 소송을 냈고, 소송까지 갈 경우 위자료가 두려웠던 아버지는 간단하게 합의를 해 주었다.

하지만 써니와 엄마는 아버지를 버린 대신 훨씬 듬직한 남자를 얻었다. 그날 이후 써니와 용이는 썸 타는 단계를 생략하고 바로 다음 단계로 넘어갔다.

"너, 용이 생각하는구나?"

써니는 와니가 까르르 웃는 소리에 다시 현실로 돌아올 수 있었고, 코끼리 형사로부터 비롯된 경찰에 대한 역겨운 기억도 떨칠 수 있었다.

"응."

"괜찮을까?"

"뭐가?"

"용이한테 네가 이런 일 겪은 걸 알려도?"

"모르겠어. 도와주면 좋겠지만."

"그렇다고 이런 말 네가 직접 하긴 그렇지?"

"응."

"그래도 기회가 되면 팩트만 최대한 건조하게 말해 줘. 이럴 때 그 남자의 진가가 나오니까. 찌질한 녀석들은 평소 행실이 어쩌구 복장이 어쩌구 하면서 화를 내겠지만, 내가 아는 용이는 절대 그럴 녀석이 아냐. 지금 너한테 누구보다 필요한 사람이 있다면 그건 용이야."

"고마워. 와니야. 네가 있어서 얼마나 힘이 되는지 몰라."

"혹시 뭣하면 셋이 볼까? 나도 용이 보고 싶거든."

"좋아."

써니는 말이 떨어지자마자 용이에게 전화를 걸었다. 간단하게 자신이 처한 상황을 설명하자, 용이는 하던 일을 중단하고 곧바로 두 사람이 있는 카페까지 택시비를 10만 원이나 들여 달려왔다. 그러고는 특유의 독특한 용어를 구사하며 써니를 위로해 주려고 애썼다. 다른 사람이 들었으면 절대 위로라고 생각하지 않았을 어휘들이었지만, 써니에게는 그걸로 충분했다. 사실 아무 말 하지 않아도 상관없었다. 택시를 타고 나타난 순간 이미 충분히 위로가 되었다.

다음 날 써니는 병가를 내고 병원에 갔다. 상담하는 50분 내내 괴로웠고 무려 20만 원이라는 거금을 내야 했지만 보람이 있었다.

상담실에 들어서자 의사는 마치 영국 왕실 여성처럼 단정한 스커트 차림으로 무릎을 모으고 앉아 있었다. 어떻게 보면 따뜻해 보이고 어떻게 보면 무표정해 보였다.

"음, 별명이 써니 샘이라고요? 이 별명을 좋아하시나 봐요?"

"네."

"그럼 괜찮으시다면 제가 그렇게 불러도 될까요?"

"네. 괜찮아요."

"써니 샘 마음에 깊게 남아 있는 상처는 아버지의 폭력입니다. 아버지는 두려운 존재이자 혐오의 대상이었고, 나아가 남성 그 자체에 대한 두려움과 혐오가 있었습니다. 다행히 남자 친구 분은 전형적인 남자들하고는 좀 다른 것 같고요."

"네. 달랐어요. 그래서 관심이 갔나 봐요."

"다행히 마음의 멍든 부분을 빗겨 갔네요."

그다음에는 무슨 말을 했는지 잘 기억나지 않는다. '마음의 멍'이라는 말만 선명하게 각인되었다. 멍. 내출혈.

숫자로는 세상의 절반, 실제로는 세상의 디폴트 자리를 차지하고 있는 남성이라는 존재 자체에 대한 공포와 혐오가 마음속에서 내출혈을 일으키고 있었던 것이다. 그나마 용이 덕분에 간신히 지혈시켜 놓았는데 남학생들의 성폭력 때문에 상처가 다시 터지면서 공포와 혐오가 내출혈을 일으켜 마음에 커다란 멍을 만들고 있는 것이다. 그래서 그토록 힘들었던 것이다.

이번 출혈은 컸다. 얼마나 퍼질지 모른다. 아직은 용이가 자리 잡은 곳까지는 퍼지지 않았지만, 어쩌면 써니 마음속에서 남자와 관계된 부분은 모조리 멍들어 버릴지도 모른다. 학생들도 용이도. 빨리 결혼해 버리고 싶었다. 그 자리까지 출혈이 생기기 전에 결혼을 통해 단단하게 지혈하고 싶었다. 의사가 이런 말을 했던가? 아니, 의사가 그렇게 사생활 이야기를 하지는 않았을 텐데?

어쨌든 20만 원을 내고 나니 의사가 뭔가 잔뜩 적힌 소견서를 발급해 주었다. 알아들을 수 있는 말은 '외상후 스트레스 증후군'과 '3주간의 안정 및 가료가 필요함'뿐이었지만, 어차피 써먹어야 할 말도 그것뿐이었다.

이 소견서를 들고 교감을 찾아가는 내내 써니는 펄떡거리는 추골 동맥을 진정시키느라 애를 먹어야 했다. 교감이 뭐라고 하면 어쩌지? 쉬긴 뭘 쉰다고 그래요? 이렇게 나오면 뭐라고 하지? 소리라도 지르면 어쩌지? 그럼 꿀 먹은 벙어리가 될 텐데 어쩌지?

그런데 소견서를 들이밀자 뜻밖에도 교감은 군말 없이 병가 결재를 내어 주었다. 전날 보인 고압적인 자세는 찾아보기 어려웠다. 심지어 교장이 교장실로 부르지 않고 직접 찾아와 나름 위로한답시고 한마디 하기까지 했다.

"푹 쉬고 오세요. 그 녀석은 전학 보낼 테니. 그런데……, 아닙니다. 나중에 이야기합시다."

이렇게 생각보다 쉽게 병가를 받아 내고 학교를 나오니 오히려 마땅히 갈 곳이 없었다. 집에 가자니 빈둥거리고 있을 아빠 꼴을 보는 게 싫었다.

엄마로서는 평생 처음 용기를 내 한 일이 이혼이었지만, 아버지와 완전히 갈라서는 데는 실패한 것이다. 이혼과 별거가 별개의 일이 될 줄은 몰랐다. 아버지는 엄마의 남편이 아니게 된 다음에도 집에서 나가지 않았다. 게다가 돈까지 가져다 썼다. 써니가 정규직 교사가 되고 나니 물주라도 잡았다는 듯 걸핏하면 용돈을 요구했다. 말이 요구였지 강탈에 가까웠다. 강제 퇴거 집행을 할 수도 있었지만, 엄마는 거기까지는 차마 못 하는 기색이었다.

그저 법적으로만 남편이 아닐 뿐, 여전히 여자들의 소득에 기대 사는 건 마찬가지였다. 심지어 아버지는 이런 상황을 더 즐기는 것처럼 보였다. 그럴 수밖에. 비록 기간제라도 써니가 교사 월급을 받게 되면서 그 지긋지긋한 토굴 반지하 단칸방을 벗어나 방이 여러 개인, 적어도 집 같기는 한 2층 빌라로 이사를 갔으니. 더구나 이제는 정규직 교사다. 쫓겨나기 전까지는 안 나가려 할 것이다.

덮어놓고 와니네 학교 근처 카페로 갔다.

—나, 너희 학교 앞 카페 C.

와니에게 톡을 보내 놓고 답장을 기다릴 겸 책을 펼쳐 읽었다. 수업 중인지, 종례 중인지 답장이 오기까지는 꽤 오랜 시간이 걸렸다.

—오늘 7교시 있는 날이라 좀 늦었네. 미안. 퇴근 시간 좀
  남았지만, 그냥 나갈게. 기다려

15분쯤 지나 카페 유리창 한 면을 와니의 녹색 미니 쿠퍼가 채웠다. 유리창 표면이 고르지 않아 미니 쿠퍼가 마치 미래형 콘셉트카처럼 온통 울퉁불퉁했다. 써니는 얼른 책을 챙겨 카페를 나섰다.

"빨리 나왔네?"

"원래 출근은 꾸물대도 퇴근 때는 동작이 빠르잖아? 자, 이제 어떡할까? 우리 기분도 꿀꿀한데 드라이브나 갈까?"

"좋아. 그런데 어디 가게?"

"몰라. 그냥 가는 데까지? 계속 달려 봐야 두 시간 반이면 동해 바단데 뭐. 그러고 보면 우리나라 참 작다, 그치?"

하지만 그들은 동해 바다까지는 가지 못하고 그 중간쯤인 춘천에 닻을 내렸다. 차 세울 곳이 마땅치 않았는데 마침 'KT&G상상마당스테이'라는 호텔 주차장에 차단기가 올라가 있다.

"앗싸, 여기 세우자."

"호텔 손님 전용 아닐까?"

"일단 세우고, 나중에 돈 달라고 하면 주지, 뭐."

와니다운 대답이다.

호텔 옆으로 나 있는 길을 따라 올라가니 김수근이 디자인했다는 아름다운 건물 '상상마당'이 마치 이벤트처럼 나타났다. 붉은 벽돌의 복잡하게 얽힌 구조를 가진 건물이었다. 건물 사이사이에 의외의 공간들이 나타났고, 그 의외의 공간 틈으로 의암호와 삼악산이 그림엽서처럼 들여다 보였다.

마침 적당한 위치에 커다란 통유리 창을 통해 의암호를 내려다볼 수 있는 카페가 자리 잡고 있었고, 그 앞에는 잔디와 조각으로 이루어진 앞마당이 풍경과 조화를 이루었다. 의암호가 훤히 내려다보이는 잔디밭에 서니 갑갑하던 가슴이 조금은 시원해졌다.

"지금 그 사람들 겁먹었어."

카페에서 오픈 샌드위치와 커피로 저녁을 대신하다 와니가 불쑥 꺼낸 말이다.

"겁먹다니? 누가?"

"교장, 교감."

"에이, 뭐가 겁나? 나 같은 신규 교사가?"

"혹시라도 네가 여성 단체나 인권 단체 같은 데 가서 말할까 봐."

"무슨 말을 해? 그 사람들이 무슨 잘못을 저질렀다고? 잘못은 그 녀석들이 한 건데."

"아니, 그렇게 생각하면 안 돼. 그 사람들 피해자의 고통을 대수롭지 않게 여기고 방치했어. 가해자 분리도 하지 않았고,

피해자에게 가해자와 합의하거나 덮어 둘 것을 종용했잖아. 이게 바로 성폭력 2차 가해, 사전적 정의 그 자체야."

"그럼 그 사람들도 처벌받아?"

"그렇게까지야 안 되겠지만, 도덕적으론 큰 타격이지. 명색이 진보 교육감 치하의 서울시교육청 아니냐? 성폭력 2차 가해자로 이름이 거론되면 출셋길은 그냥 나가리 아닐까? 징계나올 수도 있고."

"이야기 듣고 보니 내가 더 겁난다."

"네가 왜?"

"어쨌든 여러 사람 인생 망가지는 거잖아. 학생도 그렇고, 교장, 교감도 그렇고. 내가 원인이 된다는 게 영 그래, 기분이."

"기분이 좋을 수야 없지. 하지만 그게 옳은 길이잖아? 겁먹지 마. 이런 사건에는 도리어 피해자가 두려움과 초조함, 특히 너같이 착한 여성이 엉뚱하게도 미안한 감정을 느끼는 경우가 많아. 가해자들은 그 빈틈을 파고든다고."

단호하게 말했지만 와니의 목소리는 경쾌했고, 살짝 아래로 처진 눈 때문에 웃고 있는 것처럼 보였다. 이런 와니의 얼굴은 정작 그 주인은 전혀 의식하지도 못하는 힐링 효과가 있다. 더구나 의암호 풍경을 배경으로 삼고 있는 와니의 얼굴이라면 두말할 나위도 없었다.

비싼 정신과 상담보다 와니의 무료, 심지어 자기 돈을 써가며 한 나들이의 치유 효과가 훨씬 더 컸다.

그날 이후에도 와니는 병가 기간 내내 써니와 연락했다. 전화는 물론 매주 한 번씩 식사를 함께하거나 교외로 드라이브를 나가기도 했다. 어떤 면에서 와니는 써니에게 부족한 아빠의 역할을 대신 해 주었는지도 모르겠다. 써니를 늘 콤플렉스에 시달리게 했던 아빠라는 존재의 부재.

그러고 다시 며칠이 지나자 전화가 왔다. 발신자 표시에 찍힌 번호는 하필이면 학교 번호였다. 받을까 말까 망설이다 결국 통화 버튼을 눌렀다.

"아, 김선희 선생님."

"네."

"교장입니다."

"아, 네. 안녕하세요."

"날짜가 좀 지났죠? 어떠세요? 이젠 좀 괜찮아지셨어요?"

괜찮아졌냐고? 당신 목소리를 들으니 괜찮다가도 울컥할 판이라고 이죽거리고 싶었다. 별일 아닌 것처럼 덮으려 했으면서, 직접 말하지도 못하고 교감을 통해 덮고 넘어가자고 종용했으면서. 그랬던 주제에 갑자기 걱정하는 척하기는.

교장의 목소리에서는 어떤 진심도 느껴지지 않았다. 그냥 잘 다듬은, 그래서 친절하고 다정하게 느껴지도록 만들어진 목소리일 뿐. 하지만 대답할 수밖에.

"네. 덕분에요."

써니는 이런 가식적인 대답을 하는 자신마저 싫었다. 하지만 어쩌겠는가? 사회라는 것 자체가 하나의 극장이라고 하지 않는가? 각자 역할을 연기해야 하는? 교장은 교장의 역할을, 써니는 신규 교사의 역할을 연기하는 것일 뿐.

"다행이네요. 다른 게 아니라 아무래도 한번 좀 봤으면 해서 전화했어요."

"꼭 그래야 하나요?"

"아, 강요하는 건 절대 아니니까 오해하지 마시고. 그래도 이렇게 마냥 끌고 갈 수도 없으니 어떻게 수습을 좀 해야 하지 않겠습니까? 김 선생님도 병가를 계속 낼 수도 없고, 어쨌든 앞으로 교직에 계실 거니까 수습하고 다시 수업을 해야 하지 않겠습니까?"

결국 써니는 교장의 종용에 못 이겨 약속을 잡고 말았다.

다음 날 교장실에 들어가자 교장, 짙은 화장을 한 인상이 좀 예리해 보이는 중년 여성, 그리고 30대쯤으로 보이는 양복 입은 남자가 기다리고 있었다.

"자, 자, 이리 오시고."

교장이 유난히 친절하게 굴었다.

"그동안 힘드셨죠? 일이 잘 해결될 것 같아 이렇게 오시라고 했습니다."

"네?"

순간 써니는 입이 굳어 버렸다.

아, 이게 뭐람? 써니는 이 한 음절밖에 뱉지 못하는 자신의 여린 성격이 원망스러웠다. 와니였다면 그 우렁찬 목소리로 또랑또랑하게 따졌을 것이다.

"해결되다니요? 이게 무슨 짓이죠? 피해자 쏙 빼놓고 가해자와 3자들끼리 쑥덕쑥덕하면 해결이 되나요? 이걸 해결이라고 부르나요?"

하지만 써니의 머릿속에는 수많은 글자가 마치 프롬프터 자막처럼 스쳐 지날 뿐이었다. 어차피 그들은 써니가 뭐라고 말하는지 들을 생각도 없는 모양이었다. 써니의 "네?" 다음에 어떤 말이 나오는지 기다리지도 않고 자기들끼리 이야기를 계속했다.

"의뢰인께서 이렇게 제안하셨습니다. 우선 사과를 하고."

양복쟁이가 써니를 똑바로 바라보며 말했다.

처음 보는 남자가 뚫어지게 바라보는 눈길이 어색한 써니는 자기도 모르게 시선을 아래로 내리깔았다. 마치 지는 것 같아 기분이 나빴다. 어쩌면 써니의 고개를 떨구는 게 목적이었는지도 몰랐다.

양복쟁이는 변호사였다. 후회가 밀려왔다. 혼자 나오지 말았어야 했다. 와니한테 물어보고 나왔어야 했다.

"죄송합니다. 우리 아이 때문에 심려를 끼쳐 드렸습니다. 우리 아이가 원래 그런 아이가 아닌데, 사춘기가 되다 보니 그만 큰 실수를 저질렀습니다."

변호사 입에서 사과라는 말이 나오자마자 중년 여성이 연신 허리를 수그렸다. 가해자의 어머니였다. 사건 발생 후 한 번도 만나 보지 못하고 연락도 온 적 없던 어머니가 이제야 허리를 수그리고 있는데, 도대체 그게 누구한테 하는 말인지 모르겠다. 대체 누구한테 미안하다는 건가? 뭐가 미안하다는 건가? 나한테 미안하다는 건가, 아니면 교장한테 미안하다는 건가? 내게 심각한 정신적 상해를 안겨 주어서 미안하다는 건가, 아니면 학교에 번잡한 일을 만들어서 미안하다는 건가? 써니는 도무지 알 수 없었다.

한 가지 확실한 것은, 써니에게 정말로 미안해하고 있지는 않다는 것이었다. 써니는 이런 입에 침도 안 바른 말을 더 이상 듣고 싶지 않았지만 자리를 박차고 나갈 힘이 없었다. 보이지 않는 족쇄가 자신을 옭아맨 것 같았다.

"의뢰인의 제안을 말씀드리겠습니다."

변호사가 허리를 수그리는 어머니를 제지한 뒤 말을 이었다.

"일단 피해자 선생님께 진심으로 사죄드리는 사과문을 서면으로 작성하여 드리고, 이걸 전교생 앞에서 공개적으로 발표하도록 하겠습니다. 그리고 카카오 측과 협의하여 해당 사진이 SNS상에서 완전히 삭제되도록 조치하며, 만약 여기에 비용이 들어간다면 이 역시 의뢰인 측에서 전액 부담하겠습니다. 또한 피해자 선생님께서 허락하신다면 그동안의 치료와 상담에 들어간 비용은 물론 완치 판정이 나올 때까지 모든 비용도 의뢰인 쪽에서 부담하겠습니다. 여기에 더하여 그 밖에 정신적 고통에 대한 위자료 또한 협의하여 지급하고자 합니다."

"자, 어때요 김 선생? 이만하면 충분한 것 같은데, 그만 노여움을 풀고 매듭짓죠?"

교장이 이마에 잔뜩 주름을 만들면서 써니를 향해 눈동자를 고정시켰다.

"이게 다예요?"

써니 스스로도 깜짝 놀랐다. 미처 생각도 하기 전에 말이 반사적으로 튀어나왔다.

동시에 써니는 싸늘한 여섯 개의 눈동자가 자신을 옥죄는 느낌을 받았다. 공기도 차갑게 바뀌었다. 써니의 목덜미에 소름이 돋았다.

"뭘 더 바라시는지요?"

변호사가 건조한 목소리로 말했다.

대답해야 했다. 와니라면 무슨 말을 할는지 알아내야 했다. 다행히 답을 찾는 것은 그렇게 어렵지 않았다. 너무 쉬운 답. 뻔한 답. 그런데 아무도 말하지 않는 답.

"그 아이들은 계속 우리 학교에 다니나요?"

써니가 한 글자 한 글자 똑똑하게 발음했다.

써니의 말이 끝나기 무섭게 교장이 거세게 고개를 좌우로 흔들며 말했다.

"아, 그 문제라면 시간표를 조정해서 그 학급을 다른 선생님이 담당하도록 조치할 수 있습니다."

시간표만 조정한다고? 그러니까 그놈들과 계속 같은 학교에 다녀야 한다고?

이게 대체 무슨 소리란 말인가? 써니는 입을 열지도 닫지도 못한 채 교장을 노려보았다. 사진을 돌려 본 아이들이 그 반에만 있는 것도 아닌데? 그걸 찍고 돌린 주범들이 뻔뻔하게 학교에 남아 있다면 다른 아이들에게 어떤 메시지가 전해질까?

성폭력을 저질러도, 심지어 그 대상이 교사라 할지라도 반성문 하나 낭독하면 끝이다. 나머지는 엄마 돈으로 해결하면 된다.

이런 걸 가르치는 곳이 학교라고? 이게 교육학에서 말하는 잠재적 교육과정이라도 된단 말인가?

한참을 망설이던 써니는 마른침을 꿀꺽 삼킨 뒤 허리를 의식적으로 꼿꼿하게 세웠다. 그러자 평소보다 훨씬 높은 톤의 목소리가 터져 나왔다. 자기 목소리에 깜짝 놀랄 지경이었다.

"광덕이를 전학 보내 주세요. 그리고 광덕이 포함해서 그 아이들 모두 성폭력 예방 프로그램을 이수하도록 해 주세요. 돈은 필요 없어요. 사과문도 필요 없어요. 데이터 삭제 비용과 치료비도 제가 알아서 할게요."

순간 교장이 고개를 돌렸다. 하지만 교장의 시선이 도대체 어디에 박혔는지 알 수 없었다.

그때 어머니가 불쑥 나서더니 써니 앞에서 고개를 푹 숙였다. 그리고 음절 하나하나를 잘근잘근 씹어 가며 말했다.

"선생님 마음 이해합니다. 저도 억장이 무너집니다. 아이를 그렇게밖에 못 가르친 게 너무 죄송스럽고 면목 없습니다. 그래도 우리 광덕이가 이 학교에 다니기 위해 얼마나 애썼는지 아셨으면 합니다. 광덕이가 이 학교를 얼마나 좋아하는지 몰라요. 제발 이 학교에서 계속 공부할 수 있도록 선처해 주신다면 다른 벌은 무엇이라도 다 받겠습니다. 정말 염치없지만 그래도 꼭 부탁드립니다. 선생님 마음 다치신 거 저희가 어떻게든 다 보상해 드리겠습니다."

말하는 단어 하나하나는 절절하다 못해 비굴하게까지 들렸지만 어머니의 눈은 오히려 분노를 감춘 듯 번득였다. 얼른 보면 흰자가 파랗게 반짝이는 것처럼 보이기까지 했다. 적어도 정말 미안하게 생각하는 눈빛은 아니었다.

써니는 어린 시절 내내 눈칫밥을 먹고 자랐다. 다른 건 몰라도 다른 사람의 감정을 읽는 데는 그 누구보다 날카로운 센서가 있었다.

한마디로 전학만 아니라면 어떤 처벌도 달게 받겠다? 사실상 궤변이다. 아무 처벌도 안 받겠다는 말과 다름없다.

중학교가 의무교육 기관이라는 건 온 국민이 다 아는 사실. 퇴학도 없고 정학도 없다. 강제 전학 같은 강수를 두지 않으면 학생들이 무거운 벌을 받았다고 여길 만한 제재 방법이 없다. 전학만 아니라면 무슨 벌이든 받겠다는 건, 결국 벌받지 않겠다는 말이다.

역겨웠다. 삭제 비용이니 위자료니 하는 말들과 그런 말을 이렇게 듣고 있어야 하는 자신마저 모두 다 역겨웠다.

결국 물질적 보상을 받고 없던 일로 해 달라. 더 거칠게 말하면 이거 먹고 떨어져라. 단 그놈 패거리들과는 같은 학교 지붕 아래 생활해야 한다. 이 말을 들은 것이다.

"자, 그렇게 합시다. 이렇게까지 말씀하시는데. 이만하면 충분히 성의를 보였지 싶은데, 안 그래요? 아직 아이들이잖아요. 선생님 힘드신 거 잘 아는데, 그래도 교육자의 마음으로 잘 봐주셨으면 해요. 전학 보내고 그러면 벌써 낙인찍는 꼴이고, 결국 그 아이가 개선할 기회를 빼앗아 버리는 결과가 됩니다. 이건 너무 비교육적이지 않겠어요? 낙인부터 찍기 전에 먼저 교육을 해야 하지 않겠어요?"

교장의 목소리가 점점 높아졌다.

써니는 자신을 노려보는 여섯 개의 눈동자가 마치 치마 속을 들여다보는 것처럼 느껴져 자기도 모르게 치마 아랫단을 움켜쥐었다. 등골을 따라 차가운 경련이 주르륵 내려갔다. 머릿속에서는 수많은 항변과 절규의 말이 흘러 다녔지만 결국 써니 입에서 튀어나온 말은 모깃소리보다 조금 큰 이 한마디였다.

"전근 보내 주세요."

"네?"

교장이 반문했다. 그 말투는 당황스럽다기보다는 마치 기대하지도 않았던 월척을 건진 낚시꾼의 탄성을 연상시켰다.

"제가 전근 가겠습니다. 보내 주세요."

"아이고, 그러실 것까지야."

"저를 선생이 아니라 성적 대상으로 여긴 아이들, 아니, 그 남자들, 아니, 그 수컷들 앞에서 수업할 자신이 없습니다. 그렇게 되면 저도, 그 아이들도, 그리고 그 아이들이 없었더라면 제게 더 좋은 수업을 받았을 다른 아이들까지 모두 손해입니다. 가해자가 제대로 된 벌을 받는 모습을 보여 주었다면 다른 아이들이라도 잠잠해지겠지만, 가해자가 버젓이 교실에 나오는데 거기서 피해자가⋯⋯."

"아니, 잠깐만요. 왜 자꾸 가해자, 가해자 그러시나요?"

갑자기 어머니의 언성이 높아졌다.

"지금 우리 아이를 성폭력 범죄자로 모시는 겁니까?"

눈동자에 감춰져 있던 분노가 노골적으로 모습을 드러냈다. 전근 가겠다고 먼저 말했으니, 이제 자기 아들 강제 전학도 해결되었겠다, 사죄 코스프레 따위 단숨에 걷어치운 모습이었다.

"내일 전보원 쓰겠습니다. 그럼 더 할 말 없으면 가 보겠습니다."

자리를 빠져나오는 수밖에. 그래도 전보원이라는 말을 꺼낸 덕분에 자리를 박찰 힘이 생겼다.

다만 와니가 이 소식을 들으면 얼마나 화를 낼지 걱정될 뿐이었다. 종일 와니가 성내는 모습이 떠올라 힘들었다.

"그게 대체 무슨 소리야?"

아니나 다를까 다음 날 자초지종을 들은 와니가 펄펄 뛰었다.

"말 그대로야. 나 전근 신청했어."

"그럼 그 새끼들은?"

"그냥 다니는 거지."

"아 뇨, 뭐야 이게? 이런 경우가 어디 있어?"

"어쨌든 걔들 안 봐도 되니까 됐어. 안 보고 싶은 게 걔들만 있는 것도 아니고."

"되긴 뭐가 돼? 가해자는 멀쩡히 잘 다니고, 피해자가 결국 다른 곳으로 가고. 늘 이런 식이잖아?"

"병가 기간도 다 끝나 가는데, 걔들 전학은 절대 안 된다고 하고. 어쩔 수 없잖아?"

"어쩔 수 없긴. 끝을 봐야지. 여기서 물러서면 안 돼."

와니의 말은 내용은 완강했지만 어조는 애잔했다. 이 일 때문에 와니가 얼마나 동분서주했는지 너무나 잘 아는 써니이기에 그렇게 들린 것일 수도 있다.

하지만 써니는 고개를 가로저었다.

"미안해. 그런데, 나, 너무 힘들어. 그냥 빨리 잊고 싶어."

"힘든 거 잘 알아. 하지만 이렇게 여기서 덮고 가면 너 혼자만의 일로 끝나지 않아. 지금 이 순간에도 같은 일에 시달리는 여성들이 있어. 교실에서 이런 일을 겪을지도 모를 다른 동료 여교사도 있고. 이럴 때마다 남자들 다 그렇지 뭐, 이런 식의 논리가 판을 칠 거고. 피해자인 여자가 오히려 죄지은 것처럼 떠나는 관례가 생긴다고. 결국 그 녀석들은 아무것도 못 배우고. 자기들이 성폭력을 저질렀다는 생각은 안 하고 그저 사춘기 호기심 때문에 장난을 치다 걸려 혼났다고 생각하는 괴물로 자랄 거라고."

"미안해. 너한테도 미안하고, 다른 여자 선생님들에게도 미안하고, 다른 아이들한테도 미안해. 하지만……."

써니는 더 말을 잇지 못하고 흐느꼈다. 와니도 더 이상 말하지 않고 그런 써니를 우두커니 바라보았다.

"근데."

써니가 다시 입을 열었다.

"나, 그 아이들보다, 학부모보다, 교장보다, 지금 네가 한 말이 더 아파. 와니야. 너 때문에 더 아파. 어째서 다들 나한테만 뭐라 그러는 거야? 아빠도, 엄마도, 학교도, 심지어 와니 너도.

왜 나한테? 내가 뭐라고? 내가 뭘 할 수 있다고?"

다시 어색한 침묵이 흘렀다. 써니가 와니에게 이 정도로 길고 온전한 문장으로 자기주장을 내세운 건 처음이었다. 듣는 와니도 말한 써니도 놀랐다.

그런데 써니를 더 놀라게 하는 일이 일어났다. 와니가 얼굴을 찡그리면서 눈을 가운데로 모으는가 싶더니 못난이 인형처럼 입을 벌리고서 눈물을 쏟기 시작한 것이다.

"와, 와니야!"

와니가 우는 건 정말 처음 봤다. 아니, 와니에게 울음이란, 눈물이란 아예 없는 줄 알았다. 와니가 울다니. 내가 와니를 울리다니.

"아니, 아니, 괜찮아."

써니가 안절부절하자 와니가 손을 들어 좌우로 살랑살랑 흔들었다. 평소와 달리 흔드는 속도가 좀 느리다 싶더니 오른쪽으로 20도쯤 치우친 상태로 멈추었다.

"미안해. 내가 잘못했어."

와니 입에서 이런 말이 나오자 써니 역시 입을 살짝 벌린 채로 굳어 버렸다.

머릿속에 수많은 말이 회오리쳤지만 단 한마디도 입 밖으로 내놓지 못했다. 결국 와니가 계속 말했다.

"나 말이지, 너를 도와준다고 생각했는데, 아니었어. 이기적이었어. 내가 뭔가 정의로운 세상을 만든다는 생각에 취해서 네 생각을 안 했어. 네가 어떤 아이인지, 얼마나 힘들게 버티고 있는지 생각 안 하고 그냥 몰아붙이기만 했어. 그런 주제에 인권이 어쩌고저쩌고."

"미안해. 내가 너무 못난 것 같아."

"아냐. 아냐. 다 이해해. 네가 마음의 평화를 원하면 그냥 그렇게 해. 힘들면 주저앉아도 돼. 네 마음이 가자는 데로 가. 여기서 쉬자 하면 쉬고."

"하지만."

"쉬이."

써니가 뭐라고 말하려 했지만 와니가 집게손가락을 입술에 대고 고개를 살짝 좌우로 흔들었다.

"그래도 앞으로 비슷한 일을 겪을지 모를 다른 여자들에게 나쁜 선례를 남기는 건데."

"아니. 그건 됐어. 지금은 네가 제일 중요해. 나한테는 누군지 모를 다른 여자들보다 내 친구가 더 중요해."

"그래도 억울하기는 해."

"그럼, 억울하지. 나도 억울한데, 네가 제일 억울하지."

"학생일 때도 약자, 선생일 때도 약자. 학생일 때도 네가 참아라, 선생일 때도 네가 참아라."

"태생이 여자라."

"그러게. 그런데 너도 그런 걸 느껴?"

"난 여자 아니니?"

"그래도 넌 워낙 똑똑하고 강한 아이라 안 당하고 살 줄 알았어."

"절대, 네버. 아무리 센 척해 봐야 160센티도 안 되는 꼬마인걸."

와니가 고개를 절레절레 흔들었다.

"공중화장실에 가도 어디 수상한 구멍 뚫린 데 없나 걱정해야 하고, 길 가다 웬 놈팽이가 헌팅이라도 하면 어쩌나, 만약 그거 거절하면 머리채 잡혀 땅바닥에 내팽개쳐지는 건 아닐까 걱정되고. 남친한테 헤어지자고 하면 맞아 죽을 수도 있고, 그런 남친이 만취 상태에서 실수로 때렸다고 하면 집행유예 나오는, 그런 나라에 살고 있는걸? 진심 헬이라니까."

"그렇게 말하지 마. 앞으로 50년도 넘게 살아야 하는데."

"그럼 우리 50년 동안 서로 지켜 주며 살자. 아니, 그래 봐야 70대잖아? 앞으로 60년!"

결국 일은 그렇게 마무리되었다. 써니는 전보원을 냈고 첫 발령을 받은 지 1년 만에 학교를 옮기게 되었다. 이렇게 써니의 정규직 교사로서 첫해는 악몽으로 남았다. 지금은 두 번째 학교 2년차. 정규직 교사 경력 3년차에 기간제까지 치면 교직 경력 6년차로 벌써 네 번째 학교에서 근무 중이다. 이만하면 풍성한 경력 아닌가?

*

옛날 생각하느라 잠시 과거로 이탈한 영혼이 돌아와 보니 커피와 케이크를 절반이나 남겨 놓은 와니 모습이 보인다. 추억 속에 등장하던 모습보다 화장기가 좀 더 진하고, 눈매도 살짝 부드러워진 것이 확실히 30대는 30대다.

그런데 와니가 음식을 남겨? 이게 뭔 일? 와니는 하루가 멀다 하고 인스타그램에 먹방 사진을 올리는 미식가, 아니 대식가 아닌가? '#다이어트는_내일부터' 이런 해시태그를 붙인 포스팅만 한 달에 대여섯 개씩 올리던 와니가 벌써 포크를 놓았다고?

써니가 호기심 반 걱정 반이 어린 눈으로 와니를 본다.

"너, 왜 이렇게 안 먹었어?"

와니가 그런 써니의 눈과 남긴 음식을 번갈아 보더니 피식 웃음을 흘린다.

"아, 남겨서 미안. 사실 2주 전에 수술을 해서 많이 못 먹어. 덕분에 여름 방학 다 날렸지, 뭐. 원래 선생은 아파도 방학에 맞춰 아파야 하잖아."

"수술이라니?"

덤덤한 와니 말에 써니가 더 심각해진다.

"담낭 절제술."

"담낭? 담낭이라면 쓸개?"

"맞아. 꼬우면 배 째! 이러면서 교장, 교감하고 치고받다 정말 배 쩰 줄이야. 하하. 나 이제 쓸개 빠진 뇨자야. 히히히."

"야아, 무슨 그런 얘길 그렇게 남 말 하듯 해?"

기막혀하는 써니를 보고 와니 얼굴에 살금살금 장난기가 피어오른다.

"쓸개는 없어도 쓸개즙은 나오니까 괜찮아. 오히려 다들 성격 좋아졌다고들 하던데? 그나저나 내 쓸개는 누가 가져갔을까? 그거 웅담이나 마찬가진데."

"그게 어떻게 웅담이야?"

"두산 베어스 직관을 백 번 넘게 했으면 거의 웅녀지, 뭐."

"하여간, 너도 참. 하흠."

써니가 말을 하다 말고 쏟아지는 졸음을 이기지 못하고 입을 조그맣게 벌려 하품을 했다.

"졸려?"

"그런가 봐. 지금 몇 시야?"

밤 10시가 넘었다. 냉면 먹고 나와 카페에서 세 시간 넘게 수다를 떤 것이다.

"피곤해?"

"아직 개학 후유증이 남았나 봐."

"그럼 난 개학 더하기 수술 후유증? 나도 피곤하네. 그만 일어설까?"

"그래."

"어차피 한동네 사니까 태워 줄게."

"어머, 그럼 너만 차 타고 갈 생각이었어? 이 밤에?"

"에이, 그럴 리가."

이미 식당가 외엔 백화점도 문을 닫은 시간이라 평소 같으면 밥 먹는 시간만큼 기다렸을 엘리베이터도 버튼 누르기 무섭게 올라온다. 하지만 막상 차를 타는 데는 20분 이상 걸렸다. 와니가 주차구역을 잊어버려 드넓은 지하 주차장을 헤매야 했기 때문이다. 10시 반이나 되어서야 둘은 녹색 미니 쿠퍼를 타고 지하 주차장을 벗어날 수 있었다.

와니와 써니는 중학교 동창답게 서로 가까운 동네에 살고 있다. 심지어 와니는 중학교 때 살던 바로 그 아파트에 여전히 살고 있다. 부모님이 이사 갈 생각이 없고, 언니가 결혼한 이후 하나 남은 딸이 따로 분가하는 것도 어색하고 해서 계속 눌러붙어 있는 중이다.

와니네가 한집에서 계속 사는 동안, 써니네는 보증금과 세가 싼 집을 찾아 세 번 더 이사를 다녔다. 그나마 얼마 전, 써니가 그동안 교사로 일하며 모은 돈에 대출까지 얹어 비록 월세지만 새로 지은 아파트에 들어가 살 수 있게 되었다. 나이 서른이 되어서야 처음으로 동생과 같이 쓰는 방이 아닌 자기만의 방을 가질 수 있게 된 것이다.

밤늦은 시간이라 그런지 늘 차량으로 가득하던 잠실-천호동 방면 도로가 한산하다. 심지어 올림픽 대교 사거리조차 신호대기 없이 단숨에 빠지고, 천호 사거리도 한 방이다. 써니네 아파트 입구까지 걸린 시간은 고작 10분.

"고마워. 덕분에 빨리 왔어."

"뭐, 어차피 가는 길인데. 진짜 고마우면 택시비 계산해 줄래? 반값만 받을게."

"달아 둬."

"히히. 국어 선생님 하더니 말발이 제법이야."

"그럼, 밥그릇인데. 나, 먼저 들어간다. 안녕."

"안녕. 잘 자. 몸조심하고. 곧 새댁 될 거니까."

"어머, 새댁? 그거 좀 이상하다."

써니가 손을 흔들어 보이더니 몸을 돌려 종종걸음 친다. 점점 작아지는 써니의 뒷모습이 마침내 흐릿한 얼룩이 되어 사라진다.

써니가 아파트에 들어가는 것까지 확인하자 핸들을 잡고 있던 와니의 두 손이 슬그머니 무릎 위로 내려온다. 차창 밖에 펼쳐진 밤의 색깔이 푸르죽죽해서 좀 더 바라보고 싶다. 여기에 미니 쿠퍼의 엔진 소리를 보태고 싶지 않다. 조금만, 조금만 이 정적을 느껴 보자.

가로등은 아무 색깔 없는 백색 등이고, 외등은 노랗게 나트륨 반응색을 띠고 있는데, 대체 저 푸른빛은 어디서 왔는지 모르겠다. 모든 가능성을 다 제거하면 아무리 이상하더라도 남아 있는 그것이 정답이라는 셜록 홈스의 법칙이 떠오른다. 그렇다면 저 푸른빛은 와니가 스스로 그려 넣은 것이다. 와니의 마음이 밤을 푸르죽죽하게 칠한 것이다. 이제야 시인들이 밤의 색깔을 블루라고 노래한 이유를 알겠다.

써니가 결혼을 하다니. 그것도 용이랑.

푸훗! 갑자기 웃음이 터져 나온다. 웃음은 웃음인데 이마저 푸르죽죽하다. 웃음에 색깔이 있다니, 뭐지? 이 꿀꿀한 느낌은?

와니는 슬금슬금 등을 스치며 올라오는 우울을 털어 내려는 듯 고개를 살랑살랑 흔들어 본다. 연결 동작처럼 핸들을 잡은 손이 스르륵 내려오더니 핸드백에서 휴대폰을 꺼내 엄지손가락으로 화면을 터치한다. 아이폰8이 잠에서 깨어나 컴컴하던 차 안에 촛불처럼 부분 조명을 밝힌다.

별생각 없이 최근 통화 목록을 열어 보니, '철웅이'라는 이름이 눈에 들어온다. 남자 친구다. 원래 이름은 철민이지만 두산 베어스 마스코트인 철웅이를 닮아 그렇게 별칭을 붙였다. 두산 베어스의 열혈 팬인 와니가 마스코트를 닮았다고 말했다면 당연히 굉장히 좋은 뜻으로 한 얘기지만, 정작 철민은 엘지 트윈스 팬이라 그리 달가워하지는 않았다.

"철웅이를 거부했다 이거지? 그럼 똘민이라고 부를 테다. 선택해."

하지만 와니의 귀여운 윽박에 철민이는 철웅이라는 별칭을 받아들일 수밖에 없었다. 마스코트와 닮았을 수도, 와니 눈에만 그렇게 보이는 것일 수도 있었지만.

남자 친구라고는 하지만 깊이 만나는 사이는 아니다. 아마 다른 여자 같았으면 그냥 남사친이라고 불렀을 것이다. 가끔 만나 영화나 공연을 보고, 식사하고, 술도 한잔 하고, 직장 이야기며 세상 이야기를 하고, 손잡고 산책하고, 때때로 뽀뽀에 더 가까운 키스도 하고. 하지만 만난 지 2년이 넘었지만 아직 잠자리를 같이한 적은 없다. 나이 서른에 결혼 계획은커녕 잠자리도 같이한 적 없는 남자를 과연 남친이라고 부를 수 있을까 싶지만, 어쨌든 서로 남친 여친으로 여기고는 있다.

철웅이는 와니가 대학 재학 시절을 빼고 카운트하더라도 네 번째 남친이다. 지나간 남친들을 하나하나 돌아본다. 평균을 내 보면 1년 정도 관계가 이어졌다. 뭐야 이거, 우리나라 교육부장관 임기네? 괜스레 웃음이 나온다. 바람둥이라서가 아니다. 오히려 그 반대다.

와니는 남친을 사귀는 일에 그렇게 심각하지 않았다. 만나게 되면 만나고, 흥이 나면 데이트도 하지만, 거리가 느껴지면 덜 만나고, 그러다 친밀감이 안 느껴지거나 싫은 감정이 생기면 헤어질 뿐이었다.

와니가 운전석 시트를 슬쩍 뒤로 누이고서 눈을 감는다. 눈앞이 온통 파래지고, 몇몇 얼굴이 떠오른다.

대학을 졸업하고 만난 세 살 연상의 회계사부터 남친 1호로 카운트한다. 그런데 남친 1호의 임기는 석 달 남짓. 그야말로 백일천하다. 왜 헤어졌지? 아, 오빠. 와니 입가에 피식 웃음이 흐른다.

남친 1호는 어느 정도 관계가 진행되자 자신을 '나'라고 지

칭하는 대신 '오빠'라고 불렀다. 와니는 그 말이 듣기 싫었다. 와니는 남친 1호를 '오빠'라고 부르지 않았고, 나이 차이야 있 건 말건 그냥 이름을 부르거나 야, 너 등 내키는 대로 불렀다. 그러니 일인칭 주어로 '오빠'라고 말하는 게 마치 제발 나이 대접 좀 하란 말이야 하고 떼쓰는 것처럼 들렸다.

"내가 널 오빠라고 안 부르잖아? 그런데 왜 꼭 그 말을 쓰 는 건데? 난 듣기 싫다고."

와니가 따졌지만, 남친 1호는 들은 척도 안 했다. 오히려 더 악착같이 일인칭 주어 '오빠'를 썼다.

"오빠가 해 줄게", "오빠 마음은 안 그래", "오빠 너무 기분 좋다" 등등.

"좋아. 못 바꾸겠다 이거지?"

남친 1호가 '오빠'를 악착같이 고수하자 와니가 선언했다. 그러고는 와니도 '누나'를 고수했고, 그걸로 관계가 끝장나고 말았다. 찌질한 녀석이다. 고작 그 정도 일로 삐져서 연락을 끊고는, 와니가 아무 반응을 하지 않자 '우리 사이는 여기까지 인 것 같다'라는 문자 하나를 달랑 보냈다. 어떤 반응을 기대 한 건지, 무슨 벼랑 끝 작전인지 알 수 없었지만 아무 답장도 하지 않았다.

다음은 남친 2호. 초임 시절 같은 학교에 근무했던 역사 교사였다. 아무래도 같은 교과군이다 보니 교과협의회도 같이 하고, 또 같은 학년 담임도 하면서 호감을 느끼기 시작했다. 학구적이면서 아이들에게도 헌신적인 좋은 교사였다. 생각도 개방적이고 또 오석 샘을 존경한다는 공통점이 있어서 금방 가까워졌다. 와니는 남친 2호를 좋아했다. 아마 남친 2호도 와니를 좋아했을 것이다.

그런데 뭐가 문제였을까? 초식남, 아니 거의 비건남이었다. 명색이 데이트라고 했지만 키스는커녕 손 한 번 제대로 잡은 경우가 없었다. 그렇다고 와니가 덥썩 먼저 잡고 매달리는 성격도 아니고, 신체적 접촉 없이 만나도 충분히 즐거웠기 때문에 별문제 없었다. 어떤 면에서는 남친이라기보다는 정기적으로 만나는 남사친에 가까웠다.

사실 별 특별한 느낌도 없었다. 어째서 그 선생을 남친이라고 불렀고, 둘 사이를 사귀는 사이로 간주했는지 아무리 생각해도 까닭을 알 수 없다. 그러니 언제부터 만나기 시작했는지, 언제 헤어졌는지 기억도 없이 헤어졌다. 이제는 아예 이름이 뭐였는지, 생김새가 어땠는지도 가물가물하다. 그냥 각자 다른 학교로 전근을 가면서 자연스럽게 멀어졌다.

남친 3호는 진보 정치를 꿈꾸는 경제학자였다. 경제학이 전공이긴 하지만 돈하고는 거리가 멀었다. 팔릴 턱이 없는 마르크스 경제학을 전공한 것이다. 나이 서른이 넘었지만 시간 강사로 연명하면서, 각종 시민단체 활동에 열심이었다. 와니와는 진보적인 시민단체가 주최한 한 토론회에서 만났다. 당시 3호가 토론 발제를 했는데, 청중으로 참가한 와니가 계속 날카로운 질문으로 진땀을 흘리게 만들었다.

"열띤 토론이 너무 반갑지만, 시간이 다 되었기 때문에 두 분은 나중에 따로 시간을 내 이야기하는 게 좋을 것 같습니다."

당시 토론회 좌장이 이렇게 말하며 모임을 마쳤는데, 그 말이 씨가 되어 두 사람은 정말 따로 만나는 사이가 되었다. 서로 정치 성향이 잘 맞다 보니 1, 2호와 달리 빠르게 사이가 불타올랐다. 결국 남자 친구 3호는 역대 남자 친구 중 유일하게 와니와 잠자리를 함께하는 영광을 누렸다. 하지만 쉽게 달아오른 만큼 쉽게 식었다. 무엇보다 잠자리를 함께하는 사이가 되면서 갑자기 달라진 태도가 와니를 환멸에 빠지게 만들었다.

"이런 부르주아적인 생활 태도는 버려야지."

남친 3호는 입만 열면 이런 식으로 와니를 가르치려 들었다. 그래서 데이트라고 해 봐야 언제나 분식집보다 조금 나은 수준의 음식점을 갔고, 편의점 시티 카페로 디저트를 대신했다. 어차피 돈은 모두 와니가 냈다. 마르크스 경제학을 가르치는 시간강사에 시민운동 활동가가 무슨 돈이 있겠나 싶었다. 본인도 그렇게 생각했는지 아예 데이트 비용을 내려고도 하지 않았다.

그러면서 늘 거룩하게 와니를 가르치는 말씀을 하며 데이트의 격을 떨어뜨렸다. 비싸도 안 되고, 화려해도 안 되고, 소비적이어도 안 되고, 이래서 안 되고, 저래서 안 되고. 그럴 거면 자기가 돈을 내든가, 왜 돈 내는 사람한테 이래라저래라 하는지 짜증이 치밀어 올랐다.

"내가 부담이 가서."

설교에 지친 와니가 따져 묻자 남친 3호가 대답이라고 꺼낸 말이다.

"부담 가다니? 왜 부담이 가는데? 내가 갚으라고 했어? 아니면 돈 안 낸다고 눈치라도 줬어?"

"그건 아니지만."

"그럼 뭐가 문젠데?"

뭐가 문제냐고 묻긴 했지만 영리한 와니는 뭐가 문제인지 알아챘다. 결국 그도 남자였던 것이다. 남자가 마땅히 주도권을 잡아야 하는데 경제력이 와니가 더 앞서니 그게 싫었던 것이다. 평소에 엄두도 내지 못했던 큰돈을 한 끼 식사로 쓰는 와니의 모습이 보기 싫었던 것이다. 설사 그게 자기 입에 들어가는 것이라도.

"그러니까 넌 여태까지 내가 밥값 내고 영화 값 내고 하는 걸 선심 쓴다고 생각한 거야?"

"그건 아니지만. 어쨌든 그게 우리 사이의 권력 불균형을 만드는 건 싫어."

"그러니까 내가 약소하게 쏘면 좀 만만해 보이고, 화끈하게 쏘면 네가 너무 꿀리고, 그런 거야? 너 그렇게 작은 남자였어?"

이 '작은'이라는 말이 트리거를 건드린 모양이었다. 남친 3호의 눈동자가 부들부들 떨리기 시작했다. 그 부들거림의 바닥에서 '원한'이 느껴졌다. 겉으로는 큰 욕심 없는 시민운동가였지만, 그 내면에 자리 잡은 대학교수가 되지 못한 것에 대한 열등감과 원한.

그걸 이제야 보다니. 선망과 존경에서 시작되어 열정적인 관계로 발전했지만, 막상 이 남자의 바닥을 확인하고 나니 환멸이 쏟아졌다. 한쪽의 열등감과 다른 한쪽의 환멸이 마주치자 대폭발이 일어났고, 결국 이 폭발은 남자의 폭력으로 마무리되었다.

내가 매를 맞았어!

와니는 지금도 그때를 생각하면 온몸에 소름이 돋는다. 부모님한테도 선생님에게도 맞아본 적 없던 내가 매를 맞았어. 살을 부비고, 신체의 가장 민감한 부위를 기꺼이 내맡겼던 그런 남자한테.

더 소름 끼치는 건 꼼짝없이 맞고만 있었다는 것이다. 그토록 당차고 당당했던, 선생님들을 꼼짝 못 하게 만들던 영리한 와니라도 폭력 앞에는 무력했다. 일단 뺨을 한 대 맞는 순간 모든 것이 멈추었다. 생각도 마음도 몸도.

몇 대를 더 맞았는지 모른다. 3호에게 와니를 죽일 마음이 있었으면 얼마든지 그럴 수 있었을 것이다. 이미 첫 번째 매를 때린 순간 사실상 한 인격을 살해한 것이나 다름없었으니. 그렇게 원 없이 화를 푼 3호가 씩씩거리며 사라진 다음에야 와니는 제정신을 차릴 수 있었다. 와니는 구겨진 몸과 마음을 겨우 챙겨 집에 갔다.

그리고 몇 시간 지나 3호는 집 앞까지 찾아왔지만 와니는 만나 주지 않았다. 영하 5도의 날씨에 밖에서 무릎을 꿇고 눈사람이 되어 가며 빌었지만 돌아보지 않았다.

"네가 아는 와니는 죽었어. 네 손에."

이 마지막 메시지만 던져 주었을 뿐이다. 다행인 것은 3호가 쉽게 떨어졌다는 것이다.

뜨거웠던 사랑만큼이나 그 후유증이 심했다. 마음에 화상을 입은 것 같았다. 상처를 받았을 때 어째서 '너무 아프다'라고 말하는지 비로소 실감했다. 화상이 다 아물어도 흉터가 남듯, 이 마음의 상처도 결국 흉을 남기지 싶었다.

그때는 야구 경기 직관이 유일한 낙이었는데, 그러다 철웅이를 만났다.

해마다 전통처럼 5월 5일에 열리는 두산-엘지전. 티켓 오픈하기가 무섭게 매진되는 어린이날 더비. 그날 엘지 쪽 자리를 구하지 못해 용감하게 두산 응원석 한가운데서 트윈스 유니폼을 입고 버티던 남자. 어쩌다 트윈스가 안타를 치고 점수를 내도 아주 조심스럽게 박수를 치고 자그마하게 환성을 지르던 철웅의 모습이 귀여웠다. 웃기기도 하고 조금은 불쌍하기도 해서 슬쩍 쳐다보았더니 가지고 온 맥주와 소시지, 스낵을 턱 내밀었다.

"괜찮으시면 좀 드시겠습니까?" 이러면서.

와니 역시 남의 호의를 마다하는 성격이 아니라 "고마워요" 하고 날름 받아먹으면서 관계가 시작되었다.

만나고 나니 정말 잘 만났다는 생각이 들었다. 철웅이는 열정적인 사랑에 실패하고 불에 덴 상처에 아파하는 와니가 딱 만나기 좋은 느긋한 남자였다. 둘은 연애 중이 맞나 싶을 정도로 느슨하게 만났다. 그 덕분인지 무려 2년이나 롱런 중이다. 불타고 소멸할 것인가, 뜨뜻미지근하게 오래오래 만날 것인가? 어쨌든 철웅이는 역대 최장수 남친이다. 아마 2년이면 대한민국 교육부장관도 꽤 장수한 셈이 아닐까?

여행도 몇 차례 함께 다녔다. 하지만 남친 3호 이후 몸과 마음이 움츠러든 와니는 열정적인 관계 직전에 자꾸 머뭇거렸다. 결국 문자 그대로 잠자리만 함께했다. 호텔을 잡을 때 트윈으로 잡고 굿나잇 키스만 나눈 뒤 각자 침대에 들어가서 잤다. 철웅이는 그걸 참고 기다려 줄 줄 아는 남자이기도 했다.

좋은 남자다. 이건 분명한데, 문제는 철웅이와 남은 인생을 함께하고 싶다거나, 동반자가 된다거나, 가정을 꾸린다거나, 그런 생각이 전혀 들지 않는다는 것이다. 더더군다나 결혼과 출산은 아예 생각도 안 해 봤다. 행여 철웅이가 프러포즈라도 하면 어쩌나 걱정되기까지 했다.

덜컥 해 버리면 어쩌지? '예스' 하기도 그렇고. '노'라고 하자니 그다음에 어색해질 사이가 너무 싫다. 그냥 지금 이 상태가 좋다. 하지만 철웅이도 이 상태가 좋을까? 30대 중반이 다 되어 가는 철웅이가 언제까지 이렇게 소꿉친구처럼 사귀는 걸 견딜 수 있을까? 이런 미지근한 사이로 천년만년 계속 남겨 두는 건 너무 이기적인 거 아닐까? 생각이 꼬리에 꼬리를 물고 철웅이한테 미안한 마음도 들지만, 어쩔 수 없다.

아직 3호가 남긴 상처가 너무 크다. 남자의 신체를 마주하고 싶지 않다. 더구나 철웅이는 3호보다 훨씬 건장했다.

와니는 자신이 엄마가 되어 아이를 키우는 모습을 생각해 본 적이 없다. 와니는 청소년을 사랑했지만 그보다 더 어린아이들에게는 무덤덤한 편이었다. 심지어 귀찮기까지 했다. 간혹 언니네 가서 엉금엉금 기어 다니는 조카를 안고 우쭈쭈 하면서 귀여워하고, 실제로도 조카를 무척 사랑했지만 그렇다고 딱히 언니가 부럽다거나 자신도 아이를 갖고 싶다거나 하는 생각은 한 번도 들지 않았다.

오히려 언니가 딱하게 느껴지기까지 했다. 언니는 재능 있는 조각가임에도 불구하고 임신, 출산, 육아의 3단 콤보로 2년 넘게 작품 활동을 거의 하지 못했다. 차라리 그래픽 작업이라면 집에서 어떻게 할 수 있겠지만, 다루는 재료가 큰 데다 작업장이 집에서 멀리 떨어져 있는 조각 작업은 도저히 육아와 병행할 수 없었기 때문이다.

그럼에도 불구하고 언니는 그 상실감을 드러낸 적이 없다.

보다 못한 엄마가 한 소리 했다.

"아이는 내가 봐줄 테니, 너도 어서 작품 좀 해라. 그러다 손맛 다 잃어버리면 어쩌려고 그러니?"

그러자 언니는 이렇게 대답했다.

"이 아이는 내가 만든 어떤 작품보다도 값지고 아름다운 작품이야. 마스터피스 오브 마스터피스라니까."

하지만 와니는 그 말을 믿지 않는다. 아기는 방실방실 웃을 때야 귀엽고 사랑스럽지만 찡찡거리거나 빽빽거릴 때는 징그럽기까지 했다. 실제로 그렇게 빽빽거리는 아기 뒤치다꺼리를 하는 언니의 표정을 보면 행복보다는 짜증이 더 많이 읽힌다.

그런데 이상한 것은 엄마는 언니가 아이에만 매달려 작품 활동을 못 하는 것을 안타깝게 바라보면서 정작 와니에게는 빨리 결혼해서 아이를 낳으라고 독촉한다는 것이다. 화제가 이쪽으로 넘어오면 아까까지만 해도 작품 활동을 해라, 전 아이가 더 좋아요, 하고 다투던 엄마와 언니가 갑자기 한편이 되어 와니에게 말 폭탄을 쏟아붓곤 했다.

"너도 이제 서른이 넘었잖니? 얼른 준비해야지. 이러다 조금 더 지나면 영영 시집 못 간다. 네가 선생이니까 그나마 아직은 통하는 거다. 그거도 이제 얼마 안 남았어."

이건 엄마 메뉴. 이 정도는 대응하기 쉽다. 와니는 늘 이렇게 툭 쏘아붙였다.

"누가 시집가려고 선생 해요? 애들 가르치려고 선생 하지?

내 인생 이걸로 충분하네요. 남편 따위 필요 없어."

"그런데 넌 애들을 그렇게 좋아하는데 왜 네 아이 만들 생각은 안 해?"

이건 언니 메뉴. 좀 까다롭다. 하지만 와니는 여기에도 대응할 말을 가지고 있다.

"훌륭한 요리사가 자기 집에서는 요리 안 하는 거랑 비슷한 거지, 뭐."

그리고 이어지는 티격태격. 그러고 보면 엄마가 언니더러 자꾸 작품 활동을 하라는 게 정말 재능이 아까워서 그러는 것인지, 아니면 서른 넘은 딸이 친정에 와 뒹굴거리면서 은근슬쩍 애 보는 일을 떠넘기는 게 귀찮아서 그런 것인지 모르겠다. 아이가 작품보다 더 마스터피스라는 언니는 친정에 오자마자 소파에서 뒹굴면서 스마트폰으로 방 탈출 게임이나 하고, 정작 그 마스터피스는 엄마가 챙겨야 했으니 말이다.

그러니 엄마가 와니에게 자꾸 시집가라고 보채는 것도 아무래도 빨리 집에서 내보내고 싶어서 그러는 게 아닐까 싶다.

오늘도 집에 들어가면 엄마는 시집 타령을 할 게 분명했다. 와니 머릿속에 벌써 장면이 재생된다.

"늦었구나."

"응, 선희랑 좀 놀다가."

"참, 선희 시집간다면서?"

기다리는 사람이 아무도 없는 그런 집에 살아보고 싶다. 사랑하는 남자가 따뜻한 야식을 차려서 기다리고, 커피를 끓여서 깨우는 따윈 애초에 바라지도 않는다. 딱히 좋아 보이지도 않고. 사실 그것도 은근히 귀찮은 일 아닐까? 세상에서 제일 비싼 밥이 공짜 밥이라는 말도 있잖은가.

다 쓸데없다. 와니는 그냥 컴컴한 집에 들어가서 맨 처음 불을 켜는 사람인 것이 좋다.

에이, 에이, 쓸데없는 생각. 그만 집에 가자!

파란 밤을 배경으로 끝없이 쏟아지는 온갖 상념들을 털어버리고서 휴대폰을 다시 핸드백에 집어 넣으려는데, 그만 손가락이 화면 속 '철웅이' 세 글자를 스치고 지나가 버렸다.

아이폰의 민감한 터치패널은 즉시 자기 할 일을 수행한다. 지체 없이 통화 절차가 진행되고, 놀란 와니가 통화 취소 버튼을 누르기도 전에 철웅이의 목소리가 들린다.

"어, 나야. 웬일이야? 이 늦은 시간에?"

도리가 없다. 통화할 수밖에.

"아니, 그냥. 통화 목록 조회하다가 실수로 눌렀어."

"아, 그래?"

약간 실망하는 느낌. 갑자기 네 생각나서 걸었어, 뭐 이렇게 말해 줄 걸 그랬나?

"미안. 혹시 자는데 깨운 건 아니지?"

"잠? 아이고, 나 아직 퇴근도 못 했어."

"또 야근? 그 회사는 무슨 사람을 갈아서 제품을 만드냐?"

"응. 우리 회사 공밀레 종 만들거든. 그런데 넌 집이야?"

"친구 만났다 들어가는 길이야. 음, 퇴근 시간 맞춰서 내가 그리 갈까? 태워 줄게."

"그럼 나도 좋지만, 이게 언제 끝날지 몰라서. 11시가 될지 날을 넘길지 철야가 될지."

"그럼 안 되겠다. 난 먼저 들어갈게. 너무 무리하지 말고."

"그래, 잘 자."

2년밖에 안 되었지만 마치 20년쯤 같이 산 중년 부부 같은 무덤덤한 대화. 이 관계는 또 앞으로 얼마나 갈까? 모르겠다. 그런 생각까진 하고 싶지 않다.

전입생

딱 2주 남은 8월이 정말 길게 느껴진다. 열대야와 냉방병 양자택일을 강요하는 날이 계속된 탓이다. 그 기나긴 8월도 어쨌든 끝이 보인다. 이제 이틀만 지나면 9월이다. 스마트폰에 표시된 기온은 요지부동 35도를 찍고 있지만, 그래도 달력이 9월로 넘어가면 마음만은 좀 시원해질 것 같다.

와니는 이런 생각이라도 해야 힘든 하루하루를 그럭저럭 버틸 수 있을 것 같다. 더구나 오늘은 시간표도 엉망이다. 교무부장인지 연구부장인지 아니면 둘 다인지 모르겠지만, 하여튼 오후에 자기들 출장 간다고 시간표를 뒤엎어 놓았다. 저 두 사람이 저렇게 출장 다니는 거, 학생들에게 보탬이 되는 일이 아니라 본인들 승진에 필요한 일이라는 거, 와니를 포함해 다른 교사들, 아니 본인들도 뻔히 안다. 어쨌든 와니의 시간표는 1, 2교시는 멍때리고 있다가 3, 4, 5, 6, 7교시 연속으로 수업해야 하는 무더위 체험형으로 바뀌고 말았다.

게다가 오늘따라 애들이 뭘 잘못 먹고 왔는지 수업 분위기

마저 엉망이다. 고약한 날씨, 엉망진창 시간표에 난장판 교실. 교사의 수명을 단축시키는 3단 콤비네이션. 이런 날 직사광선을 그대로 받는 꼭대기 층 교실에서 수업을 한다는 건 핫요가 수행이나 다름없다.

교실 천장의 3분의 1을 차지한 거대한 에어컨은 희망 고문만 할 뿐 송풍구를 열지 않는다. 실내 온도를 28도에 맞추라는 공공기관 냉방 지침 때문이다. 교장은 서늘한 1층에 있는 자기 사무실 온도를 기준 삼아 28도를 맞추었다. 그도 분명 교직 경험이 있으니 꼭대기 층이 1층보다 더 덥다는 것을 모르진 않을 테지만, 자기 방 온도가 29도가 되지 않는 한 절대 에어컨을 켜려 하지 않았다. 학생을 바라보는 눈은 잃은 지 오래고 공문에 따라 몸과 마음이 움직이는 사무 기계가 되어 버린 탓이다.

이럴 때 교육은 무슨 교육. 거꾸로 매달려도 국방부 시계는 돌아간다는 군인들 농담처럼, 거꾸로 매달려도 교실 시계는 돌아가니 버티는 수밖에 없다. 수업이 아니라 그냥 하루를 버티는 거다. 그렇게 꾸역꾸역 7교시 수업에 종례까지 마치고 수업일수 하루를 지운 와니는 하루 중 제일 뜨거운 오후 4시의 복사열을 온몸에 끌어안아 발그스름하게 달아오른 얼굴로 교무실로 내려왔다.

상태가 완전 엉망이다. 머리는 땀에 젖어 떡이 졌고, 셔츠며 바지며 가리지 않고 옷의 접힌 부분은 모조리 축축하고 끈적끈적하다.

힘겹게 교무실로 들어선 와니가 몸서리를 친다. 에어컨이 펑펑 돌아가는 교무실은 교실보다 10도 이상 온도가 낮았다. 온몸을 푹 적신 땀이 갑자기 차가운 공기와 부딪치면서 와니의 체온을 대번에 앗아갔다.

화가 치밀어 오른다. 와니는 교무실을 휘젓고 다니면서 닥치는 대로 에어컨을 껐다. 학교 속사정을 모르거나, 혹은 알아도 만만한 먹잇감을 찾는 기자라면 틀림없이 '학생들은 땀 뻘뻘, 선생님은 덜덜' 따위 제목의 기사를 쓰면서, 교사들을 학생은 무더위에 시달리든 말든 자기들만 시원하게 보내는 파렴치한으로 만들어 버릴 것이다.

교무실 냉방이 교사와 무슨 상관이란 말인가? 교실에 학생만 있나? 당연히 수업 시간에 교사는 교실에 있다. 학생이 땀 뻘뻘이면 교사도 땀 뻘뻘인 것이다.

어쨌든 지금은 그냥 오늘 하루 이렇게 무사히 돌파했구나 하는 생각뿐이다. 목요일을 돌파했으니, 내일 하루만 가뿐하게 지나면 토요일이 기다린다. 토요일에는 써니와 강화도 여행을 갈 것이다. 갑곶돈대 근처에서 아침 식사를 하고, 동막 해수욕장 근처의 경치 좋은 펜션을 빌려서 하루를 즐겁게 보낼 것이다.

이런 생각을 하며 가까스로 정신을 수습하고 퇴근 준비를 하는데, 불현듯 불길한 느낌이 들면서 아드레날린이 솟구친다.

뭐지? 아니나 다를까 학생 전출입을 담당하는 행정실무사가 처음 보는 학생을 데리고 와니를 향해 다가오고 있다. 그 뒤에는 학생의 엄마로 보이는 여성이 불안한 눈으로 두리번거리며 따라온다. 하이힐 구두굽 소리가 콕콕콕콕 마치 심장 뛰는 소리처럼 들린다.

와니는 반사적으로 주변을 둘러보았다. 근처에 학급 담임을 맡고 있는 교사는 와니뿐이다.

'오, 안 돼, 안 돼, 제발.'

와니의 간절한 무언의 외침에도 불구하고 실무사가 와니 앞에 와서 바른 자세로 선다. 자그마한 얼굴에 동그란 눈, 아이같이 작은 체구 때문에 종종 일본 사람 같다는 말을 듣는 30대 후반의 여성이다. 그런데 재미있는 것은 일본 사람 같다는 말을 들어도 그다지 기분 나빠하지 않는다는 것이다.

"조영완 선생님."

실무사가 마치 음성 입력기 소리처럼 또박또박 와니를 부른다.

"네?"

"전입생이 왔어요."

마침내 실무사 입에서 와니가 가장 듣고 싶지 않았던 소식이 흘러나온다. 8월에 전입생이 오는 것을 반기는 교사는 거의 없다. 아니, 아예 없다고 봐야 한다.

반인반수 혹은 반인반마라고 불리는 사춘기 한복판의 중학생들을 맡아 어느 정도 질서를 잡고 학급이라는 공동체로 결집시키는 데는 아무리 노련한 교사라도 3개월 이상이 걸린다. 8월이라면 비로소 한숨 돌리며 안정적으로 학급을 끌고 갈 수 있는 시기, 학생도 교사도 학급 분위기에 적응하여 불안 속의 평형을 유지하는 시기다.

그런데 이때 전입생이라는 불확실성이 추가된다면? 절대 달갑지 않다. 물론 전학생이 학급에 신선한 자극을 주는 경우도 있겠지만, 그런 학생들은 학부모가 신경을 쓰기 때문에 방학 중에 이사와 전출입 절차를 마치고 개학 첫날에 등교한다. 도중에 불쑥 전학 오는 경우는 열이면 여덟이 학교 폭력이다.

하지만 그렇다 한들 어쩔 것인가? 이미 교장이 학급을 배정했으니 도리가 없다. 받을 수밖에. 학교도 담임도 전입생 선택권 따위는 없다. 보내는 대로 받아야 한다.

"안녕하세요. 조영완입니다."

와니는 자리에서 일어나 전입생과 어머니에게 인사부터 했다.

"안녕하세요 선생님. 이한영 엄마예요. 잘 부탁드립니다."

와니 눈에는 전입생 어머니가 필요 이상으로 허리를 많이 숙이는 것이 거슬린다. 무슨 인사가 이래? 이한영이 전학 오는 거지 이한영 엄마가 전학 오는 건 아니잖아?

정작 전학생 본인은 마지못해 고개 숙이는 시늉을 하며 인사 비슷한 것을 할 뿐이다. 대충 고개가 숙여지나 싶다가 재빨리 뒤로 뻣뻣하게 젖혀진다. 게다가 입으로 내뱉은 소리도 "안녕하……" 이후로는 발음을 얼버무려서 '안녕하세요'인지 '아 뇨, 그만두세요'인지 구별할 수 없을 정도다.

와니는 전입생을 슬쩍 훑어보았다. 오 마이 갓! 호흡이 잠시 멈추고 아드레날린이 솟구친다. 전학생은 180센티미터가 넘어 보이는 장신의 남학생이다. 여자치고도 키가 큰 편이 아닌 와니가 그 학생과 눈높이를 맞추려면 킬힐을 신고 점프를 해야 할 판이다. 균형 잡힌 근육질 몸매에, 팔다리가 길쭉하고 피부도 매끈하다. 피팅 모델 같다. 시쳇말로 인물값 좀 하게 생긴 놈이다.

문제는 시선이다. 교사들끼리 쓰는 표현 중에 '눈빛이 갔다'라고 하는 바로 그 눈을 하고 있다. 초점이 명확하지 않고 불안하게 이리저리 옮겨 다니며 번쩍이는 눈. 절대 와니와 눈을 마주치지 않으려는 기색이 역력한 그런 눈.

게다가 목을 앞으로 쭉 빼고서 고개를 살짝 숙인 전형적인 자라목을 하고 있는 것으로 보아 PC방에서 시간깨나 잡아먹었음에 틀림없다. 아무리 교사에게는 학생에 대한 선입관이 금기라고 하지만 와니도 교직 8년차다. 학교에서 잔뼈가 굵었다면 굵었다. 척하면 삼천리다. 이 녀석, 까딱하면 학교에 오다 말다 반복하며 출석부를 새까맣게 물들이고, 그거 정리하느라 와니의 공강 시간을 몽땅 잡아먹을 가능성이 67퍼센트쯤 되는 놈이다.

하지만 어쩌겠는가? 전학을 왔으면 받아야 하니, 오늘부터 이한영이라는 이 만만치 않아 보이는 녀석은 와니네 반 학생이다.

"교과서는 다 받았니?"

와니는 선생으로서의 책무를 시작한다.

"……."

그런데 한영이는 아무 대답도 하지 않고 고개를 푹 숙인 채 몸을 건들거리고 있다.

"예. 행정실에서 다 받았습니다."

이번에도 엉뚱하게 대답은 엄마가 한다.

"아, 예 그렇군요. 참, 교복은요?"

"그건 아직."

"이제 한 학기밖에 안 남았는데 교복을 새로 맞추는 건 좀 낭비일 것 같으니까, 한영아, 어떻게 할래? 아나바다 장터에서 물려 입기 해도 괜찮겠니?"

이번에는 엄마가 대답하지 못하게 전학생 이름을 콕 집어서 물어보았다.

"……."

하지만 이번에도 역시 한영이는 아무 말이 없다. 아니나 다를까 엄마가 또 나선다.

"아뇨. 새 마음으로 시작하려면 교복부터 산뜻하게 새로 맞춰 입어야죠."

"한영이, 너는?"

와니가 다시 이름을 콕 집어 한영이에게 물어보았지만, 여전히 한영이는 고개를 숙인 채 시선은 엉뚱한 곳을 향하고 말이 없다. 고개를 조금 움직인 것 같기도 한데, 그게 긍정인지 부정인지 도무지 식별이 안 된다.

"한영이도 그러고 싶을 거예요."

한영이 엄마가 다시 끼어들어 이 어색함을 해소했다.

"그럴까요?"

"참, 그리고 선생님 책 잘 읽었답니다."

"책이라뇨?"

와니는 어리둥절하다. 교복 이야기 하다가 생뚱맞게 웬 책이래?

"선생님께서 쓰신 책이요."

"제 책이요?"

"『인권이 바로 서는 학교』요."

"아, 그거."

"실례가 안 된다면 책 가져와서 사인 받고 싶은데 괜찮으시죠?"

"네. 독자께서 원하시는데 당연히 해 드려야죠."

"정말 선생님이 이 학교에 계셔서 얼마나 다행스러운지 몰라요. 제가 교장 선생님께 우리 한영이, 꼭 선생님 반에 넣어 달라고 부탁드렸답니다. 선생님이라면 편견 없이 우리 한영이 잘 보듬어 주실 것 같아서요. 꼬옥, 꼬옥, 잘 좀 부탁드립니다."

겨우 식어 가던 와니의 등판에서 다시 땀이 솟는다. 물론 그 땀은 더워서 흘리는 땀이 아니다. 이 어머니 왜 이렇게 오버하시는 걸까? 점점 불안해진다.

보통 사람들은 비판을 싫어하고 칭찬을 좋아하지만, 와니는 그 반대다. 순전히 아버지 탓이다. 아버지는 와니가 말귀를 알아들을 수 있는 나이가 된 이래 하루가 멀다하고 훈계를 했는데, 대부분은 잊어버렸지만 이거 하나는 기억에서 또렷이 살아남았다.

"칭찬하는 사람을 조심해야 한다. 너한테 바라는 것이 있다는 뜻이니."

그런데 처음 만나는 학부모, 그것도 뭔가 뒷맛이 찝찝한 전학생의 학부모가 느닷없는 칭찬, 아니 아부라니. 게다가 그 학생 인권 어쩌구 하는 책은 이제 와니 경력의 자랑거리가 아니라 흉터가 되어 버린 책이다.

물론 처음에는 소명의식을 가지고 썼고, 책 나오고 한두 달 정도는 보람도 꽤 느꼈다. 그런데 와니가 이 책의 저자라는 것이 학생들에게 알려지기 시작하면서부터 상황이 달라졌다. 특히 평소 입바른 소리를 잘하는 와니를 은근히 견제하려던 교장, 그리고 교장과 친한 일부 교사들이 마치 약 올리듯 '인권 전문가'로 와니를 학생들에게 널리 알린 다음부터 상황이 걷잡을 수 없게 되었다.

다른 친구들의 인권을 침해하는 불량한 녀석들이 인권 타령을 하며 대들기 시작했다. 다른 학생에게 충분히 위협이 될 수 있는 흉기를 가져와 놓고는, 그것은 사유재산이니 영장 없이는 압수할 수 없다면서 버티는 깡패 녀석도 있었다. 잘못을 저질러 놓고도 자신들을 마치 죄인 취급했으니 인권 침해라며 바락바락 대드는 양아치 녀석도 있었다.

그런데 이제 어쩌면 양아치일지도 모를 녀석을 데리고 왔을 가능성이 매우 큰 학부모까지 그 책을 핑계로 뭔가 요구하려고 한다. 학생 인권 전문가라는 것이 마치 매사에 희생하고 참아야 하는 천형이라도 되는 것처럼 사방팔방에서 하이에나처럼 달려들고 있다.

안 되지. 절대 안 돼. 와니가 다짐한다.

인권이고 뭐고 이 녀석이 우리 반 분위기를 흩트려 놓는다면 절대 가만두지 않겠어.

속에서는 천불이 일어나도 겉으로는 웃어야 하는 게 교사다. 교사가 교육자가 아니라 교육 서비스 종사자라고 불리는 시대 아닌가? 1998년~2007년까지 소위 민주 정부라는 10년의 기간 동안 학교는 '교육 서비스 선언'이란 것까지 만들지 않았던가? 그래서 교원능력개발평가라는 해괴망측한 서비스 인증제까지 실시하지 않았던가?

서비스업 종사자는 웃어야 한다. 고객이 설사 진상일지라도. 그리고 겸손해야 한다. 그 신분이 왕인 손님 앞에서는. 서비스업 종사자는 영원한 을이다.

"뭘요, 변변치 않은 책인걸요."

일단 겸손을 가장한 견제구를 던져 본다. 한국 사회에서 할 말이 없고 곤란할 때는 겸손이 약이다. 한국인은 겸손을 특별히 미덕으로 존중하지도 않으면서, 또 자신은 특별한 사정이 없는 한 겸손하게 행동할 뜻이 없으면서도 다른 사람이 겸손 떠는 것은 좋아하니 말이다.

"제가 다른 선생님들보다 더 나을 것도 없는데, 너무 과찬이십니다."

자, 겸손 견제구를 2구째 날린다.

"그래도 모쪼록 잘 부탁드립니다."

그런데도 어머니는 와니의 마음이 불편할 정도로 자신을 낮추는 말을 이어 갔다. 아니, 갈수록 그 정도가 심해졌다. 계속해서 뭐라고 말을 했는데, 겸손을 표현하는 수식어를 너무 많이 사용한 까닭에 정작 무슨 말을 하려는지 내용 파악도 안 된다.

다만 '부족한 제 아들', '엄마 자격도 없는 제가 송구스럽게도', '감히 선생님께 부탁드릴 처지는 못 되지만' 등등의 극히 겸손한 말들이 수차례 반복되었던 것만은 확실하다.

불편하다. 와니는 겸손한 사람이 싫다. 와니는 엄한 가정교육을 받고 자랐다. 그래서 상대가 자신을 낮출 때 그걸 그냥 받아들이는 것이 얼마나 무례한 행동인지 귀에 못이 박히도록 들었다. 그래서 와니는 상대가 자신을 낮추면 거기에 맞춰 스스로를 낮추는 습관이 몸에 배어 있다. 상대가 낮추면 나는 더 낮추어야 한다. 상대가 바닥에 엎드리면 나는 땅을 파고 들어가야 한다.

이건 자존심이 강한 와니에게 여간 큰 고역이 아니다. 만약 와니가 평소에 너무 건방져 보여 골탕을 먹이고 싶은 사람이 있다면, 공격하는 쪽보다는 비굴할 정도로 겸손하게 구는 쪽이 최고의 복수가 될 것이다. 그럼 와니는 자기가 평소에 하찮게 여기던 사람 앞에서 겸손하게 굴어야 하는 최악의 징벌을 받게 될 것이니.

물론 이 쉬운 방법을 아무도 알아내지 못했다. 와니는 여자이고, 젊고, 얼굴도 예쁘장하니까. 어째서 남자들은 성별, 나이, 외모를 지적인 능력과 연결지어 생각하는 것일까? 그 괴상한 함수를 믿은 덕분에 나이 많은 남자들은 오히려 와니 앞에서 자신을 높임으로써 기세를 꺾으려 했다. 물론 결과는 처참했다. 되돌아오는 폭풍 같은 말 펀치를 얻어맞고 나가떨어져야 했으니.

그런데 이한영의 어머니는 그런 와니에게도 한계가 느껴질 정도로 자신을 낮추었다. 이제 와니는 '상대보다 나를 더 낮추라'와 아무리 그래도 '인간의 최소한의 존엄을 지켜야 한다'는 두 정언명령 사이 이율배반에 빠져 버렸다.

이 곤혹스러운 시간이 한동안 이어지고, 한영이 어머니와 서로 고개 숙이기 게임을 몇 번 더 한 다음에야 전학생 모자가 교무실을 떠났다. 와니는 한영이 어머니가 무슨 말을 했는지, 자기는 또 얼마나 맘에 없는 말을 했는지 도무지 기억나지 않는다. 그렇게 시간을 보내고 나니 전입생도 학부모도 가고 없고, 퇴근 시간도 한참 지났다.

와니는 부랴부랴 짐을 싸 들고 교무실을 나선다.

"와니 샘, 와니 샘."

퇴근도 못 한 채 잡무에 매달리던 이현숙 선생이 속삭이듯 부른다.

"집에 가면 공부고 잡무고 뭐고 다 못 해. 애들에 남편에. 차라리 학교가 편해."

어째서 날마다 시키지도 않는 야근을 하느냐고 물어보면 이렇게 대답하곤 하는 후덕해 보이는 40대 여자 선생님이다.

"네?"

"샘, 그거 신고 퇴근할 거야?"

"아, 맞다."

그제야 와니는 실내화 차림이란 걸 깨달았다. 얼른 자리로 돌아와 신발을 갈아 신었다. 그래 봐야 이 샌들에서 저 샌들로 갈아 신는 것뿐이지만. 하지만 신을 갈아 신는 동안에도, 주차장까지 걸어가는 동안에도 머릿속에서는 전학생 생각이 멈추지 않는다.

자, 이제 어쩐다? 일단 어떤 녀석인지 전출교에 연락해서 좀 알아볼까? 정보를 모아 전략이라도 세워야 할까? 딱 넉 달만 사고 안 치고 잘 버티면 졸업시킬 수 있는데.

이럴 때 오석 샘이라면 어떻게 했을까? 와니는 오석 샘 말이라면 농담까지도 저장되어 있는 머릿속 데이터베이스를 돌려 본다.

아니나 다를까 오석 샘의 목소리가 들린다.

"학교에서는 아이가 다치거나, 혹은 아이가 먹을 밥이 떨어진 거 아니면 화급을 다투는 일이란 없어. 서둘러 봤자 남는 건 후회와 나중에 일 두 번 하는 시간 낭비뿐."

그리고 보면 오석 샘은 출근 시간보다 10분 일찍 오는 법이 없었고, 퇴근 시간 이후에 남아 있는 경우도 없었다. 퇴근 시간 5분 전에 컴퓨터를 끄고, 짐을 싸기 시작했다. 와니네 패거리가 몰려가서 아무리 질문이나 이야깃거리를 던지며 업무를 연장시키려 해도 퇴근 시간은 어김없었다.

"미안. 나 퇴근하니까 내일 와서 물어보렴."

심지어 궁금한 게 있으면 문자나 이메일을 보내라고 말하는 경우도 없었다.

좋다. 전학생 생각 따위는 집어치우고 주말에 강화도 여행 갈 계획이나 짜자. 어차피 한영이 녀석 내일 아침에 등교해서 어떻게 하나 보면 다 확인할 수 있는 일, 지금 걱정한다고 달라질 것도 없고. 잘 되겠지, 뭐.

와니는 지난 몇 달간 잘 가꾸어 놓은 자기 학급의 자생력과 자정능력을 믿어 보기로 한다. 와니가 맡은 3학년 5반은 정말 자랑할 만한 학급이다. 교육 경력 30년의 베테랑 교사도 이렇게 좋은 반은 처음 봤다고 할 정도다. 학습 분위기도 좋고, 성적도 좋고, 아이들 간의 우의도 끈끈하고, 벌점 받는 학생도 없다. 하지만 무엇보다 좋은 점은 아이들이 매사에 적극적이고 긍정적이라는 것. 냉소적인 분위기도 없고, 왕따도 없다. 몇몇 선배 교사들은 그 반 담임이 할 일은 조회 때 출석부 들고 올라갔다, 종례 때 들고 내려오는 것밖에 없을 거라면서 배 아픈 소리를 했다.

사실 3학년 5반이 그렇게 모범적인 학급 분위기를 갖추게 되기까지 와니가 기여한 일은 많지 않다. 학급을 편성하다 보니 우연히 이 반에 덩치 크고, 힘 좋고, 운동 잘하고, 교우관계 원만하고, 학업 태도도 좋은 모범적인 학생이지만 결코 범생이는 아닌 남학생들이 많이 몰렸을 뿐이다.

회장인 동현이만 해도 키가 180센티미터가 넘고 몸무게도 80킬로그램에 달하는 거구인 데다가 태권도 3단 유단자다. 또 선도부장인 경태는 키가 185센티미터에다가 태권도 4단이며, 여학생들에게 인기도 많다. 학급 1등이며 장차 과학고등학교에 진학할 예정인 건우도 공부 잘하는 학생들에 대한 선입견을 비웃듯이 한 주먹 한다. 이런 녀석들이 학급 분위기를 잡고 있다 보니 오히려 양아치들의 서열이 기껏해야 중간 정도로 내려앉았다. 와니의 3학년 5반은 멋모르고 양아치질을 했다가는 모범생들의 주먹세례를 받을 수도 있는 참으로 이례적인 반이다.

한영이도 예외는 아닐 것이다. 처음에는 분위기를 끌어 보려고 조금 나대긴 하겠지만 얼마 지나지 않아 포기하고 묵묵히 학급 분위기에 적응해서 조용히 졸업할 수밖에 없음을 깨달을 것이다. 양아치들의 무기는 다른 아이들이 미리 겁먹고 조는 것인데, 졸지 않는 아이들 앞에서 무슨 힘을 쓸까? 게다가 그 이한영이란 아이가 양아치라고 미리 예단할 이유도 없지 않은가?

선입견은 금물.

생각을 정리하자 오후 5시가 넘었는데도 여전히 독기를 품은 태양이 서쪽 하늘에서 와니를 노려본다. 차마 태양과 얼굴을 마주하지 못하고 고개를 돌린다. 이 학교는 주차장이 운동장을 사이에 두고 본관과 마주 보고 있어 주차장까지 가려면 한동안 태양의 매서운 눈초리를 견디며 걸어야 한다. 차는 물론 불덩이가 되어 있을 것이고.

그늘진 본관 뒤편에도 주차 공간이 있긴 하지만 겨우 차 세 대 세울 공간밖에 안 되는 데다 보기에도 유치하게 '교장 전용', '교감 전용'이라는 글씨가 노란색 페인트로 칠해져 있다. 어쩌겠는가? 그게 대한민국 학교의 수준인 것을.

와니는 날렵하게 차를 움직여 교문 밖으로 튀어 나갔다.

수건돌리기

학교는 여전히 무덥고, 교사들은 여전히 아침부터 정신없이 움직인다. 속 모르는 사람들은 1년에 191일만 출근하는 귀족 노동이라고 게거품을 물겠지만, 이 191일이 시작 종 끝 종에 따라 시간표대로 융통성 없이 빡빡하게 움직이니 선생이란 직업은 가르치는 일은 개뿔, 191일 동안 작동되는 거대한 기계에 달라붙어 그 기계 리듬에 따라 이리 뛰고 저리 뛰는 노가다에 가깝다. 이 시간표라는 기계가 멈춰 섰을 때는 좀 쉴 수 있으려나 하지만 사고뭉치 중학생들은 늘 예상치 못한 창조적인 돌발 사태를 만들어 그마저 불가능하게 한다.

그러니 아무리 사명감이 투철한 선생이라도 학기가 중간쯤 되면 카운트다운을 할 수밖에 없다. '방학 D-32일' 이런 식으로. 그러고 보면 학교라는 곳은 학생과 교사가 모두 '방학 D 마이너스 카운트다운'을 하는 방학 기다림 공동체다.

더구나 방학 말고도 학교는 온통 카운트다운으로 가득하다. 경력이 많은 교사들은 연금 나올 날짜를 카운트다운 한다.

이건 단위가 크다. 개월 단위로 카운트다운을 하고 있으니. 학
생들은 분 단위로 카운트다운 한다. 매시간 수업이 시작되면
그때부터 44분, 43분 세어 내려간다. 그런 식으로 한 시간, 한
시간을 지워 나가면 하루가 가고, 그렇게 하루하루 지워 나가
면 방학이 오고, 방학 두 번을 지내면 1년이 간다. 이렇게 카운
트다운 하다 학생은 삶이라는 전쟁터에 내던져지고, 교사는
사회의 냉정한 시선을 뒤통수로 느끼며 퇴직한다.

그 하루의 카운트다운이 절반쯤 지난 점심시간. 그날따라
웬일로 아이들이 별일 없어 좀 쉬겠구나 싶었는데 이번에는
잔뜩 흥분한 어른 목소리가 들린다. 와니에게 여유시간 따위
는 없다는 선고나 다름없다.

"그 반 전학생 말이죠. 아, 기가 막혀서 정말."

고개를 들어 보니 국어를 가르치는 김 선생이 목소리를 선
봉대처럼 10미터쯤 앞세우고서 공기를 좌우로 가르며 돌격
하고 있다.

"한영이요?"

"한영인지 한성인지 이름은 아직 모르겠고, 하여간 그놈이
아주 가관이야, 가관."

"무슨 일 있어요?"

"수업 시간에 다리 쩍 벌리고 뒤로 벌러덩 자빠진 자세로

눈을 이렇게 치켜뜨고 날 노려보는 거예요. 이렇게. 그래서 '똑바로 앉아' 했더니, 엉덩이를 한 2밀리나 옮겼나? '이게 제 일 똑바로인데요?' 이러더라니까. 원, 세상에 무슨 이런 놈이 다 있어요?"

"맞아요. 맞아."

수학을 가르치는 정 선생도 거들고 나선다. 와니보다 스물 두 살이나 많고 학교에서 가장 엄하기로 꼽히는 정 선생이 이 렇게 말하는 것이다.

"그 녀석 전학 오고 나니까 맘 잡았나 싶었던 녀석들이 갑 자기 기가 살아 날뛰더라고. 멀쩡하던 녀석들이 갑자기 뭐 잘 못 먹은 것처럼 나사가 빠져가지고. 나한테도 막 대들더라니 까!"

"아니, 선생님한테도 대들어요? 말도 안 돼. 누가?"

"남인이가."

"네에? 아니 어쩌다?"

"계속 수업 중에 떠들더라고. 그래서 '남인이 뒤로 나가 있 어' 이랬더니 눈 똥그랗게 뜨고 '왜요?' 이러는 거야. 그러고는 삐딱하게 서서 꼼짝도 안 하는 거야. 그렇다고 내가 그놈하고 힘 싸움 해 가면서 끌고 갈 수도 없는 노릇이잖아? 그래서 '그 럼 계속 그러고 있으려무나' 하고 넘어가긴 했지만 아찔했다니까, 글쎄."

맙소사. 남인이가? 좀 노는 아이이긴 하지만 나름 귀염성도 있고, 무엇보다 선생님들에게 잘 보이려고 무척 애쓰는 아이다. 남인이의 일탈은 대개 부모의 손길이 부족한 데서 비롯된 거친 성품, 그리고 관심받고 사랑받고 싶은 외로움에서 비롯된 것이었다. 그래서 사고를 치면 쳤지 수업 중에 선생님에게 대들지는 않았다. 그런데 그 남인이가 감히 학교에서 제일무서운 정 선생에게 눈을 삐딱하게 뜨고 지시에 불응한다? 이런 일이 있을 거라곤 생각도 못 해 봤다.

그나마 노련한 정 선생이니 그 상황에서 슬그머니 넘어갔지, 젊은 여자 선생님 같았으면 "뭐? 못 나가?" 이러면서 실랑이를 벌였을 것이다. 하지만 아무리 선생이라고 해도 여자 힘으로 일생 중 가장 힘센 시기인 중학교 3학년 남자아이를 제압할 수는 없을 것이고, 결국 남인이는 그 선생보다 자기가 힘의 우위에 있음을 아이들 앞에서 과시하고 말았겠지.

그럼 젊은 남자 선생이라면? 안타깝지만 만약 상대가 젊은남자 교사였다면 남인이 같은 녀석은 애초에 지시를 거역하거나 반항할 엄두도 내지 않았을 것이다. 이게 이 헬조선 불반도의 현실이다.

"아무래도 안 되겠네요. 교실 한번 가 볼게요. 전학생 지금 뭐 하나 보게."

와니가 한마디 던지고 자리에서 일어선다. 정말 교실에서 전학생이 뭐 하는지 보고 싶어서가 아니다. 다만 그 자리가 불편해서 얼른 벗어날 핑계가 필요했을 뿐.

사실 점심시간에 중학교 3학년 교실에 가 봐야 볼 것도 없다. 점심시간에 학생들이 남아 있는 교실은 1학년뿐이라는 건 중학교 교사 3년만 하면 다 아는 상식이다. 3학년 남학생들은 운동장을 점거하여 뛰어놀고, 여학생들은 패거리로 흩어져 벤치, 등나무 아래, 탈의실 등 학교 구석구석 자기들끼리만 아는 아지트에서 논다. 2학년은 운동장 가장자리나 학교 후원 등에서 뛰어놀고, 선배들에게 놀 자리를 빼앗긴 1학년들만 할 수 없이 자기 교실이나 복도에서 뛰어논다. 그나마 교실보다는 주로 복도에서 논다.

하여간 중학생은 뛰어논다. 점심시간에 교실에 멍하니 남아 있는 중학생은 기껏해야 한두 명에 불과하다. 3학년 5반 교실에 가 본들 많아야 네 명 정도 있을 것이다. 그것도 주로 여학생일 것이다.

그래도 기왕 교실에 가 본다고 일어났으니 가 보기는 해야겠지. 따각따각, 샌들 소리가 귀에 거슬린다. 밑창이 좀 더 부드러운 걸로 새로 장만해야 하나? 아니면 아예 굽 없는 걸로?

그러자니 작은 키가 마음에 걸린다. 아니, 그게 왜 마음에 걸릴 일이지?

그만, 그만. 이런 쓸데없는 생각할 틈이 없다. 당면 과제에 집중하자. 와니는 머릿속에 퀴즈쇼처럼 질문들을 늘어놓는다.

질문 1. 조금 노는 학생이긴 했지만 그래도 선생들에게 우호적이고 순종적이었던 남인이가 갑자기 삐딱선을 탄 게 과연 전학생 때문일까? 아니면 다른 이유가 있는 것일까?

질문 2. 김 선생과 정 선생 모두 부지런하고 유능한 베테랑 교사다. 평소 학생들 통솔에도 전혀 어려움을 느끼지 못하던 분들이고. 그런 분들이 이구동성 전학생을 거론했다. 그렇다면 아주 허황된 말은 아닐 것이다. 좋다. 전학생 때문이라는 가정이 맞다 치자. 그동안 최고 모범 학급이었던 3학년 5반 분위기가 무너지고 있다는 뜻일까? 정말 단 한 명 때문에? 단 하루만에? 이게 말이 돼?

질문 3. 다른 가능성도 있지 않을까? 전학생 한영이가 설사 양아치라 하더라도 덩치 좋고 싸움도 잘하는 모범생들이 많은 학급 분위기에 제압당해 착한 학생의 길을 선택할 가능성은 없을까? 물론 아침에 전학생을 학급에 소개하자마자 회장 동현이를 째려보며 기싸움을 할 기세였던 한영이긴 하지만.

질문 4. 그렇다면 혹시 둘이 학급 짱을 놓고 맞붙기라도 한 거 아닐까? 그래서 동현이가 졌나? 그럼 안 되는데?

이쯤 되니 짜증이 치밀어오른다. 와니는 명색이 학생 인권 전문가 아닌가? 『인권이 바로 서는 학교』가 스테디셀러로 벌써 1만 부 이상 팔리지 않았던가? 덕분에 이 학교 저 학교, 또 이 교육청 저 교육청, 심지어 지방까지 학생 인권 특강도 다니고 있지 않은가?

그런데 모범생 동현이가 불량스러운 전학생 한영이를 힘으로 제압하면 좋겠다는 생각까지 떠올렸다고? 모범생 독재? 힘으로 구현된 평화? 무슨 엄석대라도 바란단 말인가? 맙소사, 이런 생각까지 하다니. 와니의 고개가 부르르 떨린다.

그러는 동안 3학년 5반 교실이 천천히 와니 앞으로 다가왔다.

그런데 이상하다. 교실 앞에 학생들이 우글거린다. 텅 비다시피 해야 할 점심시간의 중3 교실 아닌가? 그것도 운동장에 있어야 할 남자아이들이 우글거린다. 와니의 발걸음이 저절로 빨라진다. 이렇게 남자애들이 몰려든 경우는 십중팔구 싸움이기 때문이다. 중3 남자애들은 친구들 사이에 싸움이 벌어져도 절대 말리지 않는다. 선동적인 관중이 되어 부추기면 부추졌지.

와니는 우글거리는 아이들을 헤치고 교실 문을 와락 열어 젖혔다. 와니 입에서 자기도 모르게 새 급식체가 튀어나왔다.

"이거 레알임?"

교실 뒤편에는 한영이가 책상 위에 다리를 잔뜩 꼬고서 비스듬히 앉아 있었다. 그 모습은 마치 암흑가의 보스, 아니면 타락한 군주를 연상시켰다. 한영이 둘레에는 이런저런 아이들이 마치 쇼를 구경하는 관객처럼 모여 있다.

대부분 3학년 5반 아이들이 아니다. 각 반에서 나름 논다고 하는 녀석들, 일진들이 죄다 모여 있다. 물론 어느 학교나 좀 논다 싶은 전학생이 오면 그 학교 일진들이 몰려가서 슬슬 시비도 걸고 그러긴 한다. 그런데 이 꼬라지는 시비 거는 모습이 아니다. 오히려 천자가 순행을 하자 제후들이 몰려와서 알현하는 모양새다.

와니 머리에 느닷없는 성경 한 구절이 떠올랐다.

> 사무엘이 모든 백성에게 이르되 너희는 여호와의 택하신 자를 보느냐 모든 백성 중에 짝할 이가 없느니라 하니 모든 백성이 왕의 만세를 외쳐 부르니라. (열왕기 상, 24)

그동안 짱이 없어 맥을 못 추던 양아치 백성들이 마침내 짱을 맞이하여 만세를 부르는 모습이다. 이런 모습을 보니 갑자기 17년 전 기분 나쁜 기억이 소환된다. 영완이라는 이름을 빼앗아 간 녀석. 그 녀석과 구별하기 위해 친구들이 와니라고 부르게 만들었던 김영완.

당시 S중학교의 짱. 아니, 학교 담장을 넘어 그 지역의 짱. 자기 키보다 훨씬 높이 발을 차올리면서 그 발을 전후좌우 위아래로 자유롭게 선풍기처럼 휘둘러 대던 공포의 대상. 실제로 그 발길질에 얻어맞은 학생들은 거의 없었다. 발길질 시범만으로도 의외로 겁 많은 중학교 남학생들을 제압하는 건 충분했으니.

지금 눈앞에 펼쳐진 풍경이 딱 그거다. 전학 온 지 하루 만에 이렇게 온 학교 양아치들이 다 몰려와 알현하고 있다는 건, 이미 전학 오기도 전에 이 녀석이 누구인지 다 알고 있었다는 뜻이고, 그건 한영이가 이미 이 지역 양아치들 사회에서 상당한 지위를 차지하고 있는 국제적(?) 인물이라는 방증이니 말이다.

와니에겐 지난 7년간의 교직 경력 동안 아직 이런 녀석과 마주친 경험이 없다. 이럴 때 어떻게 행동해야 할지 모르겠다. 더구나 생각보다 끔찍하게 강한 남자의 완력의 기억이 아직도 잠재의식 속에 상처로 남아 있다. 망할 남친 3호. 한순간에 죽음과 같은 무력함을 느끼게 만들었던 그 폭력. 그렇다고 이대로 방치할 순 없는 노릇.

"지금 뭣들 하는 거야?"

일단 질러 본다. 그러자 알현 중이던 양아치들의 눈이 일제히 와니를 향한다. 와니는 그 무리를 헤치며 한영이에게 또각또각 다가간다. 태연한 모습을 보이려 애쓰고는 있지만 온몸의 아드레날린이 한꺼번에 다 솟구치고, 심장이 갈비뼈를 뚫고 튀어나올 기세로 거세게 뛴다.

순간 한영이의 오른손 검지와 장지 사이에 끼어 있는 하얀 물체가 눈에 들어온다. 그리고 역한 냄새. 아드레날린뿐 아니라 피까지 거꾸로 솟구쳐 오른다.

"이한영. 지금 손에 뭐 들고 있니?"

한영이는 대답이 없다.

"그거 담배지?"

대답 대신 담배 든 손가락이 까딱까딱.

"지금 학교 일진 소집해 놓고 교실에서 담배 피우기 특강이라도 하는 거야?"

역시 대답이 없다.

"이리 내. 그리고 한 개비만 있는 거 아니지? 나머지도 다

이리 내."

그러자 한영이가 책상 위에서 풀쩍 뛰어내려 마루로 된 교실 바닥에서 쿵 소리가 났다.

"없어요."

드디어 전학 와서 처음으로 한영이가 대답이라는 걸 한다.

"없다고? 지금 뻔히 보이는데?"

그러자 한영이가 주머니에서 담뱃갑을 꺼내더니 손에 들고 있던 개비와 함께 창문 밖으로 던져 버린다. 담뱃갑은 요란하게 회전하면서 창문 밖으로 사라졌지만 꽁초는 그리 멀리가지 못하고 창틀에 걸렸다.

"없다고요."

"너, 정말."

와니는 더 이상 입이 떨어지지 않는다. 키 크고 건장한 남학생이 이런 식으로 나오기 시작하면 그 앞에 더 이상 선생은 없다. 그저 작고 왜소한 젊은 여자만 남는다. 영화 〈동사서독〉이었던가? 고수는 자기 목이 베이는 소리를 듣는다고? 그 정도는 아니라도 심장 뛰는 소리가 이렇게 선명하게 들리긴 처음이다.

여기서 굳어 버리면 안 돼. 지금 소위 노는 녀석들이 다 모여서 이 상황이 어떻게 되나 노려보고 있다. 선생으로 남느냐 아니면 일개 젊은 여자 취급을 받느냐의 기로다. 와니는 써니의 아픔을 통해 알고 있다. 이 나라는 여교사를 교사 이전에 먼저 여자로 취급한다는 것을. 사회적으로 제법 성공했다는 남자들이 방송에서 학창 시절 젊은 여교사를 선생이 아니라 연애 대상, 아니 성적 대상으로 상상했던 기억을 추억이랍시고 주절거리며 낄낄대는 나라라는 것을.

와니는 무너지려는 몸을 간신히 일으키고 마치 피팅 모델처럼 신열을 빳빳이 잡고 창틀까지 걸어가서 거기 걸려 있는 담배를 집어 올린다. 아직도 채 꺼지지 않은 불기운이 역한 연기를 모락모락 만들어 냈다.

"없긴, 여기 이렇게 있잖아?"

그러자 한영이가 대담하게 와니 손에서 담배꽁초를 확 가로챈다. 어찌나 동작이 빠르던지 어느 결에 꽁초가 한영이 손으로 넘어가는가 싶더니 공중제비를 돌며 화단으로 날아가 버렸다.

"어디요? 없는데요?"

"너, 정말!"

마침내 와니의 입이 막혀 버렸다.

한영이의 이 대담한 행동에 처음에는 재밌어하던 일진들도 당황하며 한영이와 와니의 눈치를 번갈아 가며 살핀다. 그렇게 두 사람이 말없이 서 있기를 5분 혹은 10분? 그건 크로노스의 시간이고, 카이로스의 시간으로는 거의 한나절은 되는 것처럼 느껴졌다. 마치 교실의 모든 것이, 심지어 공기와 시간까지 꽁꽁 얼어 버린 것 같다.

"죄송합니다."

엉뚱하게 한영이가 먼저 침묵을 깬다. 침묵을 깬 것도, 침묵을 깨며 나온 말도 모두 뜻밖의 것들이다.

"다음부터 안 그러겠습니다."

단어는 공손했지만 말투는 시비조다. 뭐라 말할 수 없는 묘한 그런 말이다. 하지만 학생이 먼저 잘못했다고 하는데 어쩌겠는가?

"딱 한 번이다. 다음에는 바로 선도위원회로 넘길 테니 그런 줄 알아."

이렇게 으름장을 놓는 수밖에.

와니는 교무실로 내려오는 계단에서 다리가 후들거려 난간을 잡아야 했다. 나름 중견 교사라고 자부하고 있었다. 심지어 오석 샘은 이렇게 말하기까지 했다.

"중견 교사야 그냥 나이만 먹으면 붙는 말이고, 너 정도면 엘리트 교사라고 불러야지."

이런 일이 있을 것이라고는 상상도 못 했다.

학생 인권. 교실에서 담배를 피워 대는 학생이라도 사람이기에 누려야 하는 인권. 아무리 마음속으로 되뇌며 가슴을 가라앉히려 해도, 도대체 그 인권이 누굴 위한 것이며, 무엇을 위한 것인지, 결국 그럴수록 저런 놈들만 더 설치는 것 아니냐는 항의의 목소리가 속 깊은 곳으로부터 터져 나오는 것을 막기 어렵다.

그렇게 간신히 교무실에 들어오자, 기다렸다는 듯이 교무부장이 달려온다. 무슨 큰 경사라도 난 것 같다.

"조영완 선생님! 내가 알아냈어, 알아냈다고!"

"알아내다니, 뭘요?"

"그 한영이란 녀석의 정체."

"정체요?"

"그리고 그놈 내쫓아 보낼 묘책."

"내보내다뇨? 대체 무슨?"

"내가 한영이 그놈 전출교 교감한테 어떤 학생인지 알려 달라고 했거든. 그 교감이 나하고 대학 동창이라. 아, 그런데 그 사람이 자꾸 말을 슬슬 돌리는 거야."

교무부장이 무용담을 풀어놓기 시작한다. 와니는 졸지에 평소 경멸하던 사람의 무용담을 멍하니 들어야 하는 처지가 됐다. 멘탈이 이중 삼중으로 무너진다. 간신히 추임새를 넣어 주며 마음을 다잡는다.

"그래서 알아냈어요?"

"아무래도 뭔가 수상하다 싶었지. 교감은 털어놓지 않을 거고, 그래서 그 학교에 아는 다른 선생한테 또 알아봤지. 야, 그런데 이거 아주 거물이더라고. 학교에서 완전히 손 놔 버린 놈이었어. 우리가 폭탄을 받은 거야. 아, 그래서 이놈을 어떻게 할까 고민에 고민을 하면서 전입 서류를 만지작만지작하고 있었는데, 가족관계가 이상한 거라!"

"가족관계라면?"

"집에 이모, 이모부, 세 살 네 살짜리 사촌들이 있는데, 여기에 요 녀석만 동거인으로 전입신고가 되어 있더라고."

"엄마 없어요?"

"엄마 없이. 아이만. 이모 집에. 그런데 여기 거주지로 나와 있는 이 빌라 말이야. 내가 이 지역 주민이라 잘 아는데, 여기 부부랑 자녀 둘 살기도 빠듯해요. 다 큰 조카까지 데리고 살 만한 규모가 아니라고."

"그렇다면."

오호라. 이제 와니도 머리가 돌아가기 시작한다. 위장전입이라고 말하고 싶은 거로구나. 와니를 생각해서 고민한 건 아닐 거다. 그동안 수업 팽개치고 승진 점수 따러 돌아다닌 끝에 이제 교감 승진이 목전인데, 학교에 골치 아픈 일 안 생기게 하려고 그러는 거겠지.

"이거 백 퍼센트 위장전입이야. 그럼 우린 위장전입 확인해서 전입 거부할 수 있는 거고. 자, 조 선생, 갑시다."

"네? 가다뇨?"

"가서 확인해 봐야지. 정말 이놈이 여기 사는지 안 사는지. 여기 가까우니까 점심시간 끝나기 전에 다녀올 수 있어요. 조 선생 5교시 수업 없잖아요? 자, 어서 갑시다. 내가 출장 달아놓을게."

하는 수 없이 와니는 교무부장에게 이끌려 학교 밖을 나서게 되었다. 얼마 지나지 않아 명색이 강남권의 한 부분임에도 불구하고, 특권적 지위를 가진 지역이라고는 믿을 수 없을 만큼 남루한 연립주택, 빌라 들이 무질서하게 모여 있는 동네가 나왔다.

"음. 그러니까 여기서 좌회전, 그리고 저기서 우회전."

교무부장이 스마트폰 화면에 눈을 박은 채 길을 찾아 움직였지만, 이리 돌고 저리 돌 때마다 화면 속 화살표는 교묘하게 빗나갔다. 그렇게 같은 구역을 두세 바퀴 돌고 나서야 간신히 ○○빌라라고 자그마한 문패가 붙어 있는 3층짜리 연립주택 앞에 섰다.

"하여간 이 빌라촌은 길 찾는 게 거지 같다니까. 자, 이제 다 왔으니 들어가 봐야죠? 201호닙니다."

교무부장이 성큼성큼 계단을 올라간다. 와니는 그저 따라갈 뿐 달리 할 수 있는 일이 없다. 건물 겉모습에서부터 가난의 냄새가 스멀스멀 흘러나왔다. 계단을 몇 개 올라가자 201이라는 숫자가 적힌 문이 세월과 가난이 섞인 액체가 흘러내린 듯한 얼룩으로 요란하게 뒤덮여 있다.

그 위에는 여러 세대가 전입 전출을 반복했는지 무슨 무슨 교회니 성당이니 사찰이니 하는 마크가 붙었다 떨어지며 남긴 끈끈이 흔적이 키스 마크처럼 남아 있고, 그 마크 하나하나에서도 가난의 냄새가 스며 나오고 있었다.

유복하게 자란 와니에게는 그저 추상과 당위로만 존재했던 가난에 대한 포용과 배려심이 그 냄새와 함께 무의식의 수면 아래로 가라앉아 버렸다. 아무리 억누르려 해도 혐오감이나 거부감 같은 것이 밀려 올라오는 것을 막기 어렵다.

오히려 평소에 보수적인 발언을 서슴지 않던 교무부장이 더 자연스러워 보인다. 교무부장이 거침없이 초인종을 누른다. 초인종을 두어 번 누르자 "누구세요?" 하는 여자 목소리와 함께 요란하게 치고받는 아기들 소리가 점점 가까이 다가온다.

"네, 교육청에서 나왔습니다. 여기 이한영 학생 사는 곳 맞죠?"

교무부장이 천연덕스럽게 학교가 아니라 교육청의 이름을 팔았다. 와니는 그 말을 듣고 엉뚱하게 안도감이 느껴져서 놀랐다. 사실 자신을 뭐라고 소개할지 난감했던 것이다. 학교에서 나왔다고 하자니, 학교에서 아이를 받지 않고 쫓아내려는 기색이 너무 노골적이고, 그렇다고 거짓말을 하자니 그것도 꺼림칙하고.

교육청이란 말에 지체 없이 현관문이 열리면서 남루한 실내가 빼꼼히 드러났다. 눈앞에는 30대 중반쯤 되어 보이는 잔뜩 겁먹은 여성, 그리고 그녀의 남편 정도로 보이는 역시 그 또래의 잠옷 차림의 남자가 있고, 그 다리 사이사이마다 서너 살 정도 되어 보이는 아이들이 호기심이 펄떡거리는 눈초리로 낯선 방문객을 주시하고 있다.

"한영이 이모시라고요?"

교무부장이 신분증을 내밀며 사무적으로 말했다. 공립학교 교사의 신분증은 '교원증'이 아니라 '공무원증'이라고 되어 있고, 사진이 있는 면에 학교 이름이 아니라 소속 교육청 이름이 적혀 있다. 그러니 처음 이 신분증을 보는 사람은 교사가 아니라 교육청 직원으로 착각하기 쉽다.

"네, 네에."

아니나 다를까 여자의 얼굴에 갑질하는 공무원 앞에 선 불안한 서민의 전형적인 표정이 차오르기 시작한다.

"한영이가 여기에 사나요?"

"네. 그런데요."

"한영이 방 좀 볼 수 있을까요?"

사실 교무부장의 부탁이 무의미해 보였다. 거실도 없이 큰 방 하나와 주방, 그리고 작은방 하나가 전부인 열댓 평 정도밖에 되어 보이지 않는 집에 부부와 어린아이 둘이 이미 살고 있다. 여기에 아무리 조카라고 하지만 중3이나 되는 커다란 남학생이 들어와 살 공간은 눈을 비비고 봐도 없다.

"아직, 짐이 덜 와서 준비가 안 되었는데, 어쩌죠?"

아니나 다를까 이런 대답이 돌아온다.

"아, 그러시군요."

교무부장의 눈에서 회심의 미소 같은 것이 살짝 흐른다.

"알겠습니다."

"저기요."

돌아서서 나가려는데 한영이 이모의 떨리는 목소리가 들린다.

"한영이, 어떻게 되는 거죠?"

"위에서 알아서 하겠죠. 저희는 다만 본 대로 보고할 뿐입니다."

교무부장의 목소리는 이런 상황에 최적화된 냉정하고 사무적인 톤이었다.

그다음에는 시간이 어떻게 흘러갔는지 모르겠다. 학교에 돌아오자마자 교무부장은 뭔가 서류를 마구 꾸미기 시작했고, 와니는 비몽사몽간에 6교시 수업을 했다. 종례를 하러 교실에 들어갔을 때는 한영이가 자신을 노려보고 있는 것처럼 느껴졌다.

애써 외면했다. 어쩔 수 없어. 이미 내 선을 떠났다고. 교무부장이 이미 행정 처리 했을 거고, 그럼 전입은 반려될 거고, 넌 다음 주부터 원래 학교로 돌아가야 해. 마음속으로 외쳤지만 차마 그 말을 직접 하지는 못했다.

얼른 퇴근하는 수밖에 없다. 이 학교를 빨리 빠져나가야 한다. 얼른 강화도 펜션에 가서 써니와 밤새도록 마시고 싶다.

급한 마음에 더 그렇게 느껴지는지 평소보다 길이 훨씬 더 복잡하다. 걸어가는 속도보다 조금 빠른 정도로 가다 서다를 반복하는 지루한 흐름이 이어진다. 써니네 학교가 눈에 뻔히 보이지만 좀처럼 차는 다가서지 못한다.

앞차 꽁무니만 바라보는 게 지루해 고개를 오른쪽으로 돌렸다. 차창 밖으로 나무가 우거진 공원이 하나 보인다. 간단한 어린이 놀이기구와 꽤 여러 사람이 들어가 편안한 자세로 쉴 수 있는 널찍한 정자들이 설치된 제법 그럴듯한 공원이다. 근처 아파트 주부들에게는 아이들을 데리고 오후 나절을 보내는 놀이 공간이고, 노인들에게는 서늘한 그늘에서 한담을 나누는 노인정이며, 주민들이 잠들었을 시간에는 근처 노숙인들이 비와 한기를 피해 하룻밤을 지새우는 곳이다. 문자 그대로 공공의 정원이다.

지금은 오후 나절이니 주부들 시간이다. 아이들을 데리고 더위를 피해 나온 주부들이 남편의 퇴근 시간에 맞춰 슬슬 일어설 시간이다.

아니나 다를까 놀이터에서 아이들이 팔락팔락 뛰노는 모습이 보인다. 그런데 친한 엄마들 여러 명이 함께 왔는지, 아이들이 둥그렇게 원을 그리고 둘러앉아 있다. 그렇게 둘러앉은 아이들 둘레에서 한 아이가 달리고 있었다. 달리는 아이의 손에는 매듭을 지어 묶어 놓은 보라색 손수건이 들려 있는데, 그 아이가 원을 그리고 앉아 있는 다른 아이의 엉덩이 뒤에 손수건을 내려놓자 자기 엉덩이 뒤에 손수건이 놓인 걸 알아챈 아이가 벌떡 일어나서 손수건을 들고 달리기 시작했다.

저 놀이가 뭐더라? 수건돌리기? 갑자기 짜증이 치밀어 오른다. 아니, 왜 저딴 놀이를 하고 있담?

와니의 눈과 눈 사이에 주름이 접힌다. 무의식의 심연에 잠겨 있는 줄 알았던 불쾌한 기억이 다시 의식의 수면 위로 떠올랐기 때문이다. 20여 년 전, 초등학교에 다니던 시절의 기억이다. 그 기억이 아직도 남아 있다는 것이 신기하지만, 그 신기하게도 오래 남아 있는 몇 안 되는 기억 중 하나가 하필이면 즐거운 기억이 아니라 불쾌한 기억이라니.

하지만 무의식의 세계는 마음에 들지 않아도 와니의 자아가 마음대로 할 수 있는 일이 아니다. 와니의 자아는 벌써부터 솟구쳐 올라오는 불쾌한 얼굴의 이드와 엄숙하게 이드를 꾸짖을 준비를 하고 있는 슈퍼에고 사이에서 숨을 곳을 찾아 벌벌 떨고 있었다.

원래 사람이라는 종족의 특징인지 아니면 와니만의 괴이한 속성인지는 모르겠지만 와니의 의식 수면 아래에는 즐거웠던 기억은 별로 남아 있지 않다. 즐거운 일이 없지는 않았을 텐데, 마치 주사 맞기 전에 간호사 언니가 솜에 적셔 발라주었던 에틸알코올의 상쾌하고 시원한 느낌처럼 즐거운 기억은 그 순간이 지나면 날아가 버렸다. 결국 기억에 새겨지는 것은 그 상쾌함에 잇따르는 주삿바늘의 날카로움 같은 불쾌한 기억뿐.

물론 즐거웠던 일들도 있었을 것이다. 엄마가 정성을 다해 싸 준 맛난 도시락도 먹고, 친구 손을 꽉 붙들고 걸어가면서 까르르 웃으며 장난도 치고, 또 잔디밭을 데굴데굴 구르며 놀기도 했을 것이다. 하지만 그런 기억들은 에틸알코올처럼 모두 날아가 버린 모양이다. 남은 기억이라고는 바로 소풍 때 공원 잔디밭에 둘러앉아서 했던 놀이와 그 놀이에서 비롯된 불쾌하면서도 부끄러운 기억뿐이었다.

와니의 미니 쿠퍼가 어느새 타임머신이 되어 시간을 20여 년 전 어느 봄날로 쏜살같이 되돌려 놓았다.

그 수건은 더러웠다.

이게 의식의 수면에 떠오르기 시작한 그 불쾌한 놀이에 대한 첫 번째 기억이며, 봉인 해제의 열쇠다.

수건돌리기 놀이. 그리고 더러운 수건.

중학생이야 이런 놀이를 하자고 해도 안 하겠지만, 와니는 지난 6년 동안 한 번도 아이들에게 이 놀이를 시킨 적이 없다.

간단한 놀이다. 아이들이 둥글게 둘러앉은 다음 술래를 정한다. 술래는 둘러앉은 아이들이 노래를 부르는 동안 수건을 들고 둘레 밖을 돌다가 누군가의 등 뒤에 슬그머니 내려놓는다. 술래가 원을 한 바퀴 돌아 수건이 있는 자리에 올 때까지 그 아이가 내려놓은 수건을 알아채지 못하거나 알아채더라도 술래가 한 바퀴를 돌아 올 때까지 쫓아가서 잡지 못하면 대신 술래가 된다.

와니가 처음 이 놀이를 한 건 유치원 소풍 때다. 그때는 아무 문제 없었다. 신나게 달렸고, 신나게 노래하고, 신나게 춤추었다.

그때도 수건은 그리 깨끗하지 않았다. 수건이 깨끗한지 더러운지는 아무 문제가 되지 않았다. 둘러앉아 노래하는 즐거움이 수건의 청결 따위를 압도했다. 술래가 될까 걱정하거나 긴장하지도 않았다. 술래가 되면 달리고 안 되면 노래할 뿐. 심지어 수건이니 뭐니 돌리지 말고 그냥 둘러앉아 서로의 얼굴을 보며 노래를 부르기만 해도 즐거웠을 것이다. 아니, 노래고 뭐고 그냥 둘러앉아 있기만 해도 즐거웠을 것이다.

하지만 그 수건이 더러웠다는 기억이 먼저 튀어 오르는 것은 대체 무슨 까닭일까? 초등학교 2학년 때 일일 것이다. 유치원 때도 소풍을 가면 이 놀이를 했고, 초등학교 1학년 때도 이 놀이를 했으니, 2학년 소풍 때도 이 놀이를 하는 것은 당연했다. 그때는 수건돌리기를 하지 않으면 마치 소풍을 가지 않은 것 같았다.

하지만 그 수건은 더러웠다. 아니, 정말 더러웠는지, 아니면 단지 더럽게 느껴진 것인지는 잘 기억나지 않는다. 확실한 것은 그 수건에 얼룩이 있었다는 것이다. 지금 생각해 보면 그게 얼룩인지 인쇄된 무늬인지도 분명하지 않다. 하지만 아홉 살 와니에게 그것은 기르던 고양이가 몹시 아파 먹은 것을 카펫 위에 다 게워 놓았을 때 생긴 얼룩하고 비슷했다.

놀이의 시작은 여느 때와 같았다. 먼저 술래가 정해졌다. 술래가 수건을 들고 달리기 시작했다. 마치 그 수건이 너무 더러워서 빨리 누구에게라도 줘 버려야겠다는 듯이 누군가의 등 뒤로 휙 집어 던졌다. 그럼 그 아이는 더러운 수건이 자신에게 던져졌다는 것에 화들짝 놀라며 그걸 잡아 들고 달렸다. 그러고는 냅다 다른 아이에게 집어 던지고는 뒤도 안 돌아보고 달렸다.

그다음. 그다음이 문제다. 그다음에 수건을 들고 달려야 했던 아이는 누구였더라? 이름은 잘 기억나지 않는다. 다만 다른 아이들과 잘 어울리지 못하는 아이였다는 건 기억난다. 어른들 말로 그 아이는 윗동네에서 왔다고 했다. 윗동네 아이.

아, 윗동네!

드디어 비밀의 문이 열렸다. 수건은 단지 열쇠에 불과했다. 윗동네라는 말을 감추기 위한 빗장이었다. 와니 마음속 부끄러움을 감추려는 무의식 창고 문지기의 장난이었다. 드디어 감춰 두었던 그 말이 나왔다.

윗동네.

윗동네는 와니가 강동구로 이사 오기 전 초등학교 5학년 때까지 살았던 동네의 특정 구역을 어른들이 부르던 말이다. 당시 그 동네는 평지에 자리 잡은 아랫동네와 산기슭에 자리 잡은 윗동네로 나뉘었다. 행정구역상으로는 다 같은 동이었지만 말이다.

강남 사람들 눈에는 그래 봤자 다 강북이니 우습게 보일지 몰라도, 당시 아랫동네와 윗동네의 경계는 한강보다 더 강렬했다. 물리적으로나 심리적으로나.

와니네는 아랫동네에 살았다. 아랫동네는 비교적 잘 정돈된 길 사이에 깔끔한 양옥집들과 아파트들이 들어서 있는 구역이었다. 와니네는 깔끔한 2층 양옥집이었다. 반지하 층에 한 가구, 1층을 반으로 나눠 두 가구, 이렇게 세 가구에 세를 주었고, 와니네는 2층에 살았다. 아랫동네는 그런 식의 주택 아니면 아파트였다. 그 주택들 중 와니네 집이 제일 컸고, 그래서 그런지 동네 아줌마들 모임에서도 와니 엄마가 대장 노릇을 했다.

윗동네는 경차도 지나가기 어려울 만큼 좁은 골목길이 비탈을 이룬 복잡하고 지저분한 구역이었다. 아니, 경차는커녕 자전거도 지나가기 어려웠다. 그 비탈길마저 가파른 계단으로 군데군데 끊어져 있었기 때문이다. 그 계단은 멀리서 보면 이 동네가 산 너머로 날아가 버리지 않게 땅바닥에 꿰매 놓은 자국처럼 보였다. 겨울만 되면 이 계단길이 눈으로 얼어붙어 빙판을 이루었는데, 윗동네 사람들은 그 위에 연탄재와 모래를 깔아 놓고 엉금엉금 오르내렸다.

이 계단길과 비탈길 사이에 다닥다닥 붙어 있는 작고 낡은 집들이 바로 윗동네를 이루었다. 그 작고 낡은 집 하나에 적어도 두 가구, 많으면 네 가구까지 모여서 서로 등과 등을 맞대다시피 하며 살고 있었다.

지금은 윗동네고 아랫동네고 할 것 없이 사라졌다. 이 구역 전체가 재개발이 되었기 때문이다. 와니 엄마는 재개발이 확정되자 주택을 팔아 시세차익을 거둬들였고 다시 강동구 쪽 재개발 아파트를 분양받아 한강 남쪽으로 내려왔다. 그때 남긴 돈으로 삼 남매를 대학 보내고, 언니를 시집보냈다고 한다.

와니는 대학 시절, 고향 방문 삼아 그 동네를 찾아가 본 적이 있다. 드넓은 아파트 단지로 바뀌어 있었는데, 고층 아파트들 사이에서 어디까지가 윗동네였고, 어디서부터 아랫동네였는지 경계를 긋는 건 전혀 가능하지도 의미 있지도 않아 보였다. 그냥 한동네가 되었다. 불도저로 밀어 버리고 나니 다 마찬가지였던 것이다.

하지만 꼬꼬마 시절에는 마찬가지가 아니었다. 어른들은 걸핏하면 '윗동네' 이야기를 꺼내면서 겁을 주었다.

"너, 말 안 들으면 윗동네 보낸다."

"지금 너 데려가려고 윗동네 아줌마 아저씨 와 있어. 뚝 안 그쳐? 문 열어 준다!"

당연히 윗동네는 아이들에게 통행 금지 구역으로 지정되었다. 아니, 통행만 금지된 것이 아니라 윗동네 아이들하고 접촉도 금지되었다.

아빠는 틈만 나면 이렇게 말하곤 했다.

"윗동네 애들하고는 절대 같이 놀지 마라. 윗동네에는 얼씬도 하지 말고."

와니는 지금도 그렇지만 꼬마 시절에도 순순히 '네' 하고 대답하는 아이는 아니었다.

"왜 가면 안 되는데요?"

반드시 이렇게 되묻곤 했다. 아버지의 대답은 간단했다.

"윗동네 가면 무서운 아저씨가 잡아간다."

와니는 그런 말이 믿기지 않아 계속 캐물었다.

"잡아가서 뭐 하는데요?"

"잡아먹지. 막 간지럼 태워서 정신 못 차리게 한 다음에 똥구멍에 손을 쑥 집어넣어 간을 빼 먹는다."

이야기가 이 정도까지 가야 비로소 꼬마 와니 얼굴에 무서운 기색을 만들 수 있었다. 물론 그 무서움은 겉으로 드러난 표정보다 마음 깊은 곳에 훨씬 날카로운 상처가 되어 남았다.

특히 어머니가 자주 다니던 수선집 아주머니가 윗동네 이야기로 수선을 많이 떨었다. 걸핏하면 꼬마 와니와 눈높이를 맞추고 주저앉아서는 그 커다란 눈을 부릅뜨고서 윗동네에서 일어난 온갖 무시무시한 이야기를 해 주었다. 하지만 와니는 정작 이야기 내용보다 그 커다란 눈이 더 무서워서 울음을 터뜨리곤 했다.

어쨌든 어른들의 이런 끈질긴 노력은 성공했다. 와니에게 윗동네는 두렵고 혐오스러운 동네로, 윗동네 사람들은 괴물이나 도깨비로 조건 강화가 되어 버린 것이다.

초등학교 배정 통지서가 날아왔을 때야말로 윗동네라는 말이 가장 시끄럽게 와니의 기억에 틀어박혔을 때다. 동네 아주머니들이 삼삼오오 와니네로 몰려들었다. 와니 엄마가 요즘 같으면 돼지 엄마라고 할까, 대충 그런 위치에 있었던 것이다.

아주머니들의 표정은 다들 화난 모습이었다. 여기저기서 씩씩거리는 성난 숨소리가 들릴 정도였다. 몰려온 아주머니들이 일제히 째진 소리로 마구 뭐라고 소리를 질렀다. 한꺼번에 소리를 질러 대니 마치 참새들이 한꺼번에 짹짹거리는 것처럼 들릴 뿐 도무지 뭐라고 하는지 알아들을 수 없었다. 아마 그 아주머니들도 서로 알아듣지 못했을 것이다. 하지만 와니는 그 소음 속에서 단 하나의 무시무시한 단어를 또렷이 알아들었다.

윗동네!

일단 윗동네라는 말을 알아듣게 되자 다른 말들도 하나하나 귀에 들렸다.

"아니, 어떻게 윗동네 애들을 우리 애들이랑 같은 학교에 다니게 해요?"

"윗동네 애들 있는 학교에 우리 애들 절대 못 보내요."

"이럴 게 아니라 우리 당장 교육청에 가서 따지도록 하죠."

"와니 엄마, 가만 있을 거예요? 뭐라도 해 봐요!"

"그래도 이건 좀 경우가 아니죠. 우리 애들 윗동네 못 가게 하는 거야 위험해서 그런다 치지만, 윗동네 애들더러 가까이 있는 학교에 다니지 말라고 하는 건 좀 그러네요. 그럼 걔들은 어디로 가라고요?"

엄마 목소리가 들렸다. 와니는 엄마가 그때 그렇게 말했던 것을 지금까지도 고맙게 생각하고 있다. 어린 시절 엄마에 대한 기억이 혐오스럽다면 그 역시 참으로 견디기 어려운 일이었을 테니. 하지만 흥분한 아주머니들 앞에서 엄마는 이미 상황에 대한 통제력을 상실했다. 엄마는 더 이상 돼지 엄마가 아니었다.

"무슨 소리예요? 지금 당장 교육청 가자고요."

"맞아요. 그래도 옷은 좀 챙겨 입고 가야죠. 이럴 때 우습게 보이면 안 되니까. 자자, 가서 좀 채비해서 한 시간 뒤에 다시 모입시다."

"그래그래, 역시 선영이 엄마가 확실해."

이렇게 아주머니들이 각자 집으로 돌아가자, 엄마는 걱정이 가득한 얼굴을 하고 화장을 하기 시작했다.

"엄마, 아줌마들이 왜 저렇게 화났어? 윗동네가 뭐?"

이렇게 되묻자 돌아오는 대답은 뻔했다.

"와니는 그런 거 신경 쓸 필요 없어요. 엄마들은 원래 자기 자식 잘되라고 그러는 거니까 와니는 이제 학교 들어가서 공부만 열심히 하면 돼."

그리고 엄마가 와니의 통통한 볼살을 살짝 꼬집어 주었다. 하지만 그걸로 해결될 일이 아니었다.

와니는 호기심쟁이였다. 태어나서 눈을 뜨고 꼼지락거리기가 무섭게 그놈의 호기심 때문에 수많은 저지레를 했다. 꼬리에 꼬리를 무는 저지레에 지친 어른들이 강아지처럼 묶어 놓고 기르는 것을 진지하게 검토했을 정도였다.

아주머니들이 저렇게 무서운 얼굴을 하게 만든 윗동네에 대한 호기심을 풀어야 했다. 아주머니들을 화나게 만들고, 엄마를 한숨 짓게 만든 윗동네에 대체 뭐가 있는지 잠깐 훔쳐보기라도 해야 잠을 잘 수 있을 것 같았다.

와니는 그길로 현관문을 나가 아랫집으로 갔다. 반지하 셋집에는 아이가 없는 신혼부부만 살고 있었지만 1층의 두 셋집에는 모두 와니 또래의 아이들이 있었다. 그중 세호와 정인이가 와니와 같은 또래였다.

"세호야, 정인아, 놀자."

아래층 창문을 향해 리듬을 맞춰 가며 소리를 질렀다.

집주인 딸이 이렇게 불러 대는데 세입자 아이들이 어떻게 무시할 수 있을까? 게다가 와니는 엄마를 닮아서 골목대장 노릇을 잘했다.

골목대장이 뭐 별건가? 재미있는 놀잇거리를 많이 찾아내면 그게 골목대장이다. 호기심쟁이 와니만큼 재미난 놀잇거리를 많이 찾아내는 아이가 또 어디 있겠는가?

"내가 재미있는 놀이를 생각했어."

비적비적 문을 열고 나오는 세호, 정인이에게 와니가 깡총거리며 말했다. 세호, 정인이는 말은 못 하고 눈으로 '으응? 그게 뭔데?'라며 물어보았다. 와니가 그 눈빛을 읽은 뒤 두 손을 옆구리에 딱 짚고 고개를 잔뜩 위로 젖혀 올리며 자랑스럽게 말했다.

"모험을 가는 거야."

"모험?"

아이들이 눈을 반짝였다. 동화책마다 빠지지 않고 나오는 말 아닌가? 모험.

"어디로?"

그러자 와니가 퍽 자랑스러운 모습으로 고개를 쳐들고 말했다.

"윗동네 모험."

"뭐어? 윗동네?"

"거기 가면 죽어!"

아이들 입에서 소스라치는 소리가 튀어나왔다.

"왜? 무서워? 난 여자인데도 겁 안 나는데."

와니가 사내아이들의 약점을 움켜쥐고 흔들었다.

"아니, 무섭지 않아."

세호가 할 수 없이 고개를 가로저었다. 정인이는 물끄러미 세호 눈치를 봤다.

"가자. 우린 용감한 윗동네 탐험대다."

"탐험대보다 수색대가 더 멋있지 않아?"

"아니, 특공대."

와니가 명토를 박았다.

그들은 제법 우쭐거리며 길을 나섰다. 가는 길에 몇몇 다른 동네 아이들도 꼬드겨 탐험대의 규모를 키웠다. 여자아이들은 윗동네라는 말만 듣고도 얼굴이 새하얘지면서 물러났기 때문에 결국 모여든 건 남자아이들뿐이었다. 와니는 남자아이들 앞에서 두 갈래로 묶은 꽁지 머리를 흔들며 깡총깡총 달려갔다.

아직 쌀쌀한 2월의 바람도, 호시탐탐 신발 바닥을 노리는 채 녹지 않은 살얼음도 아이들의 위풍당당한 윗동네 원정을 막지 못했다.

하지만 그 위풍당당한 행진은 채 10분이 되지 않아 멈추고 말았다. 아랫동네와 윗동네의 경계선 노릇을 하는 좁은 계단이 눈앞에 나타난 것이다. 계단길 위로는 끝이 보이지 않는 비탈이 좁은 골목을 따라 구불구불 이어져 있었고, 그 사이를 흐르는 바람이 한숨 쉬는 소리를 내고 있었다.

아무도 그 계단을 오르지 못했다. 마치 저 계단에 발을 디디면 저승이라도 갈 것 같은 얼굴들이었다.

"세호야, 가자."

와니가 세호의 등을 떠밀었지만 세호는 한 발을 계단에 올리다 말고 소스라치며 뒤로 물러섰다. 다른 아이들도 비슷했다.

"치이, 겁쟁이들."

남자아이들을 한심하게 바라보던 와니가 보란 듯이 코를 높이 쳐들고 계단에 발을 얹었다. 가슴에서 쿵쿵거리는 소리가 들렸지만 꾹 참고 다시 한 발을 더 얹었다.

와니는 깊게 숨을 들이마시고 내뱉으며 한 계단 한 계단 밟아 올라갔다. 계단 중간쯤에서 뒤를 돌아보았지만, 세호도, 정인이도 그리고 다른 남자아이들도 꼼짝하지 않았다. 아무도 따라오지 않으니까 덜컥 겁이 났다. 하지만 와니는 그걸 드러내지 않으려고 고개를 더 빳빳이 세워서 거의 하늘을 쳐다보다시피 하며 계단을 올라갔다. 하늘을 쳐다볼 정도로 고개를 세워도 여전히 눈앞에는 계단이 보였고, 그래서 고개를 더 위로 젖히려다 그만 균형을 잃고 엉덩방아를 찧고 말았다. 하지만 와니는 울지도 아야 소리도 내지 않고 먼지를 탁탁 털어낸 뒤 벌떡 일어나서 다시 걸음을 옮겼다. 신기하게도 한번 넘어지고 나니 가슴에서 쿵쿵거리는 소리도 들리지 않고 마음이 편안해졌다.

"이게 뭐야?"

대실망. 있는 용기 없는 용기 다 쥐어짜서 가파른 계단을 올라왔는데, 그렇게 힘들게 무섬을 떨치고 올라간 윗동네는, 그야말로 위에 있는 동네에 불과했다. 길이 좁고 구불구불하고, 집과 집이 다닥다닥 붙어 있다는 것 말고는 아랫동네하고 별반 다르지도 않았다.

"뭐야, 쳇, 귀신이라도 나오는 줄 알았네. 이제 어른들 말은 안 믿을 거야."

와니는 우쭐거리며 골목길을 걸었다.

아이들이 골목길을 어슬렁거리거나 뛰어다니고 있었다. 윗동네 아이들이다. 어른들한테 들었던 것처럼 무서워 보이지 않았다. 하지만 와니는 자기도 모르게 뒷걸음질을 쳤다. 그 아이들은 더러웠다. 옷에는 꼬질꼬질 때가 묻어 있었고, 머리는 더부룩하게 떡이 져 있었다.

어른들이라고 별다르지 않았다. 아랫동네라면 아빠들은 다들 출근하고 집에 없어야 할 시간이었지만, 윗동네에는 아빠 같은 어른들이 자주 눈에 띄었다. 하나같이 얼굴들이 검붉었고, 유난히도 땀구멍들이 굵어서 얼른 보면 귤껍질 같아 보였다.

아이들이고 어른들이고 골목을 지나가는 와니에게 관심이 없는지 무심히 다른 곳들을 보고 있었다. 아니, 무엇에도 관심이 없어 보였다. 눈은 뜨고 있었지만 어디를 보고 있는지 알수 없었다. 아이들이고 어른들이고 앞보다 뒤가 더 더러웠다.

집들도 더러웠다. 담장도 더러웠다. 벽이고 담이고 모서리고 가릴 것 없이 땅 위에 세워진 것이라면 어디나 시커먼 얼룩들이 꿈틀거리며 흘러내리고 있었다. 그리고 여기저기 검은색과 녹색이 섞인 이끼들이 껴 있었다. 하수도 수챗구멍 같은데서 볼 수 있던 이끼들.

와니는 유치원에서 하얀색과 검은색을 배웠다. 하얀색은 주로 깨끗한 것, 착한 것과 연결 지어 배웠다. 눈, 우유, 하얀마음. 검은색은 주로 더럽거나 나쁜 것과 연결 지어 배웠다. 시커먼 마음, 심술궂은 까마귀, 마귀할멈이 입고 있는 시커먼옷들.

그런 와니에게 얼굴이 검붉은 어른들과 거무접접한 아이들이 우글거리고, 집도 길도 시커먼 얼룩이 덕지덕지 묻어 있는 윗동네의 모습은 너무 더러웠다. 이제 골목길에 발을 딛는것도 쉽지 않았다.

왜 어른들이 윗동네 아이들이랑 어울리지 말라고 했는지알 것 같았다. 무서워서가 아니었다.

윗동네는 더러웠다.

더러운 아이들이 살고 있었다. 더러운 아이는 무서운 아이

보다 더 싫었다. 무서움은 옮지 않는다. 하지만 더러움은 옮는다. 무서운 것을 만진다고 나도 무서운 존재가 되지는 않지만 더러운 것을 만지면 나도 더러워진다. 무서운 아이는 성질 건드리지 않게 조심하면 되지만, 더러운 아이는 아예 근처에 가지 말아야 한다. 세상에서 제일 가까이하기 싫은 사람은 더러운 사람이다. 세상에서 제일 발을 들이기 싫은 곳은 위험한 곳이 아니라 더러운 곳이다.

더러워.

다시 초등학교 2학년 소풍, 수건돌리기 놀이.

그랬다. 그런 기억을 가진 와니 등 뒤에서 윗동네 아이가 수건을 잡고 달리고 있었다. 처음부터 더러워 보였던 수건을 윗동네 아이가 꽉 움켜쥐고 달리고 있었다. 다른 아이들은 수건을 손끝으로 살짝 잡고 달렸지만, 윗동네 아이는 굳이 수건을 와락 움켜쥐고 달렸다. 저 수건은 돌이킬 수 없게 되었다. 완전히 버려진 수건, 철저히 더럽혀진 수건이다.

그런데 그 윗동네 아이가 그 수건을 하필 와니 뒤에 툭 떨궈 놓았다. 그 수건을 잡아야 했다. 저 윗동네 아이가 한 바퀴를 다 돌아서 와니의 등을 치기 전에 그 수건을 잡아서 다른 누군가의 뒤에 놓고 달려야 했다. 안 그러면 벌칙을 받는다.

하지만 와니는 그 수건을 잡을 수 없었다. 더러워진 수건.

윗동네 아이가 잡고 있던 수건. 수건을 잡을까 말까 망설이는 사이에 윗동네 아이는 이미 한 바퀴를 다 돌아서 와니를 향해 달려오고 있었다. 그 더러운 손을 들어 와니의 등에 터치를 하려 한다.

수건, 손, 손, 수건. 아, 대체 이 중 무엇을 피해야 할지 몰랐다. 수건을 잡지도 못하겠고 그렇다고 터치를 당할 수도 없었다. 그러는 동안 어느새 윗동네 아이가 달려와서 와니의 등을 찰싹 두드렸다.

와니는 그만 그 자리에서 울음을 터뜨리고 말았고, 그렇게 놀이는 끝나 버렸다. 담임선생님이 쪼르르 달려와서 와니를 달래 주었다. 윗동네 아이는 영문도 모른 채 꾸지람을 듣고 벌을 받았다.

아, 이 모든 기억이 되살아났다. 이 기억을 꼭꼭 숨겨 두었던 까닭은 오석 샘 때문이다. 오석 샘의 사회 시간에 〈아름다운 청년 전태일〉 영화를 보고, 가난, 불평등, 사회정의 이런 것들에 관심을 가지기 시작하면서 이 기억이 너무 부끄러웠다. 그래서 의식의 수면 아래 꼭꼭 눌러놓았다. 그런데 그 기억이 되살아났다. 부끄러움도 함께 되살아났다.

빠앙!

뒤차가 짜증스럽게 경적을 울린다. 대형차량인 모양이다.

자동차 경적이 아니라 거의 유조선 기적이다. 마치 와니의 자그마한 쿠퍼를 음파로 날려 버릴 기세다. 평소 같았으면 뒤차를 향해 가운뎃손가락을 세워 보였을 와니지만, 이때만큼은 오히려 고통스러운 타임슬립에서 벗어나게 해 주어 고맙기까지 했다.

얼른 정신을 차린 와니는 도망이라도 가듯 서둘러 차를 움직였다. 정체가 풀리자 눈앞에 보이는 써니네 학교에 단숨에 들어설 수 있었다.

써니네 학교 주차장에 차를 세우고 스마트폰을 꺼낸다. 뭐라도 좋으니 일을 하면서 시간을 보내지 않으면 이 더러운 느낌을 씻기 어려울 것 같다. 우선 메일함부터.

읽지 않은 메일이 열두 개나 쌓여 있다. 하지만 대부분 광고 아니면 스팸이다. 두 개만 남기고 일괄 삭제했다. 남은 메일 두 개의 발신자를 보니 하나는 학생인권연대, 다른 하나는 평등교육실현을위한민중네트워크다.

발신자 이름만 봐도 메일 내용이 바로 짐작 간다. 두 군데 모두 와니가 열성적으로 참여하고 있는 단체다.

학생인권연대에서는 아마 교사, 학부모를 대상으로 강의를 해 달라는 요청이 왔을 것이다. 인권 관련 책을 낸 후유증이 아직도 남아 있다. 평등교육네트워크에서는 월례 심포지

엄 자료집 검토 및 참석자 확인과 관련한 메일이 와 있을 것이다. 와니가 그 단체 사무국장이기 때문이다.

와니의 손가락이 메일 위를 망설이듯 오르락내리락하다 두 메일 언저리에서 멈춘다. 차마 메일을 열 수 없다. 그저 메일 제목 왼쪽에 붙은 체크박스만 노려볼 뿐.

체크박스가 갑자기 한영이 얼굴로 바뀐다. 한영이가 하필이면 수건을 들고 있다. 한영이가 수건을 들고 달리고 있다. 한영이가 와니 등 뒤에 수건을 던진다. 와니는 윗동네 계단길을 걷고 있다. 좁은 골목길을 걷다가 다 무너져 가는 녹색 대문을 두드린다.

"저, 실례합니다. 학생 가거주 조사 나왔습니다."

그러자 녹색 대문이 삐걱거리며 열리더니 갑자기 교감 얼굴이 불쑥 튀어나온다.

"아, 그러니까 시집이나 가라니깐? 비싸게 굴지 말고. 으하하하하."

이 망할 영감탱이 같으니라고.

언제 집었는지 와니 손에 벽돌이 들려 있다. 와니는 벽돌을 들어 교감의 대머리를 후려친다. 하지만 대머리가 아니라 벽돌이 부서졌다.

"아니, 와니 샘은 어떻게 여자인데도 나긋나긋한 구석이 없어?"

교감이 낄낄거린다.

와니는 고개를 흔들고 진저리를 치며 메일 창을 닫았다.

"사람은 결국 자기 존재라는 거울에 반사된 세계만을 알 수 있을 뿐입니다. 여기서 '안다'라고 말한 것은 인지와 이해를 모두 포괄하는 행위입니다. 어찌어찌하면 인지는 할 수 있을 것입니다. 'cognition' 말이죠. 하지만 자기 존재를 넘어서지 않고서는 세계를 이해할 수 없습니다. 우리는 지식사회학의 인식론적 허무주의를 극복해야 합니다. 그리고 능동적인 되기가 바로 그 단초를 제공합니다. 무엇인가를 이해하려면 자신의 존재를 이전시켜야만 합니다. 노동자를 이해하려면 노동자가 되어야 하고, 학생을 이해하려면 학생이 되어야 하죠. 물론 이 됨이라고 하는 것이 꼭 직접 가서 노동을 하고 학교에 등록을 하라는 것은 아닙니다. 사람은 반성적 사고를 할 수 있는 존재, 상상할 수 있는 존재, 추체험할 수 있는 존재니까요. 이것이 바로 막스 셸러가……"

갑자기 오석 샘의 목소리가 들린다. 이게 언제더라? 내용으로 봐서 당연히 중학교 때는 아니고 대학교 1학년 때 들었던 강의다. 그때 오석 샘은 몸이 편찮으신 은사의 서울대학교 사회학 강의를 몇 시간 대신해 주고 있었는데, 오석 샘 수업이 너무 그리웠던 와니는 이대와 서울대를 오가며 그 강의를 청강했다.

중학생 때 만난 오석 샘과 대학생 때 만난 오석 샘은 아주 달랐다. 중학교에서는 학생들이 주도적으로 참여하도록 하는 수업을 많이 했지만 대학교에서는 거의 일방적인 강의, 그것도 아주 어려운 내용의 강의를 했다.

하지만 엉뚱한 질문으로 오석 샘을 여러 차례 당황스럽게 만들었던 와니의 버릇이 대학생이 되었다고 어디 가지는 않았다. 하긴 와니가 강의실에 있다는 것 자체가 오석 샘을 놀라게 했을 것이다. 다른 학교 학생이 떡하니 앉아 있었으니. 와니는 반가웠지만 오석 샘은 당황했다.

와니가 손을 들었다.

"네. 질문하세요."

"선생님의 경우가 궁금합니다. 제가 알기로는 선생님의 사회적 의식이 선생님의 사회적 존재와는 많이 다른 것 같거든요."

그러자 오석 샘 얼굴에 미소가 꽃처럼 피어올랐다. 오호, 너 여전하구나, 이 녀석, 이런 목소리가 들리는 것 같았다.

"내 사회적 의식이라. 네. 여러분이 아시다시피 저는 이념 스펙트럼에서 꽤 왼쪽에 가 있습니다. 척도를 구해서 자가진

단 해 봤더니 자유주의 좌파와 사민주의 중간쯤 나오더군요. 그런데 저의 사회적 존재는 좀 다르죠. 소득이 상위 20퍼센트 아니 10퍼센트 안에 들어가니까요. 아버지는 저보다도 더 부자니까 그것까지 감안하면 5퍼센트 안에 들어간다고 봐야겠죠. 노무현 대통령 덕분에 종합부동산세가 무려 천만 원이나 나왔네요. 그럼에도 불구하고 저는 종합부동산세에 대해 찬성하고 기꺼이 납부했습니다. 통장 잔고가 부족해서 12개월 할부로요. 하하."

마지막 말은 웃자고 한 말 같았지만 아무도 웃지 않았다. 머쓱해진 오석 샘이 말을 이어 나갔다.

"하지만 이건 어디까지나 행위와 신념의 문제입니다. 자기 사회적 존재로부터 많이 벗어나는 신념을 가지는 것이 불가능하지 않습니다. 하지만 옳다고 믿는 것과 그것을 실천에 옮기는 것, 그리고 최종적으로 앎에 이르는 것은 별개의 문제입니다. 중상층, 발음 정확히 해야 해요. 중산층이 아니라 중상층입니다. 이런 환경에서 나고 자라더라도 책이나 기타 여러 매체를 통해 노동자 계급, 혹은 빈곤층의 처지에 동정하고, 그들에게 더 유리한 정책에 찬성하고 그런 활동을 할 수 있습니다. 하지만 노동자 계급이나 빈곤층을 온전하게 아는 건 또 다른 문제입니다. 여러 통계자료나 조사자료를 통해 인지할 수는 있습니다. 하지만 자기 존재를 넘어 그들을 이해하는 데 이르기는 매우 어렵습니다. 자기 존재를 깨뜨리는 경험을 하지 않는 이상. 저도 그 한계 안에서 벗어나지 못했고요."

더 이상은 기억나지 않는다. 하여간 이런 취지로 아주 많은 내용을 강의했다는 것밖에. 그리고 강의가 끝난 뒤 함께 지하철 2호선을 탔다. 어차피 낙성대역에서 잠실역까지는 같이 가니까.

"아까 네 질문 말이다."

오석 샘이 수업 때보다 더 심각한 얼굴로 말했다. 어찌 보면 거의 울기 직전 같아 보이기까지 했다.

"죄송해요. 왜 갑자기 그런 질문이 튀어나왔는지."

오석 샘이 고개를 가로저었다.

"아니, 덕분에 생각했어. 내가 자라고 살아왔던 환경을 초월할 수 있는 사람이 아니라는 것 말이지. 나는 중산층 상층이라는 필터를 통해 세상을 느낄 수 있을 뿐이야. 그러면 안 된다고 생각하면서도 영 그 한계를 벗어날 수가 없네. 물론 사회과학은 그 필터 너머로 세상을 볼 수 있게는 하지만, 다만 보게 해 줄 뿐, 느끼게 해 주지는 못해. 선인장을 손으로 움켜쥐면 아프다는 것을 아는 것과 실제로 선인장 가시에 찔려 아픈 건 다르지 않겠어? 그 아픔을 느껴 보기 전에는 결코 선인장을 제대로 아는 게 아니지. 하지만 안타깝게도 난 젊은 시절, 사회과학만으로도 그 한계를 다 극복할 수 있다고 믿었어. 노동자 앞에서 노동자를 더 잘 안다고 뻐기고, 철거민 앞에서 철거의 공포와 막막함을 더 잘 아는 것처럼 뻐겼어. 그게 아니라는 것, 느낌이 중요하다는 것을 깨달았을 때는 이미 느낌을 계발하기엔 너무 늦은 나이가 되었고."

"아니에요. 어려운 사람들을 선생님보다 더 가슴 아프게 느낄 수 있는 사람이 얼마나 된다고요."

"너."

"네? 저요?"

"그래, 너."

"아니에요. 전."

"나, 빈말한 거 아니다. 중학교 때부터 네가 자라는 과정을 계속 지켜본 사람으로서 하는 말이야."

"근거 있나요?"

"그럼, 너도 알겠지만 그때 우리 학교는 넉넉하지 못한 아이들이 많은 편이었잖아? 아니, 차라리 몇몇 넉넉한 집 아이들 빼면 다 어려웠다고 해야겠지. 그 몇몇 중 하나가 너였고. 그런데 넌 다른 아이들과 잘 지내더구나. 너보다 훨씬 어려운 환경의 아이들을 동정하지도 무시하지도 않고, 잘 배려해 주더구나. 네가 부러웠단다."

"부러웠다고요?"

"그건 소중한 경험이거든. 나한테는 그런 기회가 없었어. 알다시피 계속 8학군에서 학교를 다녀서 말이지. 그러니 잘 써야 한다. 그때 그 경험, 그 기억, 그 느낌. 그걸 잘 간직하고 잘 쓴다면, 넌 나보다 더 좋은 선생님이 될 수 있을 거야. 하하. 이렇게 말하니까 널 칭찬하는 게 아니라 은근히 자화자찬하는 꼴이 되었네."

이 기억까지 떠오르다니. 아, 이를 어쩌면 좋은가. 오석 샘, 오석 샘, 죄송합니다. 샘이 잘못 아신 거예요. 저도 제가 그런 줄 알았는데, 전혀 아니었어요.

와니는 마음이 출렁거리는 소리를 듣는다. 오석 샘의 그 말 때문에 와니는 아이들의 어려움을 알기만 하는 게 아니라 느낄 수도 있는, 그러면서 아이들을 아끼고 사랑하며 힘이 되어 주는 교사가 되고 싶었다. 하지만 이게 뭔가? 결국 알기만 할 뿐, 제대로 느끼지 못하긴 마찬가지 아닐까? 아니, 더 나쁘다. 그동안 느끼고 있다고 착각까지 하고 있었다.

그때 차 문을 두드리는 소리가 와니를 구한다. 창밖에 방긋 웃는 써니 얼굴이 보인다.

"먼저 와 있었네? 미안. 기다리게 해서."

"아니, 방금 왔는걸."

와니가 도어락을 풀자 써니가 조수석에 들어와 앉고 가방을 뒷자리에 집어 던진다.

"와, 주말이야."

"그래, 주말이야."

"자! 강화도에서 광란의 밤을 보내자."

"뭐야, 이거 써니 안 같잖아? 하긴 너 결혼하면 이런 시간 다시 갖기 어렵겠지?"

"무슨 소리야. 넷이 가서 더블 데이트로 놀면 되지."

"오오, 써니 많이 컸네?"

와니는 지금 당장은 강화도만 생각하기로 한다. 지는 해를 바라보며 새우를 구워 먹을 것이다. 아주 많이.

동 맹

직장인의 고질병이라는 월요병. 와니는 내내 남 얘기인 줄 알았다. 그런데 올해 들어 지난 7년간 앓지 않던 월요병에 걸렸다.

학생들이 말썽을 부려서? 전혀 아니다. 한영을 전학 보내고, 아니 전입을 반려하고 조금 우울해지긴 했지만 그 정도는 감당할 수 있었다. 더구나 매일 아침 교실에서 한영이를 만나는 상황보다는 약간의 자기 모멸감에 시달리는 편이 차라리 나았다.

설사 한영이 같은 녀석이 학급에 있다 해도 학교가 고달프게 느껴지거나 스트레스를 받거나 하지는 않았을 것이다. 힘들긴 하겠지만 어쨌든 교육자가 할 일이라고 생각하며 극복하려 했겠지.

동료 교사? 아마도. 신규 시절부터 와니는 동료, 아니 선배 교사들과 그리 잘 지내지 못했으니까.

"애들만 없으면 학교가 최고의 직장이지."

발령 첫해, 학생들과 담임 교사들이 모두 수학여행이나 수련회를 떠나고 비담임 교사 몇 명만 출근했을 때 어느 경력 많은 선배 교사가 농담이랍시고 한 말이다. 이 말을 듣고 아직 교사보다는 학생에 가까웠던 와니는 큰 충격을 받았다.

사실 그 선배는 말만 그렇게 했지 아이들을 무척 좋아하고 아이들도 그를 무척 좋아하는 성실한 교사였다. 와니 역시 그 선배가 성실한 교사라는 것을 알고 있었기에 그 말을 일종의 자조적인 농담으로 받아들이고 넘어갔다. 하지만 교직 경력이 한 해 두 해 쌓여 가면서 와니는 이 말을 조금 바꿔서 쓰면 딱 좋을 것 같다는 생각을 했다.

"선생들만 없으면 학교가 최고의 직장이지."

애들 입장에서 하는 말이 아니다. 다른 선생들 안 보고 애들만 보고 갈 수 있다면 정말 학교는 최고의 직장일 것 같다는 생각이 점점 강해지는 것이다.

교적교? 교사의 적은 교사?

교육사회학자 로티는 『교직사회』라는 책에서 많은 교사들이 교직을 선택한 이유로 '어른들과 자주 만나지 않아도 되어서'라고 했다. 심지어 미국 교사들 중에는 출근 시간부터 퇴근 시간까지 아이들만 보다 가는 경우도 드물지 않다고 한다.

와니를 교사의 길로 이끈 오석 샘의 모습도 딱 그랬다. 와니가 기억하는 오석 샘은 언제나 아이들하고 이야기하고 있거나 아니면 혼자 공부하거나 글을 쓰는 모습이었다. 오석 샘이 어른들, 다른 교사들하고 이야기하는 모습은 거의 보지 못했다.

그래서 교사는 아이들에게 전념하는 직업이라고 생각했고, 아이들을 좋아하는 자신에게 딱 맞는 직업이라고 생각했다. 하지만 막상 교사가 되고 보니 아이들보다는 어른들, 즉 동료 교사와 부대끼는 시간이 의외로 많았다. 그게 와니에게 적잖이 스트레스가 되었다.

더구나 선배 교사들 중에는 저런 사람들과 같이 '교사'라는 이름으로 통칭된다는 것이 부끄러울 정도로 수준 낮은 사람들이 생각보다 많았다.

"어차피 교직 사회는 한국 사회의 거울상이니까. 교직 사회가 한국 사회의 수준을 크게 벗어나기는 어렵지. 그래도 한국 사회의 평균보다는 더 나은 집단이긴 해."

발령 첫해, 선배 교사들에 대한 불평을 투정처럼 늘어놓던 와니에게 오석 샘이 태연한 모습으로 들려준 말이다.

그리고 자신이 교육사회학회인가 사회교육학회인가 하는 데서 발표했던 논문을 한 편 건네주었다. 논문 제목은 정확하게 기억나지 않는데, 「한국 중고등학교 교직 문화의 몇 가지 유형」인가 그랬을 것이다. 정치 문화를 신민형, 시민형, 향리형 이런 식으로 나누듯이 교사들을 몇 가지 교직 문화 유형으로 나눈 논문이었다.

이 논문에서 오석 샘은 교사 문화를 지사형, 공무원형, 훈장형, 지식인형, 양육자형, 그리고 좀비로 분류했다.

지사형은 교육을 어떤 이념이나 정의를 구현하는 과정으로 보는 유형, 공무원형은 수업보다 행정 업무를 더 중요하게 여기며 행정직인 교감, 교장이 되는 것을 목표로 하는 유형, 훈장형은 오직 교과서를 꼼꼼히 가르치고 시험 점수를 높이는 것에 만족하는 유형, 지식인형은 스스로 공부하고 연구하면서 학생과 함께 성장하고자 하는 유형, 양육자형은 수업보다는 학생들을 사랑하고 보살피거나 생활지도하고 상담하는 등의 일에 집중하는 유형, 좀비는 이 중 그 어디에도 속하지 않는 유형이다.

당연히 오석 샘은 이 중 지식인형을 가장 바람직한 유형으로 보고 있는 것처럼 보였지만 꼭 그렇다고 단언하지는 않았다.

하지만 신규 교사 와니의 눈에 지식인 유형의 교사는 단 한 명도 보이지 않았다. 그나마 양육자나 훈장 정도면 훌륭한 교사였고, 그 밖에는 약간의 공무원과 대다수의 좀비였다. 꿈도

의지도 없이 그저 같은 행동만 매일매일 반복하며 안주하는 좀비들.

엄청난 스트레스였다. 차라리 초등학교라면 교사의 주요 생활공간이 교실이지만, 중학교는 교무실에서 주로 업무를 보기 때문에 학생이 아니라 다른 교사들과 자주 마주칠 수밖에 없다. 그나마 양육자, 훈장과 이야기하는 것은 나쁘지 않다. 그들 나름대로 의미 있는 교육을 하고 있고, 양육자나 훈장이라는 기초적인 교육을 담당해 주는 교사들이 있기에 지사나 지식인 교사 역시 설 땅이 있는 것이니.

하지만 문제는 와니 눈에 비친 교사의 50퍼센트 이상이 좀비였다는 것.

그나마 해가 갈수록 조금씩 나아졌다. 좀비들이 인간성을 되찾아서가 아니다. 그들이 나이 먹어 가며 하나둘 퇴직했기 때문이다. 신규 교사 때는 50퍼센트였던 좀비가 해마다 5퍼센트 이상 줄어들어, 7년차 교사가 된 지금은 20퍼센트 정도 남았다. 고경력 교사들이 대거 명예퇴직한 덕분이다. 그러니 동료 교사 역시 7년 전이라면 몰라도 지금은 월요병의 원인이 아니다.

와니의 월요병은 단 한 사람 때문이다. 사라진 30퍼센트의 좀비들 몫을 혼자서 능히 감당하는 인물. 바로 올해 처음 이 학교에 부임한 교감, 장학주다.

장학주가 교감으로 부임한 지 겨우 한 학기. 하지만 그 한 학기는 학교를 초토화시키는 데 충분하고도 남는 시간이었다. 심지어 와니는 저 장학주가 교감 자리에 버티고 앉아 있는 학교에 출근한다는 것만으로도 너무도 화가 났다. 저런 사람과 같은 '교원'이라고 불려야 하고, 심지어 저런 사람으로부터 업무상의 지시를 받고, 결재를 받아야 한다는 것이 부끄러웠다. 장학주를 '교감 선생님' 하고 부를 때마다 그만큼 자기 자신의 가치가 땅바닥 아래로 내팽개쳐지는 것 같았다.

심지어 장학주의 존재는 수업에도 떳떳하게 임하지 못하게 만들었다. 아이들에게 바르게 살아야 한다고 가르치기 어려워진 것이다. 바르지 않게 살아도 원하는 것을 얻으며 떵떵거리고 살 수 있다는 증거가 교무실 한가운데에서 어슬렁거리는 데다, 자신은 그 증거로부터 이런저런 지시를 들어야 하는 처지다. 온통 바르게 살아야 한다는 말로 가득한 사회 교과의 특성상 와니는 수업을 할 때마다 자신이 위선자처럼 느껴졌다. 그 부끄러움이 쌓이고 쌓여 마음의 암 덩어리가 되어 가는 느낌이다.

애들만 보고 다니는 거야. 와니는 하루에도 몇 번씩 다짐하며 되도록 장학주를 의식하지 않으려 애썼다. 하지만 장학주는 와니를 그냥 두지 않았다. 교무실이라는 공간이 있는 한 이 작자의 온갖 너절한 발언이 들리는 것이다. 이 작자의 기상천외한 언행록으로 책 한 권을 만들 수 있을 정도지만, 대충 발췌록을 만들어 보면 이렇다.

"어이, 박 선생."

장학주는 교사를 부를 때 항상 '어이'라고 부르며, 존댓말을 쓰는 법이 없다.

"방학 때 유럽 간다며?"

"그런데요?"

"난 미성년자는 취급 안 하니까 성인으로 부탁해."

알고 보니 이 말은 발렌타인 20년산 위스키를 사 오라는 말이었다. 12년산이나 17년산이 아니라. 기가 막힐 노릇이다.

"어이, 김명희 선생."

"네?"

"당신, 여수 출신이지?"

"그런데요?"

"전라도 여자가 좀 나긋나긋한 맛이 있어야지, 어찌 그리 뻐덩거려?"

결국 이런 일이 계속 쌓이면서 교사들의 불만이 폭발하여 장학주는 교직원 회의에서 성차별적 발언에 대해 공개적으로

사과해야 했다. 그나마 교장 승진 점수가 걸려 있었으니 마지
못해 했지, 만약 교장이라도 되었다면 어림없었을 것이다.

한동안 좀 참나 싶더니 기어코 와니 앞에서 사고를 쳤다.
와니 책상 위에 놓여 있는 써니 청첩장을 보더니 충동을 이기
지 못하고 그 성차별 제조기인 입을 털고 말았던 것이다.

"친구가 시집가나 봐. 조 선생도 얼른 가야지? 사귀는 사람
은 있고?"

"……."

"여자 나이 계란 한 판 다 채우면 끝나 버리는 거야. 아직
빈칸 남았을 때 후딱 해치워 버려."

장학주는 끝내 하고 싶은 말을 다 하고 말았다.

결국 와니는 자리를 박차고 일어나 30분 동안 언성을 높이
며 싸워야 했다. 싸움 자체보다는 이따위 인간하고 거친 말을
주고받았다는 것, 이따위 인간과 같이 중학교 교원으로 취급
받는다는 것 때문에 싸우고 나서도 한참 울어야 했다. 기어코
사과를 받아 내긴 했지만, 써니의 결혼 날짜가 가까워질수록
그 암 덩어리가 마치 청첩장을 양분 삼아 증식이라도 하는 것
같다.

그전까지 와니에게 월요일은 설레는 날이었다. 이번 주는
어떤 수업을 할까? 이번 주는 어떻게 아이들과 서로 사랑할

까 하며 행복한 고민을 하던 날이었다. 하지만 그때부터 월요일은 저 인간 꼴을 또 봐야 하다니, 하는 스트레스에 시달리는 날로 바뀌었다.

더구나 와니는 올해부터 연구부장을 보조하는 연구부 기획을 담당하고 있다. 어느 학교나 연구부장 자리는 교감과 가장 가까운 곳에 위치하기 때문에 덩달아 와니 자리도 장학주 지척이 되었다. 가까운 것도 불쾌한데 와니 등 뒤에 장학주가 있는 구도가 되어 버렸다.

와니는 자기 컴퓨터 모니터 화면을 장학주가 등 뒤에서 훤히 들여다볼 수 있다는 사실을 떠올릴 때마다 상한 생선 냄새라도 맡은 것 같은 느낌을 받았다. 역대 최악의 더위라는 올여름에도 등 뒤에 있을 장학주만 생각하면 등줄기가 서늘해졌다.

장학주는 15년 전 그대로였다. 달라진 게 있다면 학생들한테 휘두르던 폭력을 교사들에게 휘두르는 갑질로 바꾸었다뿐.

"아무개 선생, 좀 와 보세요."

장학주는 걸핏하면 이런 식으로 인터폰을 걸었다. 용건을 알려 주는 법이 없다. 막상 불려 가 보면 정말 사소한 일들이었다. 그냥 메신저로 간단히 물어봐도 될 것을 꼭 자기 자리 앞으로 불러낸 뒤 마치 학주가 학생 야단치듯 호통을 쳤다.

"어이, 최 선생, 어제 몇 시에 퇴근했어?"

"정시에 퇴근했는데요?"

"무슨 소리? 4시 28분에 일어서는 걸 내가 봤는데? 퇴근 시간은 4시 반이야. 퇴근 시간은 교문을 나가는 시간이 아니라 교무실 자리에서 일어서는 시간이 기준이라고!"

주로 이런 식의 생트집이었다.

그런데 불려 오는 사람은 대체로 정해져 있었다. 물론 여자였고, 그중에서도 특히 기간제 교사나 신규 교사였다. 남자 교사가 불려 오는 경우는 한 번도 없었다.

여자 교사 중에서도 경력이 어느 정도 되는 교사에게는 아무 말도 하지 않았다. 경력을 존중해서 그러는 것은 결코 아니다. 경력 20년이 넘는 한미경이라는 40대 중반 여교사에게 한 번 호되게 당한 덕분이다.

말도 안 되는 트집이 계속되자 한 선생이 벌떡 일어나서 이렇게 말했던 것이다.

"자꾸 그러지 말고 까놓고 얘기해요. 얼마면 돼?"

조그마한 몸집에 평소 늘 교양 있는 말투로 조곤조곤 말하던 한 선생이 그 쌍꺼풀 진 커다란 눈을 부릅뜨며 장학주를 노려보자 교무실이 마치 얼음을 뿌려 놓은 듯이 썰렁해졌다. 와니는 장학주가 거칠게 나올 경우 한 선생 편에서 싸울 생각으로 마음을 꾹꾹 다지며 전투 준비를 하고 있었다.

"한 선생도 참, 무슨 그런 말을 합니까. 허허허."

그날 이후로 20대 여교사와 기간제 교사에게 잔소리와 갑질을 더 지독하게 했다.

와니는? 와니 역시 젊은 여교사에 속했지만 장학주는 와니 앞에서는 마치 살얼음판을 걷듯 조심했다. 나름 조심한다고 하면서도 본래 가지고 있는 교양 수준은 어쩔 수 없어 농담이랍시고 꺼낸 게 성희롱성 발언이 되어 와니의 항의를 듣곤 했지만, 그때마다 바로 꼬리를 내리고 사과했다.

장학주는 와니를 어려워하고, 와니는 장학주 꼴이 보기 싫고. 그래서 와니는 수업이 없는 시간에도 교무실로 내려오지 않고 4층에 있는 사회과 교실에 머물러 있는 경우가 많았다. 특히 월요일이면 더욱 그렇다. 월요일부터 짜증 내고 싶지는 않으니.

월요일에는 오전 수업이 1교시, 2교시, 4교시에 들었지만 와니는 중간에 낀 3교시에 교무실로 가지 않고 사회과 교실에서 노트북을 펼쳐 놓고 일했다. 수업 자료를 만들고, 학생들이 제출한 과제물을 평가하고, 그러다 퇴근 시간 30분 전에 잠깐 교무실에 내려가서 처리할 잡무를 확인한 뒤 칼같이 시간 맞춰 퇴근했다.

여느 때와 같은 월요일. 와니는 수업이 없는 3교시에 텅 빈 교과실에서 노트북을 펴 놓고 수업 자료를 만드느라 분주했다.

드르륵. 그때 교과실 문이 열렸다. 흔한 일이 아니다. 와니의 턱이 살짝 긴장으로 세모처럼 뾰족해진다. 학생들은 다른 과목 수업 중이고, 교무실은 1층이라 교장이나 교감, 다른 교사가 굳이 4층까지 올라와 와니를 찾는 일은 없다. 차라리 카톡이나 문자를 보내고 말지. 이 시간에 누군가가 교과실까지 찾아온 적은 올해 들어 처음 있는 일. 하지만 문이 완전히 열리자 와니의 뾰족해진 턱이 재빨리 동그랗게 바뀌며 유클리드의 엄격성을 벗어나 위상기하학을 증명한다.

"아, 윤서 샘!"

올해 처음 발령받은 신규 교사 최윤서 선생이 문 뒤로 빼꼼히 나타났다. 남들보다 1년 먼저 초등학교에 들어가, 대입부터 임고까지 재수라고는 한 번도 하지 않고 단번에 통과해 우리 나이로 겨우 스물셋밖에 안 된, 얼굴마저 동안이라 교사는커녕 조숙한 중학생처럼 보이는 그야말로 햇병아리 교사다.

와니와는 퍽 가까운 사이이다. 7년이라는 적지 않은 경력 차이가 있지만, 워낙 교사들의 평균 연령이 높은 학교라 신규 교사에게 와니는 그나마 세대 차이 느끼지 않고 비빌 수 있는 언덕이었던 것이다. 더구나 같은 사회 교과를 가르치다 보니 윤서 샘은 와니를 마치 큰언니처럼 잘 따랐다.

"저, 여기 좀 있어도 괜찮아요?"

"그럼, 윤서 샘이야 언제든 환영이지. 그러고 보니, 윤서 샘이 여기 이렇게 찾아오긴 처음이네. 오히려 내가 서운한걸. 왜 이제 왔어? 아니, 저, 잠깐, 왜 그래?"

윤서 샘을 따뜻하게 맞이하던 와니가 깜짝 놀라 일어섰다. 갑자기 윤서 샘 눈에 눈물방울이 맺히기 시작한 것이다. 얼른 휴지를 몇 장 뽑아 윤서 샘 손에 쥐여 줬다.

휴지를 건네받은 윤서 샘이 기다렸다는 듯이 엉엉 소리까지 내면서 눈물을 왈칵 쏟아 내기 시작했다. 와니는 왜 그러냐고 물어보려다 그만두고 윤서 샘의 등을 가볍게 쓸어내렸다.

"교, 흑, 교감, 흑 샘이."

한참 눈물을 쏟던 윤서 샘이 흐느낌 섞인 목소리로 간신히 말했다.

"쉬이이. 그만. 그만 말해도 돼."

와니가 윤서 샘의 등을 쓰다듬던 손을 들어 올리자 윤서 샘이 품 안에 얼굴을 묻었다. 와니는 교감, 그 두 글자만 듣고도 무슨 일이 있었는지 짐작할 수 있었다. 또 말도 안 되는 이유로 트집 잡고 갑질하고 폭언을 했겠지. 그 이유가 뭔지, 갑질과 폭언 내용이 뭔지 구체적으로 알 필요는 없다. 어차피 말도 안 되는 것들일 테니.

"저더러 선생 자격이 없대요."

"무슨 소리야? 윤서 샘이 선생 자격이 없으면 누가 선생 자격 있는데?"

기가 막힌다. 교사 된 지 몇 달이나 되었다고 선생 자격이 있네 없네 하나? 더구나 장학주 같은 인간이? 게다가 윤서 샘은 교직 경력 1년도 채 안 되지만 와니가 샘을 낼 정도로 수업을 잘한다.

1학기 때 일이다. 윤서 샘이 엄청난 발견이라도 한 양 단발머리를 나풀거리며 와니한테 달려왔다.

"샘, 샘!"

"뭐 좋은 일 있어요?"

아직은 와니가 말을 놓기 전이었다.

"이거 찾았어요."

윤서 샘이 와니에게 낯익은 소책자 하나를 들이밀었다. 낯이 익을 수밖에. 그 소책자는 와니의 흑역사가 된 『민주시민교육 핸드북』이었다. 교사들이 창의적 체험활동으로 민주시민교육을 할 때 활용할 수 있도록 수업 모형을 개발해 16차시로 구성해 놓은 책이다. 하지만 그중 절반은 정작 개발한 와니부터 실제 수업에 옮기는 데 성공하지 못했다. 수업 지도안상으로는 재미있어 보였는데, 막상 교실에 옮겨 놓고 보니 아이들의 참여도 저조했고, 뭔가 어색했다.

하지만 교육청은 이래도 그만, 저래도 그만인 모양이었다. 어쨌든 한 학기 창체를 커버할 수 있는 수업 자료를 개발했고, 자료실에 탑재했으니 자기들 일은 끝났다는 것이다. 와니는 부끄러웠다. 비록 대표 필진으로 민주시민교육 책임자라는 전교조 출신의 장학관 이름이 실려 있고, 와니의 이름은 무슨 장학사, 무슨 교감 등등 공동 필진 제일 마지막에 등장하지만, 이 자료집 대부분을 자신이 썼기 때문이다. 와니는 교실에서 제대로 구현하는 데 실패한 수업들이 내내 맘에 걸렸고, 이 핸드북의 존재에 대해 함구하고 흑역사 보관 창고에 봉인해 버렸다.

그런데 어디서 찾아왔는지 윤서 샘이 그걸 무슨 보물이라도 찾은 양 상글상글 웃으며 기뻐하고 있는 것이다.

"영완 샘. 여기 샘 이름 있어요."

그땐 아직 윤서 샘이 감히 '와니'라는 애칭으로 부르지 못할 때였다. 와니는 어이구, 기어코 그걸 찾았구나 싶었다.

"아니, 뭐 조금 참여하긴 했어요."

"와, 대단하다! 영완 샘. 여기 나오는 거 수업 해 보고 잘 안 되면 여쭤볼게요. 그래도 되죠? 되죠? 되죠?"

와니는 윤서 샘이 선망과 존경으로 가득한 눈망울을 한 채 강아지 재롱 부리다시피 하는 모습을 제대로 바라볼 용기가 없었다.

"네, 그렇게 해요. 하, 이거 민망하네."

"넹!"

윤서 샘이 쏜살같이 총총 사라졌다. 와니는 나도 20대 초반에는 저렇게 날쌔게 움직였나 싶었다.

윤서 샘이 사라지자마자 와니는 얼른 책상 서랍을 뒤졌다. 한바탕 오래된 책과 서류 뭉텅이를 뒤지며 먼지를 한 홉쯤 들이킨 다음에야 한쪽 구석에 처박아 놓고 한동안 잊었던 『민주 시민교육 핸드북』을 찾아냈다.

와니는 각 4차시 수업이 다섯 모듈로 이루어진 핸드북에서 실패작 두 개가 수록된 부분을 다시 펼쳤다. 다원주의 문화와 관용을 학습하는 프로젝트 수업, 그리고 아테네 직접민주주의를 교실에서 구현해 보는 시뮬레이션 수업.

적어도 책자상으로는 여전히 훌륭한 수업으로 보였다. 이렇게 짜임새 있는 수업인데 왜 막상 학생들과 함께했을 때는 결과가 시원치 않았을까?

어쩌면 와니 눈높이가 너무 높았기 때문일 수도 있다. 그때만 해도 아직은 20대라 의욕에 넘쳐 학생들이 아니라 자신의 눈높이에서 결과를 기대했을 수 있다. 어쩌면 학생들은 그 정도가 자신들이 할 수 있는 최선이었는지도 모른다. 와니가 스스로를 향해 고개를 끄덕여 보였다.

그래, 눈높이를 좀 낮춰 볼까?

와니는 덕분에 잊고 있었던, 잊으려고 노력했던 수업들을 다시 꼼꼼하게 살펴보았다. 욕심을 조금 버리기로 마음먹자, 그리고 지난 2년 사이에 축적된 경험을 보태자 핸드북에 나온 대로 하지는 않더라도 그걸 간소화한 1, 2차시 분량의 수업을 몇 개 만들어 볼 수 있었다. 내가 신규한테 도움을 받았네. 나중에 맛있는 거라도 사 줘야겠다. 와니는 윤서 샘이 너무 고마웠다.

그렇게 와니가 새로 건진 수업들을 교실에 적용하고 나름 만족할 만한 결과를 얻어 뿌듯해하고 있을 때 윤서 샘이 다시 머리칼을 나풀거리며 달려왔다.

"와니 샘! 와니 샘! 이번 시간에 저희 교실 한번 와 주세요."

그사이에 친해져서 윤서 샘은 이제 와니라고 호칭했다.

"으응? 무슨 일인데?"

그사이에 와니도 말을 놓게 되었다.

"샘이 개발한 수업, 제가 적용해 봤거든요. 오늘 마지막 차

시인데, 이렇게 하는 게 맞는지 한번 와서 봐주세요."

"그래? 와우. 기대되는걸? 언제? 몇 교시?"

"이번 시간하고, 6교시하고요."

"그럼 지금 가 볼까? 이번 시간 비었는데?"

"네. 얼른 오세요."

윤서 샘이 새로 장만한 장난감을 자랑하고 싶어 하는 어린 아이처럼 보챘다. 와니는 호기심 가득한 눈을 또랑또랑하게 뜨고 윤서 샘이 사용하는 사회 교과실 B로 들어갔다.

순간 와니는 잠시 눈 깜박이는 것조차 잊었다. 저절로 입이 벌어지고, 탄성인지 한숨인지 모를 날숨이 튀어나왔다.

교실 안에는 마치 박람회장을 연상시키는 놀라운 정경이 펼쳐져 있었다. 책상과 의자를 모두 교실 가장자리와 복도로 밀어내 가운데를 광장 혹은 무대처럼 만들어 놓았고, 교실의 앞뒤와 네 코너에 여섯 개의 부스를 설치했다. 각 부스에는 '열대 아프리카관', '서아시아 건조문화관', '라틴 문화관', '동남아시아 문화관', '동아시아 문화관', '서유럽 문화관'이라는 팻말이 붙어 있었고, 어설프지만 각 지역에 맞춰 분장을 한 학생들이 색종이와 고무찰흙 등 여러 가지 재료를 사용해 만든 각 지역의 특산물과 문화재 등으로 전시관을 꾸며 놓았다.

"어때요?"

윤서 샘이 생글거리며 대답을 구했다.

"와 멋진데? 이건 내가 생각도 못 한 방식이야."

와니는 가슴 한구석에서 원인을 알 수 없는 답답함을 느끼며 애써 미소 지은 채 대답했다. 그리고 마치 박람회장에 온 기분으로 학생들이 꾸며 놓은 각 문화 지역 부스를 천천히 돌아보았다.

"오세요. 오세요. 진짜 아프리카!"

"여기, 열대우림에서만 볼 수 있는 늪지 체험이 있습니다!"

"대추야자 따기 체험, 단돈 100원입니다."

각 부스마다 학생들이 심지어 호객까지 하고 있었다.

와니가 구상했던 수업과는 많이 달랐다. 원래 와니가 구상했던 수업은 각 문화지역의 특징을 살리는 가장행렬을 준비해서 교실을 행진하며 일종의 공연을 하는 것이었다. 그런데 막상 해 봤더니 학생들은 각 문화지역의 풍물이나 복장을 꾸미는 것까지는 잘했지만 행진하고 공연하는 일에는 소극적이어서 수업이 용두사미로 끝나곤 했다. 그런데 이렇게 부스를 꾸리는 방식으로 바꾸자 오히려 학생들이 더 적극적으로 바뀌어 있었다.

아, 왜 이 생각을 못 했지?

와니는 이마를 두드렸다. 수줍음이 많은 동아시아 문화권

학생들에게 행진을 하며 교실 가운데로 나서게 하는 건 큰 부담이 될 수도 있는 일이었다. 그런데 교실 가장자리에 부스를 설치해 그곳에서 퍼포먼스를 하게 한다면? 가운데로 나서는 대신 가운데를 바라보며 퍼포먼스를 한다면 훨씬 쉽게 역할 놀이를 할 수 있었을 것이다.

이 생각을 경력 몇 개월짜리 신규 교사가 해냈다. 마침내 와니는 원인 모를 가슴의 답답함이 무엇인지 설명할 수 있게 되었다. 그것은 바로 질투 혹은 시기심이었다. 와니는 자신이 그런 감정을 느낀다는 것이 놀랍기도 하고, 부끄럽기도 해서 그만 입을 다물어 버렸다.

"마음에 안 드세요?"

와니 얼굴이 굳어지는 것을 본 윤서 샘이 걱정스러운 얼굴로 와니를 쳐다보았다.

"아니."

와니는 의식적으로 고개를 세게 흔들었다.

"너무 좋아. 부러울 정도로. 원본보다 훨씬 좋은걸! 내가 만들었던 수업에서 한참 진화했어."

"와아!"

윤서 샘이 아이처럼 손뼉을 치며 기뻐했다.

그 놀라움과 부끄러운 마음을 해소하기 위해 오석 샘에게 전화를 걸어 자초지종을 이야기했더니 엉뚱하게 이런 말을 들었다.

"하하하. 축하해."

"축하요? 아, 샘, 지금 약 올리는 거죠?"

"그럴 리가."

"그럼 뭐예요?"

"한번 생각해 봐. 그동안 학교에서 널 시기하거나 부러워하는 사람 있었어?"

"있긴 한데, 샘이 생각하는 그런 쪽은 아니에요."

"그건 뭔 소린데?"

"아직 싱글인 거, 여기저기 강연 다니는 거 같은 거죠. 수업이나 교육 때문에 누굴 부러워하거나 시기하거나 그런 건 못 봤어요. 뭐, 시기고 뭐고, 그냥 별로 관심들이 없는 것 같아요."

"그렇지? 바로 그거야. 그 사람들은 영혼이 시든 거야. 내가 그런 말 하지 않았던가? 좀비 티처?"

"네. 기억나요."

"좀비 티처는 영혼이 시들어 있기 때문에 시야가 자기 안에 갇혀 버리거든. 그러니 시기고 부러움이고 느낄 이유가 없지. 아니면 남이 만들어 준 시야에 끌려서 자동차, 보석, 핸드백 같은 거 보고 부러워하는 거고. 하지만 넌 수업을 보고 부러워했어. 그것도 네가 실패했던 수업을 젊은이가, 아 미안, 네가 늙었다는 건 아니고, 멋지게 되살리자 감정이 반응한 거야. 그건 네 영혼이 살아 있다는 거, 더 큰 발전을 갈망하고 있다는 거, 그런 게 아닐까?"

"뭐, 듣긴 좋네요."

"사실이니까."

"그럼 샘은요? 샘은 수업 때문에 누구 시기하신 적 있어요? 음, 좀 건방진 말이긴 한데, 혹시 저한테 시기심이나 그런 거 느낀 적 있어요?"

와니가 중학교 시절처럼 오석 샘에게 난감한 질문을 던졌다.

"물론 있지."

"아, 있으셨구나."

오석 샘이 너무 쉽게 수긍하니 와니는 조금 김이 빠졌다.

"뭐냐? 그 말투는? 좀 느낌이 묘한데?"

"아니, 별거 아니에요. 샘, 고마워요. 저기, 다음 주에 시간 괜찮으실 때 저녁 같이해요. 톡 보낼게요. 안녕히 계세요."

와니는 서둘러 통화를 마무리했다.

그날 이후 와니는 윤서 샘과 꽤 많은 수업을 같이 구상했다. 첫인상이 너무 강렬해서였을까? 아니면 초심자의 행운? 그다음부터는 와니가 기대한 만큼의 퍼포먼스는 안 나오고 어쩔 수 없이 신규는 신규구나 하는 생각을 하게 만들었지만 그래도 윤서 샘은 언제나 식을 줄 모르는 열정을 불태웠고 그러면서도 해맑고 귀여운 웃음을 잃지 않았다.

그런데 그런 윤서 샘더러 선생 자격이 없다고? 그것도 선생은커녕 사람 자격도 있을까 말까 한 장학주가?

"윤서 샘, 여기 잠깐 있으면서 마음 좀 가라앉혀. 좀 다녀올 데가 있어서."

와니가 자리에서 벌떡 일어서자 윤서 샘은 말없이 고개를 끄덕인다.

와니는 빠른 걸음으로 교무실을 향해 돌진했다. 샘들이 복도와 부딪치는 소리가 16비트로 타타타탁 타타타탁 복도를 울렸다. 그다음 일은 기억하고 싶지도 않다. 장학주와 목소리를 높여 가며 심하게 말다툼을 했다 정도만 기억에 남겼다. 말다툼이라기보다는 와니의 일방적인 항의와 당황한 장학주의 허둥거림이었지만.

와니는 마치 필름이 끊긴 것처럼 교무실을 뛰쳐나와 사회과 교실로 돌아갔다. 오른쪽 엄지발가락이 아프다. 발가락이 왜 이렇게 아픈 거야?

와니가 잠시 마비된 단기기억 장치를 가동시킨다. 장학주가 윤서 샘에게 뱉은 심한 말에 대해 아주 거칠게 항의했다.

그리고 장학주가 폭력적으로 반응할 거라 예상하고 반격을
준비하고 있는데 쩔쩔매고 허둥대서 오히려 와니가 더 당황
했던 기억이 재생된다. 허둥대던 장학주 입에서 마침내 이런
말까지 튀어나왔다.

"아니, 아무리 직접 수업을 안 들었기로서니 내가 명색이
모교 선생인데, 자기도 선생이 돼 갖고 버르장머리 없이 지금
이게 뭐 하는 짓이야?"

아, 이 말에 뇌관이 폭발했다.

오호, 그러니까 장학주는 와니가 자기가 근무했던 학교 학
생이었다는 것을 이미 알고 있었던 것이다. 하긴 그 시절 오석
샘이 장학주에게 눈엣가시였으니, 저 인간 성격에 오석 샘이
총애하는 와니를 눈여겨봤으리라는 건 뻔한 일이다.

그다음부터 다툼이 더 격해졌다.

"정말 자격 없으신 분은 최윤서 선생님이 아니라 교감 선생
님인 거 아시죠? 선생님이라고 부르는 제 입이 다 떨리네요."

이 말을 했던 건 생생하게 기억에 남아 있다. 자기 제자뻘
인 새파란 후배 교사에게 이 정도 말까지 들었음에도, 장학주
는 평소 다른 여교사에게 하던 것과 달리 어떻게든 상황을 무
마하려고만 들었다. 그 모습이 와니를 점점 더 화나게 했고,
마침내 힘까지 빠지게 만들었다. 결국 더 이상 말 섞기 싫어서

"버르장머리라고 하시니 진짜 버르장머리 없는 게 뭔지 보여 드리죠"라고 한 뒤 장학주 책상을 있는 힘껏 쾅 소리 나게 걸어차고는 교무실을 뛰쳐나갔다.

아, 아픈 발가락의 비밀이 풀렸다. 샌들 신은 발로 원목 책상을 힘껏 걸어찼으니 성할 리가 없다. 골절이나 아니길 바랄 수밖에.

가지 않은 길

교문 위에 현수막이 나풀거린다. 나풀거리는 현수막의 주름 사이로 파란색 글씨들이 언뜻언뜻 자태를 드러낸다.

권오석 선생님 퇴임 기념 공개수업

일시 : 2021년 2월 5일 14시 15분

장소 : 꿈자람 아트홀

그 현수막 아래로 마치 보색 대비를 이룰 것처럼 녹색 미니 쿠퍼가 스르륵 지나간다. 주차장에는 빈자리가 거의 없지만, 미니 쿠퍼는 자그마한 몸집 덕분에 비교적 쉽게 자리를 찾아 가쁜 숨을 가라앉히며 휴식을 취한다.

미니 쿠퍼에서 먼저 써니 그리고 와니가 차례로 내린다. 써니는 감색 바지 정장 차림이고, 와니는 투피스 정장 차림이다.

"시간 맞춰 왔네. 늦을까 봐 걱정했어."

써니가 한숨을 쉬며 말했다.

"내가 걱정하지 말랬잖아. 중간에 과속 카메라에 좀 찍힌 것 같긴 한데, 그 정도야 뭐."

"과태료 나오면 내가 낼게. 나 때문에 늦은 거니까. 안 하던 풀메를 하다 보니."

"됐네요. 아, 저기 선생님 나와 계신다."

'꿈자람 아트홀'이라는 그럴듯한 이름을 단 중강당 건물 앞에서 두 손을 번쩍 들어 흔드는 오석 샘의 모습이 보인다. 둘 다 마음 같아서는 달려가고 싶지만 평소에 안 신던 구두를 신고 있어 걸음이 무겁다.

"아니, 너희들 어떻게 이 시간에 다 왔어?"

오석 샘이 활짝 웃는다.

"꾀병 부리고 결근했어요."

와니가 깔깔 웃으며 대답한다.

"뭐?"

"시간표 옮겨 놓고 반차 내고 왔어요."

역시 거짓말 못 하는 써니가 산통을 깬다.

"아이고, 뭐 하러 그렇게까지."

"오늘이 어떤 날인데요? 샘 마지막 수업인데 당연히 와야죠."

"중학교에서 마지막 수업이지. 내가 언제 가르치는 거 관둔다고 했냐?"

"학교 밖에서는 강연이라고 하지 수업이라고는 안 하니까요. 그리고 죄송하기도 하고요."

"미안할 게 뭐 있어?"

"괜히 저희 때문에 1년 더 고생하셨잖아요. 올해가 이런 고약한 해가 될 줄 정말 몰랐어요. 괜히 저희 때문에 온라인 수업이니 방역이니 정말 고생 많이 하셨잖아요. 안 그랬으면 작년에 퇴직하셨을 텐데."

와니가 고개를 숙인다.

"무슨 소리야? 어차피 결정은 내가 하는 건데. 그땐 그게 제일 합리적인 것 같아 그렇게 한 거였어. 난들 역병이 이렇게 창궐할 줄 알았나? 뭐, 그래도 새로운 경험이니까 나쁘진 않았다고. 좀 고달프긴 했지만 괜찮아. 다 지나간 일이고, 이제 고생 끝, 그리고 새로운 고생 시작이니까."

고생 끝, 고생 시작이라고? 원 말씀도 참. 와니가 슬쩍 웃는다. 그리고 어쩔 수 없이 미안함을 느끼게 만든 바로 그날로 기억 회로가 돌아간다.

*

　1년여 전 써니의 결혼식이 있었던 무렵, 도저히 끝날 것 같지 않던 폭염이 달군 2018년 여름이 언제 그랬냐는 듯 서늘하게 식어 갔다. 9월 중순만 해도 예년 8월 중순 같은 더위가 계속되어 이러다 추석 연휴 때 해수욕 가도 되겠다는 농담이 오고 갔지만, 장난처럼 추석을 앞두고 기온이 뚝 떨어지더니 곧장 10월로 내달렸다.

　와니는 그 무렵 한창 떠오르는 동네였던 석촌호수 남쪽 송리단 길에 있는 멕시코 요리점에 앉아 있었다. 아직 이른 시간이라 손님은 와니 혼자뿐이지만, 이미 예약된 자리라 네 사람 분량의 식기가 세팅되어 있었다.

　와니의 눈동자가 시계와 입구를 부지런히 오갔다. 약속 시간에 늘 늦곤 한 와니에게 기다리는 일은 익숙하지 않았다. 하지만 써니 탓이 아니다. 와니가 예약 시간보다 너무 빨리 와 버렸던 것이다. 이 역시 난생처음 있는 일이었다.

　아니나 다를까 약속 시간 6시를 10분 남겨 두고 써니가 모습을 드러냈다. 모범생 써니답다. 그 옆에는 멋쩍어하는 용이가 그림자처럼 서 있었다.

　"써니야!"

이번에도 와니는 요란하게 써니를 맞았다. 하지만 와락 껴안기 직전 괜히 어색한 느낌이 들어 그냥 손만 잡고 말았다. 써니는 확실히 예전과 분위기가 달랐다. 신랑이 옆에 있고 없고가 이렇게 다른가? 하지만 그 신랑이 용이라니 아무리 생각해도 너무 웃겼다.

"용이도 안녕."

공연히 남의 신랑 어깨를 툭툭 두드렸다.

"먼저 와 있었네? 미안. 많이 기다렸어?"

"아니. 그냥 어찌하다 보니 좀 빨리 왔어. 그런데 네가 미안할 게 뭐 있어? 너 아직도 자책하는 버릇 못 고쳤구나."

"미안. 자꾸 그렇게 되네. 어머, 또 미안이라고 했다."

"괜찮아. 그런데 너 여태 신부 화장 하고 다니는 거야?"

"어어? 그거 지운 게 언젠데?"

"오, 그럼 예뻐진 거야?"

"무슨 소리야?"

와니의 느닷없는 질문들에 써니가 어리둥절한 표정으로 눈을 치켜떴다. 용이는 어쩔 수 없다는 듯한 표정으로 고개를 설레설레 흔들었다.

"어, 용이, 너 고개 흔들었다. 그거 지금 무슨 뜻으로 그러는 거야?"

"아니, 그냥."

"그냥이라니? 신중하게 대답해라. 신부 화장 한 게 아니라는 뜻이야, 아니면 써니가 예뻐진 게 아니라는 뜻이야?"

와니가 용이를 다그쳤지만 눈에는 웃음이 가득했다.

"아, 그, 그러니까."

용이는 뭐라고 말을 하려다 그만두고 어깨만 으쓱했다. 그러더니 구원병이라도 만난 듯, 할렐루야라도 외치는 듯 작은 눈을 최대한 부릅뜨며 말했다.

"아, 선생님 오셨다."

용이의 부릅뜬 눈이 향하는 소실점에 정말 구세주처럼 오석 샘의 모습이 나타났다. 정각 6시. 언제나처럼 너무도 정확한 시간이다.

"안녕하세요."

세 사람이 동시에 용수철처럼 자리에서 일어섰다.

"앉아, 앉아. 그래, 너희 신혼여행은 잘 다녀왔고?"

오석 샘이 경쾌하게 손을 내저었다.

"네."

"용이 너 이렇게 이른 시간에 회사에서 나온 거 보니, 아직 신혼 휴가 안 끝났구나?"

"아, 예, 신혼여행 기간 중에 추석 연휴가 껴 있어서……."

용이가 여전히 어미를 얼버무리며 말했다.

"그래, 그거 잘됐네. 참, 조 선생은?"

"아이, 샘, 이런 자리에서까지 그렇게 부르심 어떻게요?"

"그래, 미안. 와니는? 부케 받은 효과가 좀 있어?"

아, 부케. 그렇지. 부케 받았었지?

이제야 와니 머릿속에 부케가 떠올랐다. 열흘 전 써니 결혼식. 추석 연휴를 사이에 끼고 특별 휴가 7일을 배치해 장장 18일의 휴가를 절묘하게 만들어 낸 그 부러웠던 결혼식. 진짜 부러웠던 것이 결혼식이었는지 긴 연휴였는진 잘 모르겠지만. 아마 연휴였을 것이다.

그날 와니는 써니의 유일한 신부 들러리였다. 당연했다. 써니는 친구가 많지 않았고, 그나마 여자 지인이라고는 주로 교사가 된 다음 만난 사람들이었다. 결국 브라이덜 샤워도 단둘이 했다. 덕분에 와니는 과감하게 가슴 파인 드레스를 입어 보았고, 축가도 불렀고, 마지막에는 부케까지 받았다. 신부 친구 여러 명이 해야 할 일을 혼자 다 한 셈이라, 식 당일에는 신부보다 더 혼이 빠졌었다.

나름 즐거운 기억이었는데 피로연을 마치고 집에 들어오자마자 엄마, 아빠가 연합군을 형성하여 퍼부은 말 폭격 때문에 그만 불쾌한 기억으로 바뀌고 말았다. 어쩌다 그런 말이 나왔는지는 모르겠지만, 하여간 엄마 입에서 이런 말까지 나오고 말았다.

"이제 부케도 받았으니 시집가야지? 이제 나이도 그만하고, 또 철민이가 언제까지 기다려 줄 것도 아니잖아?"

아빠까지 나섰다.

"말이야 바른 말이지, 철민이 그 친구한테도 몹쓸 짓 아니냐? 그 친구도 나이가 30대 중반이 되어 가는데 몇 년째 이렇게 시간만 질질 끌어서야."

이런 이야기가 고장 난 전축에서 흘러나오는 리토르넬로처럼 반복되었다.

아, 그런데 오석 샘까지 이런 말을 할 줄은 몰랐다. 적어도 오석 샘은 그러면 안 되는 것이었다. 이건 배신이야, 배신. 와니는 퍼렇게 얼어붙는 가슴을 억지로 녹였다. 그러자면 목소리는 벌겋게 토해 낼 수밖에 없었다.

"아, 샘까지 왜 그러세요?"

오석 샘이 순간 멈칫했다. 와니도 멈칫했다.

맙소사. 역정을 냈다. 성질을 부렸다. 16년 동안 한 번도 그런 적 없었는데. 중학교 때 오석 샘께 부탁할 일 있는 친구들의 이야기를 대신 전달할 만큼 자타 공인 최애 학생이었고, 졸업한 뒤에도 늘 총애받는 제자였지만, 한 번도 친밀함을 이용하여 편하게 대한다거나 예의에서 벗어난 적이 없었는데, 그 만 성질을 내고 만 것이다.

"아, 미안. 내가 말을 잘못했네."

하지만 오석 샘은 일단 사과부터 했다. 어쨌든 소위 'PC하지 않은' 성차별적 발언을 한 건 사실이니까. 하지만 와니는 차가운 푸른색에 물들고 싶지 않아 이번에는 녹색을 동원했다.

"그 효과에 동거도 포함되나요?"

"뭐? 동거?"

이번에는 써니가 놀랄 차례였다.

"응."

"철웅이랑?"

"그럼 철웅이지, 아니면 누구랑 하는데? 네? 샘! 그것도 포함되나요?"

"물론이지. 꼭 식을 해야 하나?"

의외로 오석 샘의 대답은 간단했다. 하긴 오석 샘은 이런 문제에서는 언제나 쿨했고 놀랄 만큼 개방적이었다.

사실 와니는 써니 결혼식 날 부모님과 다투고 나서 철웅이를 불러 이렇게 물었었다.

"우리 살림 차릴까?"

이때 철웅이의 묘한 얼굴빛이란. 놀람과 기쁨과 기대와 의심이 마구 뒤섞인 기묘한 표정.

"살림을 차려? 결혼하자고? 너 지금 설마 프러포즈하는 거야?"

"아니, 아니, 그럴 생각은 없고."

와니는 철웅이의 기대를 흩어 버리려는 듯 손을 내저었다.

"그럼 뭔데?"

"그냥 문자 그대로야. 같이 살자고. 맨날 시간 내서 만났다 헤어졌다 하는 것도 좀 지치는 것 같아서."

"그러니까 동거하자고?"

"왜? 안 돼?"

"아니, 그냥 좀 놀래서. 그동안, 그러니까, 한 번도…… 그렇다면, 그것도……."

철웅이가 민망한 얼굴로 딱 부러지게 꺼내지 못하는 말이 뭔지 알아챈 와니가 대신 말을 이었다.

"아, 그거? 미안. 그건 아직 좀 그래. 조금만 더 기다려 줘. 하지만 같은 집에 살면서 같이 생활하다 보면 마음이 좀 열리지 않을까? 나도 노력해 볼게."

"그, 그게 노력해서 할 일은 아니지 않냐?"

"아, 말 빙빙 돌려서 하니까 답답하네. 그러니까 섹스는 아직 좀 그래. 하지만 퇴근하고 집에서 만나는 사람이 너였으면 하는 마음은 아주 커."

와니는 마지막 한마디는 마음속으로만 삼켰다.

'엄마, 아빠가 아니라.'

그중 어느 쪽이 더 큰 동기인지 스스로도 판단하기 어려웠다. 철웅이와 데이트하고 헤어지기를 반복하지 않고 늘 함께 있고 싶은 쪽이 큰지, 아니면 엄마, 아빠와 한집에 살고 싶지 않은 쪽이 큰지.

속으로 수없이 되물어 보았다.

철웅이를 사랑하니?

그런데 기쁨에 가득 찬 얼굴로 그렇다고 대답하며 온몸이 밝고 맑은 무엇으로 가득 차는 듯한 그런 느낌이 들지 않았다. 하지만 철웅이와 데이트하다 헤어지는 건 정말 싫었는걸? 그건 왜? 엄마, 아빠가 있는 집으로 들어가기 싫어서? 아니면 철웅이가 없는 집으로 들어가는 게 싫어서?

아, 이건 못 할 짓이다. 철웅이한테 미안했다.

철웅이는 정말 착한 남자다. 지난 2년 동안 키스 한 번 변변히 허락하지 않는 와니를 뭐라 하지 않고, 몸 달아 하지도 않고(달아올라도 참았겠지만), 그러면서도 남친 몫을 다 해 주었다. 간혹 욕망을 드러내고 갈망의 눈을 뜨기도 했지만, 그때마다 와니의 갈등하는 표정을 보고 스스로 물러서곤 했다. 와니도 알고 있었다. 이런 남자 찾기 어렵다는 것.

"좋아. 그러자."

그런데 뜻밖에도 철웅이의 목소리는 씩씩하고 단호했다. 와니는 철웅이의 눈동자에서 여전히 힘겹게 억누르고 있는 갈망과 욕구를 느낄 수 있었다. 그런데 이게 웬일인가? 그 순간 와니는 자신에게도 갈망과 욕구가 남아 있음을 느꼈다. 남아 있다기보다는 다시 살아났다고 해야 하겠지만.

드디어 자신 있게 말할 수 있게 되었다.

사랑한다. 철웅이를 사랑한다. 그 말의 뜻이 무엇인지 정확히는 모르겠지만. 와니가 원하는 것은 엄마 아빠가 없는 집이 아니었다. 와니가 원한 것은 부모의 부재가 아니라 철웅이었다. 이것만큼은 확실했다.

그 느낌이 너무 좋았다. 이 느낌이 약해지거나 사라지기 전에 빨리 일을 마무리 짓고 싶었다.

"그럼 한글날 지나면 바로 준비하자. 나 준비할 거 별로 없어."

"먼저 집부터 구해야지. 어떻게 당장?"

와니가 너무 진도를 빨리 나가자 철웅이가 당황했다. 와니가 대수롭지 않게 대답했다.

"그냥 지금 너 살고 있는 빌라에 들어갈래. 옷이랑 책이랑 컴퓨터만 가지고 들어가면 돼."

철웅이는 지방 출신이다. 그래서 서울에서 직장 다니면서 꾸역꾸역 모은 돈으로 빌라 한 칸을 전세로 얻어 살았다. 와니는 그 집에 한 번도 가 보지 않았다. 사당동 어디쯤이라는 것만 알고 있을 뿐. 그래도 상관없었다.

물론 그리 들어가면 출퇴근 거리는 좀 길어지겠지만, 어차피 이번 학교에서 2년만 더 있으면 이동이다. 그럼 아예 지역청 간 전보를 내서 동작관악교육지원청 관내 학교로 옮겨 가면 될 일이었다.

하지만 뭔가 찜찜했다. 그 찜찜함이 계속 남아 자꾸 마음을 차게 식혔다. 처음에는 조그만 점 같던 멍이 자꾸 번져 나가 마음의 멍으로 바뀌고 있었다.

만약 철웅이가 없었다면? 철웅이가 없는데 엄마 아빠로부터 그만 벗어나고 싶다는 마음이 들었다면? 지방에 내신이라도 내서 학교를 옮겨야 했을까?

어째서 나이가 서른이 되었는데도 한 사람의 독립된 인격으로 서는 것이, 그렇게 인정받는 것이 이다지도 어려운 일이 되었을까? 부모님 집에서 나가려면 철웅이 집에 들어가야 한다?

철웅이로부터 잠시 시선을 거두고 싶어 고개를 숙였다.

그러자 검정 샌들을 신은 하얀 두 발이 눈에 들어왔다. 틀림없는 자기 발인데 엉뚱하게도 무척 낯설었다. 와니는 좀처럼 고개를 숙이는 일이 없기 때문이다. 와니의 시선은 언제나 앞이나 위를 향하고 있었다. 고개를 숙이고 있을 때도 눈과 발 사이에는 항상 키보드나 책이 자리 잡고 있었다. 그러니 그 사이에서 부지런히 움직이는 손가락들의 역동만 눈에 들어올 뿐. 발은 그저 걸어 다니는 도구였을 뿐이고, 샌들은 그저 더워서 신는 것일 뿐이었다. 그래서 반지와 매니큐어로 한껏 장식하고 다니는 손과 달리 발에는 어떤 장식도 하지 않았다.

　"나을 거 하나 없어. 학교에서 여자라서 편한 건 딱 이거 하나야. 맨발로 다녀도 차려입은 거로 쳐 주는 거. 올해 그 덕을 톡톡히 봤다니까? 올해가 좀 더웠어? 남자 선생님들 긴 바지에 양말까지 신고 다니는 거 보면 좀 딱해 보이거든. 하지만 딱 그거 하나야."

　언젠가 와니네 학교 근처 병원에서 전공의로 일하는 친구 민진이가 "그래도 넌 여초 직장이라 좀 낫지 않아? 거긴 오히려 남자가 소수파잖아?"라고 물었을 때 했던 대답이 생각났다.

　"하하하하."

　갑자기 웃음이 터져 나왔다.

"아니, 왜?"

철웅이가 놀란 눈을 번쩍 떴다.

"나, 네일 숍이나 가야겠어."

"한 지 얼마 안 되잖아?"

"이번엔 페디 좀 해야겠어."

"일할 때는 손만 보이지 발은 안 보여서 안 한다며?"

"마음이 바뀌었어. 여자가 누릴 수 있는 몇 안 되는 특권인데 이거라도 부지런히 찾아 먹어야지."

그리고 무슨 일이 있었더라? 아, 그 식사 자리에서 오석 샘이 폭탄선언을 했어.

와니의 기억이 다시 그때 그 멕시코 요릿집으로 돌아왔다.

그때도 딴생각을 한참 하고 있었나 보다.

"와니야, 뭐해? 안 먹어?"

써니 목소리가 와니를 계속 흘러가는 생각에서 멈추게 했으니 말이다.

"아, 잠깐 딴생각하느라고. 걱정 마. 잘 먹고 있어."

와니가 말했다. 거짓말은 아니다. 딴생각하면서도 꾸역꾸역 잘 먹었으니까. 복부에서는 팽만감이 느껴졌고, 눈앞에는 한두 방울 겨우 남은 와인 잔과 케이크가 마저 비워 달라는 듯이 올려보고 있었으니까.

그때 오석 샘의 목소리가 들렸다. 평소와 사뭇 달랐다. 학교 다닐 때 수업 시간에 누군가를 야단칠 때조차 들어 본 적 없는 딱딱하고 정색한 목소리.

"신상과 관련된 건데, 중요한 결심을 하나 했다."

"신상의 변화요? 혹시 교육부장관 제의라도 받으셨나요?"

와니는 절대 이 말을 농담으로 하지 않았다. 그럴 만하다고 생각했고, 희망 사항이기도 했으니까. 장래 희망이 교사였던 것 외에는 교육 경력이 전혀 없는 인물도 교육부장관을 하는데, 오석 샘 정도면 차고 넘치는 것 아닌가?

"아니면 청와대 교육문화수석?"

써니도 지지 않고 한마디 던졌다. 교직 경력이 쌓이고 또 와니와 자주 어울리면서 써니도 제법 뻔뻔해졌다.

"하하. 녀석들. 그런 건 아니고."

오석 샘이 웃으며 고개를 가로저었다. 그런데 그 웃음소리가 석연치 않았다. 녹다 만 눈 같은 서늘함이 숨어 있었다. 아, 이래서 차가운 웃음이라는 말이 나왔구나 싶게 만드는, 그런 웃음이었다.

"아주 틀린 건 아니네. 공통점이 있기는 하니까."

오석 샘의 말투에는 여전히 묘하게 차가운 비틀림이 담겨 있었다.

"공통점이라뇨?"

"이번 학기를 마지막으로 선생 관둘 생각이니까."

"아, 대학 가세요?"

써니가 순진한 눈으로 되물었지만 오석 샘이 아주 빠르게 고개를 흔들었다.

"교수도 선생이잖아? 나, 선생을 그만둔다고. 내년 2월자로 명퇴 신청할 생각이야."

"안 돼요."

갑자기 써니 입에서 짤막한 비명 같은 소리가 툭 튀어나왔다. 와니도 바로 뛰어들었다.

"안 돼요. 샘. 아직 정년 10년도 넘게 남았잖아요?"

"그래, 12년. 12년이나 남았네. 그런데 강산이 한 번 바뀔 만큼의 시간을 더 버티고 갈 힘이 없네. 솔직히 지쳤어. 그동안 강산을 세 번이나 바꿨으면 충분한 거 아닌가?"

"그럼 남은 정년 절반만 더 쓰고 가세요."

"6년을 더? 그럴 힘이 없다. 미안."

"아직 샘 도움이 필요한 아이들이 많이 남아 있어요. 갈수록 더 많아지고 있어요. 아이들뿐 아니라 선생님들도."

"너희들이 있잖니?"

"그건 아니죠. 정말 너무하세요."

와니의 목소리가 떨리는가 싶더니 이내 눈물이 넘쳐흘렀다. 오석 샘이 당황해서 어쩔 줄 몰라 하는 모습이 눈물 사이로 얼룩덜룩하게 보였다. 16년 동안 처음으로 오석 샘 앞에서 성질을 부리더니, 이제는 우는 모습까지 보여 주었다. 이래저래 와니의 기분은 엉망진창이 되었고, 그 엉망진창이 계속 눈물의 추가 증가분을 공급했다. 좋다. 기왕 이렇게 된 거, 와니는 투정을 부려 보기로 작정했다. 그동안 하고 싶었지만 차마 하지 못했던 말씀도 드리자.

"샘이 그러시면 저는 뭐가 되나요?"

일단 이 말로 시작했다.

"뭐가 되긴? 더 훌륭한 교사가 되겠지. 지금도 그렇고, 앞으로 더 그럴 것이고."

"그런 뜻이 아니잖아요?"

"으음."

"그동안 쭉 샘을 따라왔어요. 샘처럼 되고 싶어서 교직을 선택했고, 사회 교사가 되고 싶어서 스카이도 포기했어요. 발령 나자마자 전교조 가입했고, 나름 열심히 활동했어요. 그런데 언제부턴가 샘은 제가 따라가던 길을 자꾸 앞에서 확 확 틀어 버리세요. 샘, 2년 전에 전교조 나가셨죠? 그것도 제가 한창 지회 일을 하기 시작할 때? 그때는 그래도 무슨 사정이 있을 거라고 생각했어요. 그렇다고 샘이 교총에 들어가신 건 아니었으니까. 오히려 새로운 교원노조를 만드는 데 참가하셨으니까. 그런데 이제는 이렇게 아주 떠나신다고요?"

"너무 심각하게 생각하는 거 아냐? 어차피 언젠가 그만둬야 할 교직인걸. 그리고 나, 정년까지 할 생각 없다고 여러 번 얘기했고."

"싫다고요. 이런 거."

"아, 이거 참."

오석 샘이 윗니로 아랫입술을 말아 물었다. 뭔가 골똘히 생각할 때 자주 취하던 모습이다.

와니는 오석 샘을 보는 게 부담스러워 써니와 이제는 그 남편이 된 용이를 바라보았다. 묘한 표정이었다. 어떻게 보면 뭔가 깊은 속뜻을 이해하고 있다는 모습이고 다르게 보면 나하고 아무 상관없는 일이라는 표정. 어쩌면 그 둘이 같은 뜻인지도.

"안 그래도 요즘……."

와니는 뭔가 말하려다 말고 입을 다물어 버렸다. 더 이상 말을 했다가는 울음이 터져 나올 것 같았다. 입술을 앙다물고 솟아오르려는 눈물을 억눌렀다. 도대체 뭐가 그렇게 서러운지 알 수 없었다. 오석 샘한테 이럴 일은 아니었는데, 대체 무엇 때문에 이토록 눈물이 터졌는지 알 수 없었다. 장학주 책상을 걷어차다 다친 발가락이 다시 욱신거렸다. 뼈는 분명히 다 붙었다고 했는데, 여전히 틈만 나면 욱신거렸다.

커피가 다 식을 때쯤이 되어서야 오석 샘이 무겁게 한마디를 내놓았다.

"미안해. 암만 생각해도 뭐라 더 할 말이 없어."

와니 역시 아무 대답도 할 수 없었다.

그때 어색한 침묵을 깨는 뜻밖의 목소리가 들려왔다. 평소보다 훨씬 높은 톤의 써니였다.

"선생님, 그동안 힘드셨죠? 고맙습니다."

"그래, 고맙다."

"내내 이 말씀을 드리고 싶었어요."

"힘들었냐는 말?"

"아뇨. 고맙습니다, 이 말이요."

"그렇구나."

오석 샘이 천천히 고개를 끄덕였다.

순간 와니는 써니가 오석 샘을 자기보다 정확히 보고 있었다는 것을 깨달았다. 아니, 와니는 오석 샘을 잘 몰랐다. 너무 오래 함께해 왔고, 많이 존경하며 따랐기 때문에 오히려 제대로 보지 못했다.

그동안 와니는 자신이 바라는 어른의 모든 모습을 투사해 놓고 거기에 억지로 오석 샘을 끼워 넣고 살아 왔던 것이었다. 오석 샘이 무슨 말을 하고 어떤 행동을 하든, 모두 그 어른의 모습으로 해석했고, 그 어른의 모습과 어긋나는 말과 행동은 듣지도 보지도 않았던 것이다. 하지만 써니는 와니보다는 오석 샘과 거리가 좀 있었고, 한동안 연락하지 않았던 시절도 있었기 때문에 오석 샘의 참모습을 볼 수 있었다.

그제야 와니가 그동안 보지 못했던 오석 샘의 모습이 보였다. 희읍스름해진 머리, 탄력은 어디 가고 손톱만 한 크기의 잿빛 기미들이 여기저기 자리 잡은 피부, 수십 년간 중력에 저항하다 그만 투항이라도 하듯 아래로 주저앉기 시작한 눈꼬리.

와니는 오석 샘도 나이 듦이라는 운명에서 비껴갈 수 없다는 그 단순하고 자명한 진리를 그제야 깨달았다. 스물다섯에 교직에 투신하여 28년. 정말 까마득한 세월이 아닌가? 와니는 겨우 7년차에 부쩍 지쳐 가고 있는 자신을 돌아보았다. 그런데 거기에 20년을 더?

더구나 오석 샘은 그 28년 중 단 한 해도 편안하게 보내지 않았을 것이다. 28년 내내 줄기차게 열정을 불태우며 살아 왔을 것이다. 하지만 이제는 연세를 드셨구나. 지치셨구나. 이제야 와니는 어느새 자신이 중학생이었던 바로 그 시절의 오석 샘 나이가 되어 버렸음을 깨달았다. 자신이 오석 샘 나이가 되었는데, 오석 샘더러 더 남아 있으라고 강요할 수는 없었다.

놓아 드려야 해.

머릿속으로는 이 말이 마치 물웅덩이 속 올챙이처럼 헤엄치고 다녔다. 하지만 도무지 그 말이 밖으로 나오지 않았다. 와니 평생에 할 말을 입 밖으로 꺼내지 못한 건 처음이었다.

그때 써니가 힘들여 가며 한마디, 한마디 한숨처럼 내뱉는 목소리가 들렸다. 두 번이나 연속으로 써니가 먼저 말했다. 16년 만에 처음이었다.

"선생님, 쉬셔도 되요. 쉬셔야 해요. 그럴 자격 있으세요."

그런데 써니의 그 한마디에 오석 샘이 바로 반응했다. 마치 기폭장치 스위치라도 누른 것 같았다.

"그래! 바로 그거야. 써니야, 아니 김 선생. 그거 참 좋은 생각이야."

"네? 무슨?"

"쉬는 거. 그래, 네 말대로 한번 쉬어 보자."

"네. 좀 쉬셔야 해요."

"그렇다니까? 자, 조 선생, 아니, 와니야. 얼굴 좀 풀어라."

와니 마음은 이미 풀린 지 오래였다. 평생 안 하던 짓을 연

거푸 하다 보니, 어떤 표정으로 어떤 말을 해야 할지 몰라서 잠시 멍할 뿐이었다. 이때 다시 낭랑함을 되찾은 오석 샘의 목소리가 들렸다.

"나, 퇴직 안 한다."

"네?"

와니가 앙다문 입술을 풀었다. 굳어 있던 얼굴 근육도 하나하나 풀리기 시작했다.

오석 샘이 다시 말을 이었다.

"명예퇴직 신청 일단 보류하고, 대신 한 해 정도 휴직하면서 다시 생각해 보려고."

"휴직이요?"

"그래, 휴직. 아, 왜 그 생각을 못 했지? 그동안 나, 고민 많이 했다. 이젠 정말 떠날 때가 된 게 아닌가? 이미 마음이 떠난 게 아닌가? 마음이 떠났는데 억지로 좋아하는 척, 사명감에 불타는 척 일하는 게 과연 교육자로 올바른 행동인가? 너희도 알겠지만 내 성격이 그렇게는 못 사니까. 그런데 써니 말 듣고 문득 생각났어. 마음이 떠난 게 아니라 그냥 좀 지친 게 아니었을까? 그렇다면 덮어놓고 떠나기보다는 한 해 정도 쉬어 보면서 다시 생각해 보는 게 어떨까? 한 해 정도 쉬었는데도 여전히 마음이 돌아오지 않으면 그때는 정말로 명퇴하고, 마음이 돌아오면 몇 년 더 해 보는 걸로."

이야기를 늘어놓는 오석 샘의 모습은 올해 들어 와니가 봤던 그 어떤 모습보다 밝았다.

아, 그랬구나. 선생님은 올해 내내 어두우셨어. 그랬던 거야. 이럴 수가? 내가 왜 그걸 몰랐을까? 울어야 할 사람은 내가 아니었는데, 위로는 못 할 망정 도리어 떼를 쓰다니. 아, 이건 배신이야, 배신. 16년 동안이나 나를 아껴주고 사랑해 주신 분인데, 막상 힘이 되어 드려야 할 때 도리어 역정이나 내고 떼를 썼어. 선생님도 선생님 나름의 삶이 있는 건데, 난 내가 원하는 모습대로 남아 계시라고 강요만 했어.

더구나, 내가 힘들고 혼란스러운 건 내 문제인걸. 그걸 왜 오석 샘이 풀어 주길 바라는데? 와니야, 와니야, 이 한심한 녀석아, 네 나이가 몇인데 아직도 선생님한테 매달릴 생각을 하고 있니? 그러면서 네가 선생이라고?

언제나 생각보다 말이, 말보다 행동이 앞섰던 와니다. 그런데 이렇게 계속 생각 속에 머문 것은 처음 있는 일이었다. 머릿속에서 엄청나게 많은 생각들이 둥둥 떠다녔다. 그 느낌이 신기했다. 그리고 와니는 늘 신기한 경험 속에서 즐거움을 얻어 왔다. 와니는 얼굴에서 다시 웃음이 피어오르는 것을 느꼈다. 와니는 다시 와니가 되었다.

"저, 샘."

"으응?"

"죄송합니다."

"죄송은 무슨. 그나저나 올해는 두산이 우승해야 할 텐데?"

오석 샘이 느닷없이 엉뚱한 말을 꺼냈다.

"우승해요. 반드시. SK따위는 그냥 스윕으로."

와니가 주먹을 볼끈 쥐어 보였다.

"어, 거, 나 SK 다니는데……."

용이가 토끼 눈을 뜨고 오석 샘과 와니를 번갈아 가며 쳐다
보았다.

*

"자, 수업 시작할 때 됐네. 나 먼저 들어갈게."

오석 샘이 가볍게 손을 들어 보이더니 강당으로 들어간다.
그 뒷모습이 5월에 흩날리는 버드나무 씨앗처럼 가벼워 보였
다. 머리에는 버드나무 씨앗이 내려앉은 것 같은 하얀 얼룩들
이 보인다. 오석 샘의 흰머리.

"자연의 섭리라고는 하지만 섭섭하네."

"그러게. 인정."

"뭐야? 너, 국어 선생이 급식체 써?"

"앗, 애들한테 물들었나 봐."

"너, 애들하고 잘 노나 보구나?"

"학교 다닐 때 잘 못 놀았으니까."

오석 샘을 먼저 보내고 뒤이어 강당으로 들어가던 와니가 갑자기 두 손을 번쩍 펼쳐 보인다.

"앗, 이런."

"왜?"

"너 먼저 들어가 있어라. 차에 꽃다발을 놓고 왔네."

"그래, 얼른 다녀와."

써니를 먼저 들여보낸 와니가 익숙하지 않은 구둣발로 콕콕 걸어 차로 향한다. 미니 쿠퍼는 디젤차다. 온실가스와 기후변화 관련 수업을 할 때마다 마음 한구석이 켕겼지만, 그리고 드러내 놓고 말은 안 했지만 어딜 가든 차를 몰고 나타나는 와니를 오석 샘이 탐탁지 않게 여긴 것도 사실이지만, 와니는 이 차를 포기할 수 없다.

오석 샘에게는 말하지 않았지만, 심지어 철웅이에게도 말 못 했지만, 이 차는 남친 3호와 헤어지고 장만한 무기이기 때문이다. 언제 나타날지 모르는 그 남자와 그 남자가 휘두르는 폭력으로부터 스스로를 보호하기 위해 이 차를 산 것이다. 미니 쿠퍼는 와니에게 장갑차인 셈이다.

물론 남친 3호가 이제 와 해코지를 할 것 같지는 않다. 하지만 여전히 와니는 미지의 남자가 득실거리는 폐쇄된 공간에서 꽤 긴 시간 이동해야 하는 지하철이나 버스가 불안하다. 더구나 방과후에 밤늦게 다녀야 할 경우가 많아서 더욱 불안하다. 아직까지는 장갑차가 필요하다.

장갑차 뒷좌석에서 꽃다발을 꺼내 다시 강당 쪽으로 움직이던 와니의 구둣발이 장갑차와 강당 중간쯤에서 멈춘다. 와니를 뚫어지게 노려보는 시선을 느낀 것이다. 시선의 출발점에는 와니 또래 혹은 조금 더 나이 들어 보이는 30대 여성이 서 있다.

짙은 베이지색 트렌치코트를 걸치고 낡아서 얼룩덜룩한 무늬가 생긴 부츠를 신은, 조금 가무잡잡한 화장기 없는 얼굴에 안경을 쓴 여성. 외모에 그다지 신경을 쓰지는 않아 보였지만, 그렇다고 궁색해 보이지도 않았다. 그냥 그런 취향일 뿐. 역시 손에 꽃다발을 들고 있는 것으로 보아 오석 샘의 마지막 수업 청강생인 모양이다.

누굴까? 친척? 제자? 그런데 내가 아는 사람인가? 왜 이렇게 사람을 빤히 쳐다보고 있담.

와니가 고개를 갸웃거리며 한마디 하려는데, 그 여성이 먼저 입을 열었다.

"와니, 와니 맞지?"

와니라고 불렀다. 조 선생도 영완이도 아닌 와니라는 별칭을 자연스럽게 부르고 오석 샘을 알고 있다면 중학교를 같이 다닌 친구인데, 누굴까? 와니의 성능 좋은 두뇌가 부지런히 중학교 졸업 앨범을 탐색한다. 그런데 도무지 매치되는 얼굴이 없다.

아, 그렇구나. 졸업 앨범에 실리지 않았다는 것이 중요한 단서가 돼 퍼뜩 이름 하나가 떠올랐다.

"저어, 혹시."

"나, 명진이야. 도명진."

하지만 이번에도 와니가 입을 떼기 전에 여성이 먼저 하이 톤으로 대답한다.

"아, 그래. 도명진!"

이번에는 와니 목소리도 덩달아 높아졌다.

도명진.

중학교 동창이다. 동창이지만 같이 졸업은 못 했고, 친구라고 하기에는 거리가 좀 있었다. 하지만 기억은 생생하다. 명진이는 와니가 몹시 신경 썼던 아이였기 때문이다. 아니, 신경을 썼다기보다는 신경 거슬리게 만드는 아이였다고 말하는 게 더 정확할 것이다.

명진이는 모범적인 학생은 아니었다. 걸핏하면 수업 시간에 떠들고 딴짓한다고 선생님에게 야단이나 맞는 아이였다. 그렇다고 고개 숙이고 순순히 야단맞지도 않았고, 꼬박꼬박 말대답하고 바락바락 대들다 매를 벌곤 하던 버르장머리 없는 그런 아이였다.

하지만 얄밉게도 공부는 잘했다. 그냥 잘하는 게 아니라 아주 잘해서 선생님들의 미움을 더 받았다. 어찌나 머리가 좋은지 시험공부 따위는 거의 안 하는 것 같은데도 성적은 늘 최상위권이었다.

공교롭게 꼭 와니 바로 다음 등수라 더더욱 신경이 거슬렸다. 와니가 전교 2등을 하면 3등, 3등을 하면 4등. 그래서 와니는 명진이에게 따라잡히지 않으려고 열심히 공부해야만 했다. 따라잡히지 않을 정도로만 공부했다고 하는 게 더 맞을지도 모르겠다. 와니도 아주 열심히 공부하는 편은 아니었으니까. 어쨌든 아득바득 용이를 잡을 생각은 없었지만, 적어도 명진이한테는 지고 싶지 않았다고 할까?

왜 그렇게 명진이를 신경 썼을까?

오석 샘 때문이었을 것이다. 다른 선생님들이 다 싫어하던 명진이를 오석 샘만은 남다른 눈으로 보고 있었으니까. 당연했다. 오석 샘은 머리 좋고 재능 있는 아이들을 좋아했으니까. 특히 머리 좋고 재능 있으면서도 전형적인 모범생은 아닌, 그래서 학교에 잘 적응하지 못하는 아이들을 각별히 챙겼으니까. 용이 같은 아이. 그리고 와니도.

그러니 명진이도 눈에 띌 수밖에. 물론 오석 샘은 편애한다는 말을 듣지 않게 티를 안 내려고 했지만, 와니 눈을 속일 수는 없었다. 물론 와니도 자기가 명진이를 신경 쓴다는 티를 내지 않으려고 했고, 다행히도 오석 샘은 그걸 알아채지 못했다. 오석 샘이 와니만의 선생님일 수는 없었지만, 어쨌든 와니는 오석 샘이 명진이에게 따로 과제도 주고 수준 높은 질문도 하는 것이 기분 좋지 않았다.

무엇보다도, 늘 '머리 좋은' 와니를 부러워하던 써니가 알면 뒤로 넘어갈 일이지만, 와니는 늘 '머리 좋은' 명진이가 부러웠고 때로는 샘이 났다.

하지만 불행히도 명진이는 학교를 편하게 다니지도 제대로 마치지도 못했다. 여학생들의 집단 따돌림에 말려들어 한 학기 내내 엄청나게 마음고생을 하다, 몸까지 병들어 휴학하고 말았으니까. 휴학할 무렵 명진이의 모습에는 이미 죽음의 그림자가 가득했다. 아직 영혼이 남아 있는 좀비를 연상시킬 정도였다.

휴학한 이후 명진이는 소식이 끊어졌다. 어차피 친구도 별로 없었으니까. 오석 샘도 연락이 끊긴 모양이었다. 사실 와니를 포함해 그 누구도 명진이가 살아 있을 것이라고는 생각하지 않았다.

그랬던 명진이가 지금 이렇게 나타났다. 조금은 수수하게, 조금은 또래보다 나이 들어 보이는 모습으로, 건강해 보이지는 않지만 특유의 총명함과 남다른 똘끼는 여전히 남아 있는 모습으로.

"나, 살아 있어."

마치 와니의 생각을 읽기라도 한 양 명진이가 대답했다.

"좋아 보인다."

딱히 할 말이 없으니 이렇게 말할 수밖에.

"좋지는 않아. 신장이 아주 맛이 가서 투석기랑 오줌통을 달고 다녀. 이게 폼 내려고 입은 바바리가 아니라고. 하하. 뭐 그래도 누군가 사는 게 어떠냐고 묻는다면 역시 그 자체는 좋다고 대답해야겠지."

"언제부터 그런 거야?"

"아, 언제부터 달고 다녔냐고? 중3 관둘 때부터. 그땐 정말 죽는 줄 알았는데, 어찌어찌 살았어. 이제 16년? 17년? 이렇게 달고 다니다 보니 이제는 이물질이 아니라 신체 일부처럼 느껴져. 참, 내 정신 좀 봐. 이거."

명진이가 백에서 명함을 한 장 꺼내어 건넸다. 명함에는 'Do 에듀 시스템 대표/수석 엔지니어 도명진'이라고 적혀 있었다.

"너, 스타트업 하는 거야?"

"회사 다니다 때려치우고 차린 지 2년쯤 됐어. 인공지능으로 교육 콘텐츠, VR 교재, 원격 강의 같은 거 개발하는 회사야."

"와, 대박!"

"대박은 무슨. 코로나 덕에 겨우 살았지. 이걸 덕이라고 말하긴 좀 그렇지만."

"그러게. 코로나. 참, 여럿 죽이고 또 여럿 살리네."

"참, 넌 어때? 공부도 잘하는 애가 예쁘기까지 해서 얼마나 부러웠었는데? 안 그래도 네 책 읽었어. 여전하네, 이런 생각 했어."

"자, 자, 오글거리는 소리 그만하고, 얼른 들어가자. 수업 늦었어."

아마 중학교 3년 동안 명진이와 나눈 대화보다 방금 3, 4분 동안 나눈 얘기가 더 길지 않을까, 와니는 이런 생각을 하며 명진이를 강당으로 이끌었다.

말은 저렇게 쉽게 하지만 그동안 명진이는 얼마나 힘들게 살아왔을까. 사회적으로나 신체적으로나 별 어려움 없이 여기까지 온 와니는 명진이가 겪었을 그간의 세월을 상상만 해도 저절로 몸서리가 쳐진다.

명진이한테만큼은 지지 말아야지, 다짐하던 중학교 시절의 기분과 감정이 되살아난다. 그래. 명진이한테만큼은 지지 말자. 명진이도 저렇게 꿋꿋이 살아가고 있는데, 별거 아닌 일로 주저앉거나 남은 30년을 미리 아득해하며 살지는 말자. 그리고 떠나는 오석 샘을 기쁘게 축하해 주자. 와니야. 너, 이제 진짜 어른이 되는 거야.

진짜 어른.

글쓴이의 말

소설을 읽을 때마다 저는 작가 후기를 빠뜨리지 않고 보는 편입니다. 특히 그 작품이 마음을 흔들거나, 안아 주거나, 주먹으로 한 대 치거나, 송곳으로 쑤셨다면 더 꼼꼼히 찾아 읽게 됩니다. 아마도 "이 이야기를 대체 어떤 마음으로 쓰신 건가요?" 하고 묻고 싶은 마음에서가 아닐까 합니다. 이때 그 마음을 달래 주는 친절한 작가도 있었고 "작품을 두 번 세 번 다시 읽으면서 스스로 알아 내시오. 필요한 말은 작품 안에 다 있으니까" 하는 작가도 있었습니다. 고전에 들어가는 작품들이 대체로 그렇더군요. 저는 고전의 반열에 들어가는 작품을 남길 처지도 못 되고, 이 작품을 두 번 세 번 다시 읽으라고 요구할 배짱도 없습니다. 그래서 친절한 후기를 써보려고 합니다.

제목 그대로 이 작품은 두 교사의 이야기입니다. 그렇다고 교육이 중심은 아닙니다. 교육과 아주 무관할 수야 없겠지만, 작품의 초점은 두 교사가 모두 '여성' 교사라는 데 맞춰져 있습니다. 한때 제목을 '여교사들'이라고 할까 고민했을 정도입니다.

이 작품의 중심 주제는 여성입니다. 오히려 교육소설보다는 '시스맨스' 소설이라고 부르는 편이 나을 것입니다. 교사를 주인 공으로 삼은 까닭 역시 교사라는 직업이 우리나라에서 여성이 얻을 수 있는 가장 좋은 자리로 인식되어 있기 때문입니다. 교직 은 우리나라에서 똑똑한 여성들이 가장 많이 진출하는 직종이기 도 하지만 직장 내 성차별이나 성폭력으로부터 상대적으로 자유 로운 비교적 수평적인 직종이기도 합니다. 이렇게 똑똑한 여성 들이 모여 있는 상대적으로 수평적인 직장에서조차 어쩔 수 없 이 부딪치게 되는 여성으로서의 어려움과 두려움을 보여 주고 싶었습니다. 사실 제가 다른 직장 여성들이 어떤 어려움을 가지 고 있는지 잘 알지도 못하고요.

이 작품을 끌고 가는 두 여성인 써니 샘과 와니 샘은 여러 면 에서 대비되는 여성들입니다. 써니는 어떤 면에서 이 땅의 여성 이 경험해야 하는 어려움을 온몸에 담고 있는 상징적인 존재입 니다. 가난과 가부장 폭력. 이것이 바로 3세대 페미니즘에서 말 하던 중첩된 모순이겠지요. 그나마 미국과 달리 인종이라는 3중 의 모순까지는 겹치지 않았습니다. 그럼에도 불구하고 그 처지 를 비관하지 않고 그야말로 불굴의 노력으로 교사라는 자리까지 올라간 인물입니다. 하지만 그 위치에서조차 여성으로서의 취약함은 써니를 그냥 내버려 두지 않습니다.

와니는 얼핏 보면 써니와 정반대되는 위치에 있는, 그야말로 모든 것을 다 가진 여성입니다. 유복한 가정, 좋은 학벌과 직장, 당차고 거침없는 성격에 정의감도 높습니다. 써니가 기를 쓰고 도달해야 했던 교사라는 지위를 와니는 마치 당연한 자기 자리인 것처럼 쉽게 가져갑니다. 이 역시 상당 부분 현실을 반영한 것입니다. 하지만 그런 와니조차 이 땅의 여성으로서 걸머져야 할 굴레, 두려움으로부터 자유롭지 않습니다. 여기에 반전 포인트가 있습니다.

와니는 진보적이고 혁신적인 성향의 교사입니다. 인권이나 생태에 관심이 많을 수밖에 없고, 또 그런 내용을 가르칠 것임에 틀림없습니다. 그럼에도 불구하고 어디를 가든 미니 쿠퍼를 몰고 다닙니다. 여기에서 불편함을 느꼈던 독자라면 뒤에 드러나는, 와니에게 자동차가 가지는 의미를 깨닫고 나면 미안함과 슬픔을 느낄 것입니다.

그래도 이 작품을 만들어 가는 과정에서 다행스러운 변화가 하나 있었습니다. 2021년 현재 교사가 학생으로부터 성폭력을 당할 경우, 이 작품에서처럼 속수무책이지는 않습니다. 좀 더 구체적인 구제 과정과 절차가 마련되었습니다. 물론 형식과 절차가 만들어졌다는 뜻이지 그것이 실효성을 가지고 작동하고 있는지는 잘 모르겠습니다. 그런데 우리나라뿐 아니라 영국에서도 많은 여성 교사들이 학생들의 성폭력으로 고통받고 있다는 뉴스가 있습니다. 교사조차 다만 하나의 여자로 간주하는 풍토 속에서 이 땅의 수많은 여성 노동자들이 어떤 상황에 처해 있을지는 감히 상상도 하기 어렵습니다.

그렇다고 남성들에게 적대적이라거나 한국 남자들은 희망이 없다거나 그런 생각을 펼치려고 이 작품을 쓰지는 않았습니다. 여성이 처한 어려움은 남성의 협력 없이는 완전한 극복이 어렵습니다. 노동자가 자신의 처지를 극복하기 위해 부르주아의 도움 따위는 필요없다, 오직 강고한 계급투쟁만이 답이라고 외쳤던 마르크스, 엥겔스, 레닌의 출신 계급이 이미 부르주아 아닙니까? 더군다나 노동계급은 다수, 부르주아는 소수였지만 여성과 남성은 그 수도 같습니다. 다행히도 노동자의 벗이 되어 줄 부르주아의 존재보다는 여성의 편이 되어 줄 남성의 존재가 훨씬 현실성이 높습니다. 이 작품에 등장하는 그런대로 괜찮은 세 명의 남성들이 비현실적으로 보이지 않는 까닭도 바로 이 때문일 것입니다. 그렇다고 그런 남성의 존재에 너무 큰 기대를 걸 필요는 없습니다. 남성의 도움은 어디까지나 부차적인 것이며, 이 작품의 두 주인공은 우선 스스로의 연대를 통해 문제를 헤쳐 나가니까요.

작품 말미에 잠깐 등장하는 인물인 명진이는 저의 전작 『명진이의 수학여행』에 수록된 작품의 주인공입니다. 그 작품에서는 이 작품의 주인공인 와니가 조연으로 등장했고요. 이렇게 두 교사와 한 엔지니어, 세 여성이 모이게 됩니다. 명진이는 어떤 남성의 도움 없이, 심지어 오석 샘의 도움이나 가르침도 없이 가혹한 시련을 이겨 낸 강인한 여성입니다. 이 시점에서부터 유전자를 전혀 공유하지 않지만 끈끈하게 연대하는 세 자매의 이야기를 펼쳐 나가는 꿈을 가지고 있습니다.

마지막으로 이 작품을 위해 기꺼이 이름을 빌려준 제자에게 감사드립니다. 영완이라는 이름, 그리고 그 애칭인 와니는 입에 착착 감기는 느낌을 줍니다. 더구나 그게 여자 이름이라면 말이죠. 밝고 경쾌한 느낌을 주면서도 평범하지 않은 그런 이름입니다. 덕분에 좋은 캐릭터를 만들었습니다.

2021년 가을
권재원

그 여름의 끝, 우리는

두 교사 이야기

ⓒ권재원, 2021

초판 1쇄 발행 2021년 9월 27일

지은이 권재원
펴낸이 김혜선 **펴낸곳** 서유재 **등록** 제2015-000217호
주소 (우)04034 서울 마포구 잔다리로7길 18(서교동 377-20) 504호
전화 070-5135-1866 **팩스** 0505-116-1866 **대표메일** seoyujaebooks@gmail.com
종이 엔페이퍼 **인쇄** 성광인쇄

ISBN 979-11-89034-53-5 03810